二

時鏡

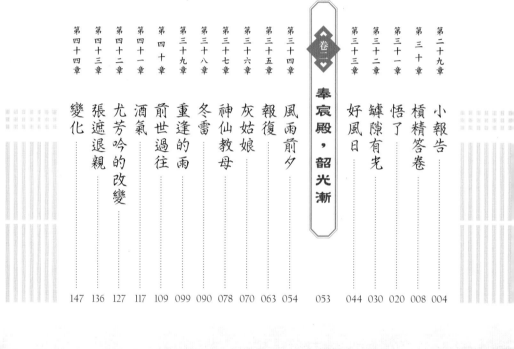

第二十九章　小報告

一摞題卷都是提前準備好的，畢竟只是用於探探公主這幫伴讀的學識修養，整體來講並不複雜，所需的數量也不大，所以都是先生們各自出好題後交由人謄抄了十二份，文字大小一律規規整整，全是漂亮的館閣體。

謝危吩咐完便低頭繼續拆卷，拆完微微垂著眼眸將題卷的數目點過一遍，然後問同來的三位老翰林：「幾位老大人過目一下？」

三人都站著沒動，搖了搖頭。

其中一位老翰林嘆了口氣：「一幫小女娃子讀書，這考校也跟兒戲似的，有什麼過目不過目的？不都是那樣嗎？謝少師看過也就是了。」

謝危看他一眼，沒說什麼，只將題卷遞給宮人。

宮人雙手將題卷接過，而後一份一份地發到每個人的面前。

姜雪寧正好是最後一份。

題卷一擺到面前，她就迅速看過一遍。這上面的題目與她上一世做的相差無幾，也與燕臨昨夜交給她的那一份一般無二。

然後便聽上首謝危道：「此次考校只是為了看看諸位伴讀的學識修養在何種層次，各位先生擬的題目都相對簡單，作答的難度也不高，所以答卷的時間只有一個半時辰，到巳正一刻便要請諸位將答卷交上。我與三位先生則會花上兩刻的時間當場閱卷，做個評判。現在便可請諸位開始答卷了。」

他聲音平平淡淡，不起波瀾，落在人耳中，竟有一種清風拂面似的感覺，也許是因為這話中藏有寬慰之意，輕易便消解掉人原本進入殿中時的緊張，略略放鬆下來。

下方如蕭姝、樊宜蘭等人，皆是學識修養俱佳，胸有成竹，聽得謝危此言，便都起筆蘸墨，對著發下來的題卷在空白的宣紙上完整作答。

倒是姜雪寧盯著題卷看了半天，足足過了有好半晌才伸出手去，五指屈著，形似雞爪，把旁邊一管小筆抓起來，在答卷上歪歪斜斜、不緊不慢地寫了起來。

上頭幾位先生這時已經到左邊設的那幾把椅子上坐下，只叫宮人沏了茶端上來。他們都是翰林院裡的老學究，一瞅那邊正在埋頭答卷的十二個小姑娘，就忍不住直搖頭。

方才回謝危話的那位老先生道：「一個公主鬧著要讀書，聖上縱著隨便請幾個人來教就是，總歸女兒家也不須懂得什麼太大的道理，在家聽父母，出嫁從夫，夫死從子，學一學《孝經》、《女誡》也就罷了，偏要搞出這般大的陣仗，不知道的怕還以為是哪位皇子出閣讀書呢。老夫在翰林院也算是兢兢業業治學十餘載，如今竟跑來教一群女娃娃，像什麼話！」

謝危坐在他旁邊，低眉端了茶盞，揭了茶蓋，沒有接話。

倒是旁邊兩位先生被這番話勾起了幾分不滿，其中一位也嘆了口氣，附和道：「誰說不是呢？老夫入仕這麼多年，從未有人叫我教過女娃娃！好歹是兩榜進士出身，讀的是四書五經，來教公主和伴讀，恐怕也只合講些入門的東西。倒不是我高看自己，實在是殺雞用牛刀。光你我也就罷了，畢竟也不過是幾個在院中不得志的迂腐老頭兒，可似謝少師這般平日裡主持經筵日講的，聖上竟然也點了來給公主和這些個伴讀講學，實在讓人想不通。謝少師竟然答應了，就更讓人想不通了。」

這些老先生都是翰林院清貴出身，自有自己的氣節在，便是皇帝在面前，很多話也是不顧忌的。如今他們說的這些，都在朝堂上講過好幾遍了，奈何沈琅偏寵長公主，一意孤行，聽不得人勸，所以講了也沒用。

謝危在朝上就聽他們抱怨過了，且每每把自己拖出來說上一說，倒好像他對這件事也有多大不滿似的。

但他並未表露出自己對此有太多的情緒，當下只朝一旁正在認真答卷的那些個伴讀的世家小姐看了一眼，目光在姜雪寧那握筆的姿勢上定了一定，不覺微微蹙眉，吹了茶略飲一口，卻是道：「諸位伴讀都在作答，我等還是少說些話，以免攪擾了吧。」

幾位老先生這下便不好再多言。

歷來考場監考便甚為枯燥，謝危自帶了一本《守白論》來，坐在邊上一頁一頁慢慢地看，那幾位先生卻不大坐得住。

聖上點了他們來教長公主與一群伴讀的世家姑娘，本來就讓他們有些不滿，在這兒坐了沒兩刻，既不能說話，又無心看書，索性便稱去外面透氣，竟連「監考」這件事都扔了，相攜從奉宸殿出去，只留下謝危一人。

從頭到尾，謝危看都沒看他們一眼，只翻著自己的書。

姜雪寧雖坐在角落，方才卻也將那幾位老先生的話聽在耳中，又見這幾人沒坐一會兒便出去，一時沒忍住皺眉。

要不怎麼說是「老學究」呢？老成這樣，合該埋進土裡！

回頭即便不留下來當伴讀，這幾個糟老頭子的小報告，她也一定要打給沈芷衣才是。

第三十章　槓精答卷

想起上一世尤芳吟所說的她所在的那個世界，再想想自己待的這地方，姜雪寧也不知為什麼，心底不大爽快起來，於是埋頭重新盯著這些先生們出的題看時，也越看越不順眼。

原本她是準備裝個不求上進的廢物，但現在盯著盯著就生出幾分抬槓的心思：反正也不留在宮裡，還怕得罪這幫老頭兒？

姜雪寧纖細的手指提著那一管筆，慢慢在手裡面轉了轉，唇邊忽然就掛上了一抹笑。

整張題卷確如謝危先前所說，並不是特別難，所考校的內容大多是孔孟之道，另加上一些詩文韻律、樂理知識。

現在她已經用狗爬一般的字答了一小半。至於這剩下的一大半……

『子曰：三軍可奪帥也，匹夫不可奪志也。當作何解？如何論「君子貴立志」？』

姜雪寧認認真真一筆一劃地在答卷上畫了個王八，然後寫：「一說，『匹夫見辱，拔劍而起，挺身而鬥，此不足為勇也』，二說『匹夫一怒血濺五步』。既是『匹夫』，便屬庸碌，何來有『志』？既無志，有什麼奪不奪的？余不知當作何解，唯明瞭一事：聖人原來也胡說八道！」

『子曰：天生德於予，桓魋其如予何？請以「德」字立論。』

這話的意思是，孔子說，上天給予我這樣的品德，宋國的桓魋能把我怎麼樣？

據說孔子去陳國時經過宋國，宋國的司馬桓魋聽說後，便去加害孔子。當時孔子正與弟子們在大樹下講周禮，桓魋便帶人砍倒了大樹，想要殺孔子。

這話是孔子在逃跑途中說的。

讀書人向來將孔子奉為「聖人」，凡孔聖人說的都是對的，便是瞎說鬼扯也能附會出一堆的道理來。

姜雪寧看著這句，白眼差點翻上天。

一個人具備了「德」，就能逢凶化吉，不懼別人的加害？扯什麼淡呢。而且這還是形容自己，吹起自己來也真是不臉紅。

對於這一題，她可有太多的「論」想要立了，當下便又唰唰在答卷上奮筆疾書。除了字醜一些外，沒什麼大毛病。

一個半時辰很快過去。

這時殿中其他人多已經停筆，宮人敲響了殿中的銅磬，上來收卷。

收到姜雪寧面前的時候，她還趴在案上一通寫。

宮人咳嗽一聲：「姜二姑娘，交卷了。」

姜雪寧不為所動，都不抬頭看她一眼，只道：「哦，等我寫完最後一句。」

宮人不由為難，下意識轉頭看向已經站起身向這邊看來的謝危。

謝危沒說什麼，那宮人便只好垂手侍立一旁，安靜地等著姜雪寧寫。只是她這「最後一句」好像格外長，唰啦啦又寫了許多。

所有人的目光都落到她身上，一時心底都有些納悶：不該呀。姜雪寧先前給她們押過的題好像都考到了，由此可見她是早有準備的，而這題卷也不是很難，似蕭姝、樊宜蘭這樣的，其實只花了一個時辰便將答卷寫好了，只是都不願出風頭，沒有提前交罷了。怎的她需要這麼久？

好不容易，她終於擱了筆，這才把寫得密密麻麻的答卷從案上揭了起來，吹了吹墨跡，然後交給等待已久的宮人：「有勞了。」

宮人暗暗鬆一口氣。她只當是這位姜二姑娘對待考校格外認真，學識淵博，因而答卷才寫得這樣滿。可當她接過答卷來一看，這滿眼鬼畫符似的字是認真的？而且還寫了這老多……額頭上冷汗差點冒出來。

宮人不敢多言，收好所有答卷做了一番整理後，便呈上去給謝危。

這時便算考校完成，眾人多少都放鬆了一些下來。

方妙坐的位置距離姜雪寧近些，看著上方的謝危接過答卷在案頭上鋪平之後，便將腦袋湊到她身邊問：「妳怎麼答了那麼久？難道是題中有什麼不大容易發現的玄機？」

玄機是沒有的。

如果一定要說有，那就是：槓精的智慧。

姜雪寧也抬眸向上面看了一眼，見謝危並沒有注意下面，才轉頭壓低了聲音道：「我只是比較笨，所以答得比較久。」

笨？她看著像是跟「笨」字沾邊？

方妙瞬間不想跟她說話，只覺她這是「明明很厲害卻偏要謙虛兩句」的虛偽，於是幽幽地看了她一眼道：「妳就裝吧。」

姜雪寧見她不信，也不好再多解釋什麼，反正答完卷後她一身輕鬆。

這次的答卷完全是「對症下藥」，只怕那幾個老頭兒見了得吹鬍子瞪眼，氣出二兩血來，她不愁出不了宮。

於是她悄悄開始打量謝危。

案頭上放在最上面的一份答卷是誠國公府大小姐蕭姝的。一手簪花小楷極為漂亮，看得出練過很長的時間。

謝危看過之後淡淡地點了點頭，然後將這份答卷放到一旁，又拿起一份新的答卷來看，神情還是淡淡的，下頭坐著的眾人，沒辦法從中看出什麼端倪。

可等到第五份答卷時，他眼角忽然微不可察地抽了一抽。

正密切注意他神情的姜雪寧，心中頓時一震：到自己了，到自己了！

想想上一世的謝危。熟讀聖賢書，精通百家言，寫得一手好字，彈得一手好琴，也不知見了她這一份答卷，會不會氣得七竅生煙？這人若要當場變臉，該多刺激？

天知道謝危在看過前面四份字跡工整的答卷後，驟然看見這第五份答卷上密密麻麻的狗爬字時，心底受到了多大的衝擊。

橫豎不直，撇捺倒歪，活像是道士鬼畫符，便是連學堂裡七八歲的孩童都能寫得比這好。

有那麼一剎那，他眉尖蹙起，抬手便想將這一張答卷扔到地上去。

可一看卷首，「姜雪寧」三個字映入眼底。

謝危捏著答卷的手指便緊了緊，只將目光抬起，向著此刻殿中已經被外面天光照得明亮的一角看去，竟看見姜雪寧正偷偷看著他，一雙黑白分明的眼底有點狐狸似的狡黠暗光。但他視線才一轉過來，那種慧黠的暗光立刻消失了個乾乾淨淨，只用一種尷尬又怯生生的目光看著他，很快便低下頭去，好像知道自己答得有多糟糕，心底很為此忐忑似的。

謝危足足盯了她半晌。

姜雪寧以為他只是看一眼就會收回目光，所以埋下頭去不久，便又抬起頭來，想繼續看謝危的反應。

可誰想竟正正對上他根本沒收回的目光。

一瞬間汗毛倒豎！

儘管謝危一張臉上並沒有什麼嚴苛冷厲的表情，顯得淡泊，像是一片波瀾不興的海面，可姜雪寧卻覺這下面藏著翻湧的暗潮，令人心驚。

外面越是平靜，內裡越是洶湧。

她脖子後面都涼了一下，強忍住拔腿就跑的衝動，又慢慢把自己的腦袋埋下去，這一次是怎麼也不敢再抬起來了。

謝危這才極緩地收回自己的目光，重新看這一張答卷。

殿中忽然安靜極了。

因為所有同樣在暗中注意謝危神情的其他世家小姐們，十分驚訝地發現，原本一張答卷根本不需看上半刻的謝先生，對著這第五份答卷，竟然已足足看了有一整刻。

那神情雖然看不出深淺來，可莫名教人害怕。

一時所有人都生出幾分忐忑。一則祈禱這張答卷千萬不要是自己的，二則又忍不住想，這張答卷上到底是寫了什麼驚世駭俗的內容，竟能讓身為太子少師的謝先生看上這麼久？

正在這當口，先前出去的三位翰林院的老學究從外頭踱步回來了，一看便知道眾人已經答完題，於是走上來對謝危笑道：「正在閱答卷吧？來，還剩下幾份，我們也來幫忙看看。」說著便向案上的答卷伸出手去。

謝危眼皮微微一跳，只不動聲色地將姜雪寧這份放在上面的答卷抽了開，然後十分自然地扯過剩下的幾份答卷遞出去，道：「有勞幾位先生了。」

幾位老學究也沒注意他這麼一個細微的動作，接過答卷來一人看個兩三份，一面看還一面評：「這張答得簡直文不對題！這張也是，下筆千言，離題萬里！連孟亞聖說的『生於憂患死於安樂』都解不出，這還入宮伴什麼讀。」

殿內某幾位世家小姐一下白了臉。

姜雪寧這時卻稍稍安了心，暗道這幾個老頭兒可算是回來了，等他們見到自己的答卷，必定不會讓自己選上。如此，大事已成！

很快，幾位先生便看完答卷，挑了四張出來，向謝危搖頭，說這幾張不行。

謝危接過來一看，也沒說什麼，點了點頭，便將所有答卷重新放到一起，對眾人道：「方才與幾位先生閱過了答卷，評議的結果也出來了。」

所有人都緊張起來，屏氣凝神。

姜雪寧悄悄握緊拳頭，等著聽到自己的名字。

「誠國公府蕭姝，上佳，可留。」

「陳大學士府陳淑儀，上佳，可留。」

「姚尚書府姚惜，中上，可留。」

「方監正府方妙，中等，於學識上雖然差了些，但勝在一手字寫得認真工整，很有向學之心，可留。」

蕭姝、陳淑儀、姚惜這三人原本就不擔心自己過不了，所以聽到結果時也只是振奮了那麼一下，是一種意料之中的塵埃落定。

方妙卻是忐忑的，當從謝危口中聽到「可留」二字時，她差點沒忍住蹦起來，連忙起身向謝危躬身道禮：「學生謝過先生指點，往後必將努力向學，好好為長公主殿下伴讀！」

如此便已經留下來四個人。

剩下的人聽見前面那麼順利，只以為先生們的要求其實很寬鬆，即便學識不好，也不由存了幾分希冀，覺得自己運氣好說不定能過。

可誰也沒想到，謝危接下來念了三個名字，全都不過。

他向下掃了一眼，只見被念到名字的幾位世家小姐，全都臉色慘白、泫然欲泣，便道：「諸位小姐的答卷也並非全無可取之處，比起尋常姑娘家已算得上是見多識廣。只不過如今是為長公主殿下選伴讀，還得考慮其他人的學識如何，等而比較，所以妳們也不必太過介懷。」

三個人全都站起來謝過，至少面上看來都很服氣，至於心裡如何想就沒人知道了。

已經出了七個人的結果，還剩下五個。

姜雪寧覺著，應該很快就到自己了。

這時，謝危拿起第八份答卷，但沒有立刻開口，而是又看了一會兒，似乎在思考什麼。

姜雪寧以為這份是自己的，可沒想到，下一刻謝危開口，竟然問道：「誰是樊宜蘭？」

樊宜蘭頓時一怔，起身一禮：「回謝先生，是我。」

謝危的目光便落在她身上，打量了好一陣才道：「上上甲等。」

包括蕭姝在內，所有人驚訝地瞪大眼睛。

然而下一刻，謝危便道：「但妳不能留下。」

不能留下？所有人都傻了眼，先前驚訝的神情都還沒來得及收起，樊宜蘭自己也沒反應過來。

謝危卻不解釋什麼，只將這份答卷向她一遞，道：「取回妳的答卷吧。」

先前念結果，可都沒有返還答卷，樊宜蘭見狀，饒是淡泊性情，也以為自己是在答卷之中做錯了什麼，有些忐忑不安。

她走上前去，恭恭敬敬地接回答卷，這時，謝危才淡淡地對她說了一句：「皇宮裡沒有好詩。」

樊宜蘭猛地一震，一時千般萬般的想法全從心底深處冒出來，竟似江河湧流一般難以停歇。

她捧著自己的答卷，呆呆立了好久，最後才向謝危深深伏首：「宜蘭謹記先生指點。」

旁人都不大聽得懂這番沒頭沒尾的對話，唯有旁邊姜雪寧看著樊宜蘭，面上略顯複雜。樊宜蘭有詩才，謝危實是從她的答卷中看出她的靈氣與才華，所以即便她的答卷是上上甲等，也沒有留樊宜蘭下來伴讀。

因為要寫出好詩，就不能待在宮中。

而上一世的樊宜蘭，後來走遍名山大川，的確寫成了許多讓男子都佩服傳誦的好詩。

上一世的姜雪寧，對此嗤之以鼻，很不理解怎會有人願意放棄榮華富貴，因而未對謝危這般的舉動有任何質疑，可這一世才知道，這樣走遍名山大川的自由淡泊，有多讓人羨慕。

她想著想著，一沒注意就走了神，直到耳旁忽然響起一句：「寧——」

但只出來一個字，又忽然頓住。

姜雪寧抬起眼來，就看見謝危正從上方看著她，一時也不知為什麼，原本覺著十拿九穩，現在卻心慌了幾分。可能是謝危太嚇人吧。

她起身來，靜立著等待他念出最終的結果。

謝危一個「寧」字出口，便意識到於此時此地不合適，眸光微微一斂，便已若無其事地改口，淡淡道：「姜侍郎府姜雪寧——可留。」

姜雪寧下意識躬身：「謝先生指點，臣女回家後必……」

等一等！

——姜雪寧，可留？

腦海裡忽然跟撞雷似地一炸，她霍然抬首，因為太過詫異，甚至忘了遮掩自己過於明亮鋒銳的眼神，一下便望向了謝危。

開什麼玩笑！她答的什麼卷、寫的什麼字，她自己還不清楚嗎？別說是皇宮裡為長公主選伴讀，就是拿去請私塾的先生，先生都未必肯教。

方妙聽見她連「回家」兩個字都說出來了，不由得掩嘴笑，只道：「看看，最後一個名額輪到自己，我們的姜二姑娘高興得昏了頭，連話都開始瞎說。」

謝危則平平看她問：「姜二姑娘？」

姜雪寧頭皮都在發麻，完全不明白事情怎麼忽然脫出掌控，一時間心電急轉。

什麼時候長公主殿下連謝危都能搞定了？

燕臨就更不可能。

那就是謝危要留她在眼皮子底下好好看個清楚，看她是不是裝瘋賣傻？

不……無論如何自己都不能留在宮中，更別說是當謝居安的學生，那簡直是找死！

人被逼急了就有急智，姜雪寧眼珠子一轉，即便明知可能會更讓謝危注意自己，也不得不硬著頭皮道：「謝先生，學生有一事不明。既是先生們當場閱卷，可為何樊小姐上上甲等還不能入選？且先生也只還了她的答卷，我等卻見不到自己的答卷，更見不到旁人的答卷。學生雖然被選中留下，可設身處地想，其餘落選之人只怕並不知道自己為何落選。為何不能將大家的答卷發下，也好教落選之人心服口服呢？」

說實話，姜雪寧這話一出，先前被黜落的幾人都有些意動。查卷也未嘗不可啊，萬一有人比自己差卻蒙混過關呢？

然而謝危只是掃了她們一眼，連平直的聲線都沒有半分改動：「姜二姑娘說得有道理。這落選幾人的答卷方才雖也說了為何不能入選，可到底粗略，個中有許多瑕疵未能細講。若幾位小姐有心向學，謝某便多留片刻，為幾位小姐細細剖開來講。」

細細剖開來講……這與當眾鞭屍有何區別？

原本這幾人還想附和一下姜雪寧，聽得謝危這話，只恐自己那拙劣的答卷被擺到檯面上來講，讓所有人都聽著，那簡直丟死人了，

先前的意動頓時消失了個乾淨，她們紛紛道：「我等心服口服，已得先生指點，不敢再有勞煩！」

姜雪寧：「……」

她道高一尺，謝危是魔高一丈啊！

這幫傻姑娘就不能有點骨氣嗎？妳們知不知道自己放棄了一個多好的留在宮中的機會！全場不可能有人答得比我差好嗎？

謝危只轉眸看姜雪寧：「姜二姑娘還有什麼疑問嗎？」

姜雪寧眼皮直跳：「我、我……」

謝危的手指輕輕壓在那張答卷上畫著的王八上，旁邊就是她不抬槓不舒服的一句句回答，只面無表情地打斷：「要不姜二姑娘一會兒留下，待謝某單獨為妳解惑？」

姜雪寧登時毛骨悚然，臉都差點綠了。

第三十一章 悟了

單獨解惑？那還了得！

姜雪寧一顆心狂跳，幾乎想也不想便道：「不勞謝先生！既然落選之人都無疑問，雪寧便更無疑問了。攪擾先生，實屬冒昧！」

謝危依舊看著她：「真的不用？」

姜雪寧連忙露出勉強的笑容來，磕磕絆絆道：「不、不用，真的不用了。」

謝危這才淡淡地撤回眸光：「既然大家都沒有疑惑了，今日的考校便到此為止。只望無緣為長公主殿下伴讀的幾位小姐，回府之後能繼續向學，潛心讀書；有幸留下為長公主殿下伴讀的諸位，今日過後便可收拾一番，回府準備兩日，此後便正式入宮伴讀。我與翰林院幾位先生將在這幾日為長公主殿下與諸位伴讀安排好接下來半年的課業，從今往後，諸位便與我等師生相稱，望諸位也勿要鬆懈，既得此機會，半年後也當有所獲才是。」

無緣留下的暗嘆一口氣，留下來的則都是心頭微微一凜。

眾人盡數躬身：「是，先生。」

這一下都從殿中退了出來。

十二人參與考校，最終留下來八人：以蕭姝為首，分別是陳淑儀、姚惜、周寶櫻、方妙、尤月、姚蓉蓉、姜雪寧。

除了姜雪寧喪著臉外，其他人多少都有些高興。

周寶櫻小女孩兒心性，一高興就忍不住，才剛走出奉宸殿，就手舞足蹈起來：「天啊我居然過了！而且謝先生一點也不像爹爹說的那麼嚴肅！說話聲音好好聽！原以為入宮伴讀會很苦，這不還挺好的嗎？都怪爹爹嚇唬我！」

姜雪寧心道，那是妳沒見過他嚴肅的時候，嚇死人都是輕的。

方妙卻是極其自然地走到姜雪寧的身邊，親昵地挽住她的手臂，簡直跟看恩人似地看著她：「姜二姑娘可真是個大好人！我先前看見發下來的題卷時就想把妳抱住親一口了，今早妳讓我看的書竟然都考到了！如果沒有姜二姑娘指點，我今天想必也是被黜落的命！」

姚蓉蓉也是勉強才過的，聽見方妙這話，她也低著頭，怯生生道：「對啊，太謝謝姜家姐姐了，就好像事先知道要考什麼一樣，猜得太準了。」

眾人聽方妙那番話還沒什麼感覺，可待聽見姚蓉蓉這番話，心裡就微妙了起來。

蕭姝走在前面，忽然回頭看了姚蓉蓉一眼。

姜雪寧瞳孔也是微微一縮。她第一次認真地思考，這姚蓉蓉是真的天生不會說話，還是故意如此？

她打量姚蓉蓉，可對方依舊是軟弱怯懦的模樣，連目光都不敢抬得很高，教人看了覺著又畏縮又可憐。

方妙也把眉頭皺起來，只道：「妳這人怎麼這麼不會說話呢？」

姚蓉蓉頓時瑟縮了一下。

方妙又不好說她什麼了，莫名憋了一口氣在胸口吐不出來，只好回頭對姜雪寧道：「不過姜二姑娘也是真厲害。我們這這些人大多都是頭回這麼近跟謝先生接觸，妳竟然還有膽子站起來想跟謝先生查卷，那會兒我可真是嚇死了！便想，萬一謝先生責罰妳怎麼辦？」

姜雪寧聽著她話裡的意思，只以為是自己找著了難得的夥伴。

可沒想到，方妙下一句便話鋒一轉，笑容滿面地道：「結果謝先生可真是好脾氣，完全沒有要追究妳的意思，和顏悅色也就罷了，居然還說要單獨為妳解惑，真是謙謙君子。能遇到這樣的先生，我們運氣太好了！」

姜雪寧：「……」

所有還未來得及出口的話全堵在了喉嚨口。

先前甚少說話的陳淑儀也難得表示贊同，輕聲附和：「我父親說，謝先生為人處世皆挑不出毛病，只是在治學一事上是從不馬虎的。入宮之後只需認真對待學業，想必謝先生絕不會有意為難誰，是一位極好的先生。還說，若我能學著點皮毛，也不枉辛苦入宮這一趟了。」

聽著她這番話，姜雪寧忽然意識到一個自己以前從未料想過的困境，那就是，此時此刻的謝危根本還跟「反賊」兩個字扯不上任何關係，既沒有暴露自己殺伐果斷的一面，也沒有向蕭氏一族、向皇族露出仇恨的獠牙。在所有人眼中他都是一位無可指摘的智者，一名德行持重的聖人，只有自己一心一意地認為這是一個壞人，所以不會有人能夠理解，她對謝危是何等防備、忌憚，甚至恐懼。

當日層霄樓下，謝危允諾那刺客「絕不傷閣下性命」的場景又歷歷在目，可待那刺客一露頭，箭矢便毫不留情地穿過他的頭顱。

而謝危對此一臉平靜，好像先前並未對刺客做出任何承諾一般。

這樣一個心機深沉、詭詐之人，在已經對她有所懷疑的情況下，竟然很快就要成為她的先生！皇宮偏偏又是個動輒得咎的環境，她要怎樣才能從這死局之中全身而退？

只這麼一想，姜雪寧都渾身發冷。

走著走著，她的腳步便停了下來。

方妙她們相互談論著這一次出宮之後應該準備點什麼東西再入宮，正想問姜雪寧會帶什麼好玩的，結果一回頭發現沒了人，頓時訝然：「誒，姜二姑娘？」

姜雪寧站在那高高的宮牆下，一動不動。

方妙走近一看，才發現她面上竟是神情變幻，好像正在天人交戰之中，要做出一個十分困難的決斷，不由嚇了一跳：「妳沒事吧？」

姜雪寧抿直了嘴唇，忽然抬頭道：「我要回去找謝先生。」

方妙瞪圓了眼睛：「回去找謝先生？」

姜雪寧握住她的手，肅然道：「若兩刻之後，我還未回仰止齋，還請方小姐一定要來奉宸殿救我！」

方妙簡直一頭霧水，剛想說「妳回去找謝先生能遇到什麼危險還需要我來『救』」，可姜雪寧叮囑完這句後，直接鬆開了手，竟是決然轉身，提了裙角疾步往回走去。

沒一會兒她便重新繞過宮牆，進了奉宸殿。

謝危這時正捲了案上的答卷，與其他三位先生說過幾句話，便要往偏殿裡去，結果才一抬頭就看見重新出現在殿門前的那道身影。

幾位先生也都看到了，不由一怔，遲疑地看了謝危一眼：「謝少師？」

謝危也沒想到姜雪寧竟敢去而復返，他向其他人笑道：「我留下來處理，幾位老大人先走便是，等明日到了翰林院，我等再商議講學的內容也不遲。」

幾位先生原本就不大想插手這教公主讀書的事情，且也沒看過姜雪寧的答卷，只以為這女學生是要為哪個被黜落的伴讀抱不平，躲還來不及，聽謝危這般說，便都道一聲告辭，從殿中出去了。

謝危一擺手，宮人們也都退了出去。

先前還有不少人的奉宸殿上，頓時冷冷清清。

謝危穿著道袍的身影在殿上那半明半暗的光線中，顯出幾分脫俗絕塵的清朗，面上平靜，只道：「寧二姑娘想問的恐怕不是別人的答卷，而是自己的答卷吧？」

姜雪寧是怕久了，心底反有一股邪火。

入宮這件事從一開始就出乎她的意料。

先是燕臨橫插一腳，硬讓沈芷衣將她的名字呈了上去；後是沈芷衣去擺平禮部，讓她被擢選入宮伴讀，還交代過了宮中的女官不與她為難。

到了謝危，她本以為該有轉機，畢竟此人別的不說，治學嚴謹出了名。

可萬萬沒想到，她交上去那樣一份不學無術又離經叛道的答卷，謝危竟跟睜眼瞎似地讓她過了。

姓謝的治學的操守哪裡去了？

這一世的經歷漸漸與上一世重合，她隱然覺著自己無法改變什麼的憤怒，漸漸壓倒了對謝危的恐懼，也使她在這種極致的困頓之中，生出了幾分質問的膽量。

當下，姜雪寧立在殿中，未退一步，近乎以一種逼問的姿態，冷然道：「世人都道謝先生聖人遺風，治學嚴謹，除愛琴外便是愛書。可今日雪寧自知學識淺薄，答卷也不過一通瞎寫，如何答得比我好的離開，我這個一塌糊塗的反倒能留下？」

謝危淡淡一笑：「寧二姑娘不裝了。」

姜雪寧不說話。

謝危只將她那一張答卷從案頭上那一堆答卷之中起了出來，拎在指尖，抖了一抖，才念道：「子曰：天生德於予，桓魋其如予何？請以『德』字立論。寧二姑娘在答卷上寫，孔聖人與德與桓魋本無聯繫，桓魋不能殺孔聖人，是桓魋廢物，砍樹不砍人；孔聖人能逃，是孔聖人和弟子見機快，跑得也快。本是一與『德』無干之事，不能立論。又寫，誰言桓魋不能如孔聖人何？殺頭、車裂、炮烙，有的是辦法治他。或將孔聖人洗淨撒鹽，放入蒸籠，待其軟爛；或將孔聖人醃製裹粉，擱入油鍋，炸至金黃……」

他聲音極其好聽。

只是越是好聽，當他平靜念出這些字句時，越是教人後腦杓發涼。

「……」

姜雪寧忽然又覺得那一點剛冒出來的作死勇氣，開始在她身體裡消退。

謝危從來沒有教過這麼棘手的「學生」，念完後，抬起頭來注視著她：「我讀聖賢書這許多年，竟不知道孔聖人有這十八般做法。寧二姑娘怎不連抹料生吃也寫進去呢？讀書不見得學了什麼道理，於烹調一道居然還頗有心得。」

這話擺明了有點嘲諷意味。

姜雪寧聽得不痛快，下意識便反駁：「烹調之道，在謝先生面前，哪敢班門弄——」

一個「斧」字卡在喉嚨，她忽然覺得一股寒意從腳底下一直竄上來，順著脊骨直接爬到後頸，讓她一下打了個冷顫。

壞了……這話茬兒不該提的！

「……」

謝危掐著那張答卷的修長手指，有一剎那的緊繃，屈起的線條都似張滿了某種一觸即發的暗流。

然而僅僅是片刻便放鬆了，他慢條斯理地將這張答卷平放回去，只微微地彎起唇角，輕輕道：「原以為四年前的事，寧二姑娘都忘了，沒料想，竟還是記得的。」

姜雪寧渾身都在打顫，想要跑，可理智卻控制著她，讓她兩腳死死釘在了地面上，動也不能動一下，強作鎮定道：「是雪寧失禮，一時胡言，望先生見諒。今日雪寧來，只想問明答卷一事，還請謝先生道明緣由。」

謝危把話說得很客氣：「寧二姑娘的答卷看起來的確與尋常人不同，想法頗為跳脫，天馬行空。若是教其他先生看見，必不能讓二姑娘過了。可謝某不才，倒發現寧二姑娘也是讀了不少書的。『匹夫見辱』一句出自《留侯論》，『匹夫一怒血濺五步』則出自《戰國策》，尋常閨中姑娘可不讀這樣的書。敢說孔聖人胡說八道，原來寧二姑娘胡說八道的本事也不低的。」

姜雪寧心都涼了半截。

謝危重將那一摞答卷捲了，道：「雖都言朽木不可雕，可謝某既為人師，也得雕進去才知裡頭是不是藏了一段金玉。寧二姑娘以為呢？」

姜雪寧上一世當了皇后之後，尤其是與蕭姝爭鬥的那段時間，的確是認認真真讀了不少書，就怕自己一朝計謀算不過，被人從皇后寶座上拉下來。便是當年在宮中伴讀時，她都不曾那麼刻苦過。

人習慣了自己所知，也就不覺得一些常掛在嘴邊的話有什麼不同之處，是以方才抬槓答卷時，才會毫無防備地以此為論據，來駁斥聖人言論。

殊不知，正如謝危所言，尋常女兒家誰讀這個？

她眼神一時閃爍，絞盡腦汁地想為自己找個合適的藉口。

卻不想謝危已夾了答卷從殿上走下來，到得她身邊時，腳步才略略一停，竟道：「妳現在是在想，要找到怎樣的理由才能說服謝某，不讓妳這一張答卷通過，好逃掉伴讀，離宮回家嗎？」

姜雪寧見他近了，不由退了小半步。

謝危卻是一下笑起來：「若如此，實在不必在謝某這裡白費什麼力氣了。一則，幾日之前令尊便已託謝某在宮中對寧二姑娘多加照顧；二則，燕世子昨日來央我抄了一份題卷去，也請謝某好生教導寧二姑娘；三則，古人言，滴水之恩，湧泉相報……」

姜雪寧下意識抬眸看他。

又是那種不妙的預感。

謝危眉目間一片平靜，一襲青衫，有高山巍巍之峨，只道：「寧二姑娘入選伴讀也有幾日了，竟不曾聽說過嗎？入宮伴讀名單的擢選，雖是由各家呈交、經禮部擢選，可禮部定的名單，最終要遞到謝某這裡過目定奪之後，才能下發。也就是說，妳的名字，早從謝某這裡勾過一遍了。」

他若不同意……任何人的名字都能從名單上劃去！

這番話簡直如雷霆落下，瞬間把姜雪寧炸懵了。

居然還有謝危一份！

於是先前那個「到底是誰要搞我進宮」的疑惑，徹徹底底得到了解答，讓她有一種近乎崩潰的了悟。

原來不是「誰要搞我」，而是「誰都要搞我」。

姜雪寧整個腦袋一時都成了一團亂麻。

她想罵人。

謝危卻靜靜看著她，目中掠過幾許深思，突地一笑：「妳這般不願入宮伴讀，是怕我殺妳滅口？」

第三十二章　罅隙有光

秋意已深，即便是正午時分，日頭高照，也滅不去風裡那一陣漸漸刺骨的寒意。

謝危站在殿門口。他身形頗高，正好將殿門外穿進來的一片光擋住了，將姜雪寧略顯纖細的身形，都覆在了他的陰影之中，而這一刻，她張大了眼睛也無法分辨在逆光的模糊中，謝危到底是什麼樣的神情。

怕嗎？

怕的，很怕很怕。

這一刻，姜雪寧忽然覺得好累，渾身力氣都像是被人卸光了一般，終於徹徹底底地不再遮掩，眨了眨眼道：「我只是一閨閣小姐，在朝中既無勢力，更無野心，甚至除了家父以外，與謝先生再無任何交集。於謝先生而言，我是一隻先生略施手段便可捏死的小小螻蟻，並不能對先生造成任何威脅。若我說我害怕，但從頭到尾並無背後告發、加害先生之意，先生願信嗎？」

謝危沉默良久，反問她：「妳若是我，妳敢信嗎？」

不是願不願，而是敢不敢。

姜雪寧輕輕地垂下頭來，一段修長而白皙的脖頸，即便在發暗的陰影中也如雪色一般。

她這時還真設身處地想了想。

若她是謝危，最少從四年前開始便有一番自己的籌謀，卻因為病糊塗或身在絕境有瞬間的不理智，而對當時身邊唯一的一個人道出了些許驚世駭俗之語，但事後偏又逃出生天，她會相信這個人能永遠守口如瓶，不對任何利益相關者吐露這個祕密嗎？

姜雪寧眼睫顫動，儘管心內萬般不願，卻也不得不承認，慢慢道：「我不敢信。」

儘管那威脅可能只是塵埃般的一點，但千里之堤毀於蟻穴，焉知他日不會因這一點而功虧一簣？

相信她、放過她，無異於將自己全部的籌謀甚至自己的項上人頭置於險境，任何時候都要擔心，這個人會不會抓住機會便算計我？什麼時候會在背後捅我一刀？

想明白這一點，姜雪寧確信，自己必死無疑。

前世匕首劃過脖頸時的痛楚，幾乎在她有了這個認知的同時冒出來，讓她交疊在身前的雙手有些控制不住地顫抖。

但偏在這一刻，她竟不願表現出恐懼。

她用力攥緊了自己的手指。

謝危又問她：「那寧二姑娘覺得，當四年後，忽然有一天，我發現那個知道我祕密的小丫頭，並不是我以為的那般天真無知，我該做何揣測？」

姜雪寧道：「她裝瘋賣傻，試圖保命。」

謝危的目光垂落在她過於用力的手掌上。「所以，若妳是我，這個人除不除呢？」

姜雪寧微微閉了眼說：「可先生，我不想死。」

謝危便又沉默下來。

這一段時間，忽然就被無限地拉長，極度的緊繃裡，姜雪寧覺得自己如同一隻待在鍘刀旁的羔羊，不知道什麼時候會被放在那利刃之上。

謝危凝望了她很久，似乎在考慮什麼。

末了，他竟然向她伸出手來，緩緩道：「妳不是我的威脅，真正的威脅是，我不敢信妳，卻又想要信妳。寧二姑娘，謝危不是不記恩的人，只是妳所表露的並不在我意料之中。我需要看清楚，妳是一個怎樣的人，又是不是值得我冒險信任。我並不想除掉自己的救命恩人，所以，這半年伴讀，還請妳好好待在我眼皮子底下。」

他說話時，修長的手指輕撫她頭頂。

姜雪寧怔住。

謝危只道：「雖然妳並不願待在宮中，但這是我現今唯一能說服自己，可以不立刻殺掉妳的辦法了。請妳把四年前的事埋在心底，成為永遠只有妳和我知道的祕密。不要逼我，也不要再惹我生氣了。」

說罷，他收回手，轉身從殿內走了出去。從暗處走到明處。

外頭的天光終於將他整個身形都照亮了，蒼青的道袍衣袂飄搖，行走於朱紅色的宮牆下，漸漸遠去。

回到仰止齋的時候，姜雪寧整個人簡直像是剛被人撈出來的水鬼，腳步虛浮，臉色煞白。

方妙正坐在廊下，掐著手指算過去了多久，考慮著一會兒若真過去兩刻，自己要不要去「救」這位姜二姑娘。

她總覺得像是玩笑，結果一轉頭看見姜雪寧這般模樣回來，驚得直接站起來：「姜二姑娘，妳、妳這是怎麼了？」

直到這時她才意識到，姜雪寧先前說的話，也許並不是玩笑。

可是，朝野上下誰不知道，謝危是何等好相處的人，姜二姑娘到底是要去爭論什麼，才能被這個聖人脾氣的的謝先生嚇成這樣？

姜雪寧卻沒有回答。

她徑直進了自己的房間，返身將門闔上，這才背貼著門慢慢地滑坐下來，用雙手蓋住自己的臉，貼在屈起的雙膝上。

直到這時，她才能清晰地聽到自己的心跳與呼吸。

她還活著。

北面那扇小窗裡，有陽光透過雪白的窗紙照進來，細微的塵埃在空氣裡浮動，如同水裡游動著的發亮光點。

姜雪寧抬起頭來注視了那些塵埃許久，才忽然笑出聲來。

暢快地笑，也自嘲地笑。

謝危竟然說不想殺她！

這樣一個詭詐的人，她該信嗎？

可如今她既不是皇后，手中也不握有任何權柄，不過一個閨閣女子，便是出門被山匪殺了，只怕也濺不起多大的水花，想遮掩的人自有千萬般的手段來遮掩。

豺狼有必要欺騙螻蟻嗎？沒有。

那上一世的謝危，又為什麼要對她說出那樣一番可怕的話來？

這瘋子覺得嚇她很好玩？

又或者，謝危態度的改變，是因為她這一世的改變……

重生回來還不到一個月，她所能做的事少之又少，真正論來，只有一件，那便是沒有在理所當然地享受著燕臨對自己的好時，卻籌謀著去勾搭沈玠。

如果這的確是謝危對自己兩世態度有所差異的原因，而這時燕臨甚至還沒有去投謝危，那麼，她便可以相信：上一世尤芳吟對她吐露過的二十年前前一朝的隱祕，八成是真的！

那謝危會屠戮皇族和蕭氏，實在不足為奇，甚至情有可原。

這一瞬間，姜雪寧竟覺著這人實有些可憐。

可轉念一想，她泥菩薩過河自身難保，哪來的資格去憐憫一個正手握自己性命的上位者呢？

她緩緩閉上眼睛，在心裡將這個時間念了又念，終於緩緩地吐出一口氣。

「半年，半年……」

「避無可避，不如見招拆招。」

躲得了當然好。

可實在躲不了，她也不想引頸受戮。

若謝危先前一番話都是真的，那自然最好，她半年過後出宮，便可逍遙自在。若謝危是詭詐心性，一番話不過騙她，那這半年待在皇宮，反而是她所能做的最安全的選擇。

不管謝危如何，在宮中總是要顧忌幾分。

退一萬步講，對她來說，最差的情況不過是重複上一世的老路，豁出去繼續勾搭沈玠，當上皇后再慢慢跟謝危搞。

想明白自己接下來如何行事之後，姜雪寧又在原地坐了好一會兒，終於覺得腿上有了些力氣，於是重新站起來，替自己洗漱，清醒清醒，然後稍微收拾一下行囊，準備出宮。

這三天入宮，不過是為了學規矩外加再次擢選。真正伴讀是兩日之後，最終被選上的人回家辭別父母略做收拾後，再次入宮，仿效朝中官員實行休沐制，入宮為公主伴讀後，每十日可回家一日。

學問考校的結果出來之後，樂陽長公主沈芷衣便派人賜了許多賞下來，選上的和沒選上的都有，不過選上之人多加了一套文房四寶。

姜雪寧隨眾人出宮前，長公主還親自來送，拉著蕭姝的手說了好一會兒的話，又拉著她的手說了好一會兒的話，這才讓身邊的管事太監黃仁禮帶著一干宮人領她們出宮。

❀

姜府派來接人的馬車早在宮門外等待。

蓮兒、棠兒侍立在馬車旁，遠遠看見她從宮門口走出來，高興得直跟她揮手。

姜雪寧與其他人道別，上了馬車。

棠兒看出她似乎有些累了，忙將車內的引枕放好，扶她靠坐下來，打量她時未免有些擔心：「姑娘這些天累壞了吧？」

姜雪寧心道累是真的，怕也是真的。

當下只慢慢閉上眼，考慮了一番後道：「一會兒回府後，我先睡上一覺，妳則派個人去勇毅侯府遞話，約燕世子明日酉時在層霄樓見，我有事想跟他說。」

要知道，以前二姑娘和燕世子玩，大多時候是燕世子找上門來，所以漸漸連她們這些丫鬟都習慣了時不時看見燕世子大剌剌出現在姜府的院牆上，或者姑娘的窗沿上。

極少有二姑娘主動約燕世子出來的情況。

棠兒聽著姜雪寧聲音平靜，卻不知為何忽然生出了幾分心驚之感，但也不敢多問，輕聲應了。

姜雪寧閉目小憩。

馬車一路從宮門外離開，只是走出去還沒多遠，外頭忽然響起一道壓低的聲音：「二姑娘！二姑娘！」

姜雪寧覺得這聲音好像在哪裡聽過，睜開了眼。

外面趕車的車夫見著人，及時停下來，轉頭向著車簾內稟報：「二姑娘，是個姑娘，好像要找您。」

姜雪寧一擺手，讓蓮兒掀開車簾一角，朝外面一看，竟然是尤芳吟。

她今日穿著一身月牙白的衫裙，只是看著也不怎麼新。頭髮綰成了髻，卻沒戴什麼頭面。一張僅能算是清秀的臉上，寫滿了忐忑與緊張，兩手都揣在袖中，似乎是捏著什麼東西，但隔著袖袍也看不清。

她的緊張彷彿都因此而起。

但在越過車簾，看見坐在車內的姜雪寧時，她一雙眼一下就亮了幾分，連著眼角那一顆微紅的淚痣都像是綴滿了光。

姜雪寧竟被這呆板木訥的臉上忽然迸出的一線明麗與鮮活晃了下眼，一時沒反應過來，看了她一會兒。

只在這一會兒，尤芳吟又變得緊張起來，先前那一抹明亮迅速壓下去，重新被她原本的怯懦與畏懼取代。

她磕磕絆絆地開口：「我、我、我……」

姜雪寧一看便嘆了口氣道：「上車來說吧。」

看她這模樣，一時半會兒是抖落不清楚了，總不能讓她一直在車外站著。

車夫便搬了腳凳，退到一旁，讓尤芳吟扶著車轅上了車來。

姜雪寧讓她坐到自己對面，只道：「什麼事找我？」

尤芳吟坐下之後未免有些手足無措，身體繃得緊緊的，想了半天都不知道說什麼，看了她兩眼，似乎是深吸一口氣，鼓起了勇氣，才將自己藏在袖中的東西取出來。

那是一只簡單的方形匣子，扁扁的，看起來裝不了多少東西，且是很容易見到的酸枝梨木，並不名貴。

她卻用雙手捧著，將它遞向姜雪寧，期期艾艾地道：「是、是想把這個交給二姑娘。」

姜雪寧猜，大約是自己救了她的命，她買了些東西來報答吧？

可她實也不求尤芳吟的報答，當下並不伸手去接，只放軟了聲音：「妳在府中的處境原也不好，有什麼東西還是先留在自己手裡，便是想要報答，也等自己處境好些以後吧。」

「不，不是……」

尤芳吟聽了她的話便知道她是誤會了，腦子裡有一籮筐的話想說，可她嘴笨，話到喉嚨口愣是沒辦法說成一句完整的話，且在姜雪寧面前又不知怎的格外緊張，所以越發顯得木訥笨拙。

她只能將這匣子放到姜雪寧手中。

「這一定要給二姑娘，都、都是您的。」

她的？

姜雪寧實不記得自己給了她什麼東西，見她如此堅持，倒是有些被她這執著且笨拙的模樣打動，笑了一笑道：「那我看看。」

她抬手打開匣子，下一瞬間，便徹底怔住。

這簡簡單單的匣子裡，躺著的竟是薄薄一疊銀票，旁邊壓著一只繡工精緻的月白色香囊。

銀號是如今京中最大的銀號，每一張銀票都是百兩，姜雪寧手指輕顫，拿起來略略一點，竟有兩千五百兩之多。

一個小小的伯府庶女，如何能拿得出這麼多錢？

在看到這些銀票的瞬間，她便忽然明白了什麼，眼底微熱，幾乎便要有淚滾下。

可她還是抬起頭來問她：「妳哪裡來的這麼多錢？」

尤芳吟眨了眨眼，好像不明白她為什麼這麼問。「不是姑娘教我的嗎？拿了錢去江浙商會外面找一個叫許文益的商人買下生絲，然後等半個月漲價了再賣出去。我、我買了整整四百兩的絲呢。」

她竟然真的去做了……

姜雪寧差點哽咽。

可看著這些銀票，她依舊算了算，只道：「四百兩銀子的本，賺三倍也不過多一千二百兩，妳手裡撐死也就連本一千六百兩，如何有兩千五百兩之多？」

尤芳吟老老實實道：「賣是只賺了一千二百兩，可賣完絲後，許老闆無論如何都說要給我添兩千兩，我拗不過，勸了好久，他才答應只添九百兩作罷。」

姜雪寧疑惑：「許老闆給妳錢？」

尤芳吟小雞啄米似地點頭，一說起這個來，兩隻眼睛便亮晶晶的。「是呀。我的絲賣出去了，許老闆的絲也賣出去了，賺了好多錢。他家鄉的蠶農知道這件事後也很高興，讓許老闆轉告我說，若明年芳吟還想繼續做生絲的生意，到時可以勻一些好的貨給我，叫我只交一半的定金先拿去賣都行呢。」

許文益的絲賣出去了……

姜雪寧的眼皮跳了一下。「他知道絲價會漲？」

尤芳吟只看她神情似有變化，剛才亮起來的眼睛又有些收斂起來，聲音也小下去很多，囁嚅道：「他問我，我就告訴了他。但、但您放心，我沒有提及過您的身分，許老闆問我您是誰，我也沒有說一個字。」

姜雪寧捧著這匣銀票，簡直不敢相信自己聽到了什麼。

第一，上一世的尤芳吟也不過只在這一場生絲交易中賺了三倍，可現在這個尤芳吟拿出去四百兩，收回來二千五百兩。

第二，這個傻姑娘自己發財也就罷了，竟然還將消息跟許文益說了！

她眼神複雜地望著她：「妳怎麼敢告訴他呢？這種消息說出去，會闖禍的。」

尤芳吟臉色都白了，兩隻手緊緊地攥在一起，張了張口：「可、可許老闆是個好人……」

好人？

姜雪寧兩世為人，除了張遮之外，都不知道好人兩個字怎麼寫。

她道：「妳怎麼知道他是個好人？若他利慾薰心，只怕妳今天都不能活著出現在我面前。」

尤芳吟被她這麼重的話嚇到了。

她好半晌只知道望著她，一雙眼睛睜著，裡面好似有千言萬語，可就是說不出一個字。

姜雪寧長嘆一聲：「罷了。」

她作勢要將這匣子遞回去，想反正這一次也沒出事，只叮囑她以後小心一些也就是了。卻沒想，尤芳吟忽然又開了口，聲音雖然因為害怕而有些發抖，可望著她的眼神裡竟有一種莫名的堅定與堅持。「二姑娘，我、我去江浙會館之前，有問過的。許老闆他、他身家性命都在這樁生意裡，而且他家鄉的蠶農們還在南潯等他賣了絲拿錢回去。我、我、我姨娘告訴我，一個人若有很多朋友幫他，也有很多人願意相信他，至少該是一個不壞的人。如果，如果我不告訴他，他怎麼辦？那些蠶農，又怎麼辦？所以我、我才……」

姜雪寧怔住，下一刻卻是笑了出來。

然而笑著笑著也不知為什麼，心底一股酸楚湧出，先前壓下來強忍在眼眶裡的淚全掉下來，啪嗒啪嗒滾落，把匣子裡的銀票都打濕了。

「傻姑娘……」

尤芳吟先是見她笑了，臉上便跟著明媚起來，只以為她不追究了，甚至也覺得自己做得對。可還沒等她高興，姜雪寧又哭了。

她嚇得手忙腳亂，慌了神，連忙舉起袖子來給她擦眼淚。「您別哭、您別哭，都怪芳吟。芳吟知道錯了，以後再也不對別人亂說……」

姜雪寧聽她這般說話，淚越發止不住。

尤芳吟都跟著哭了起來，自責極了：「姑娘希望我賺錢，那一定是芳吟不夠好，這一回很多很多……」

賺得還不夠多。您別哭了，下一次，下一次我一定更認真地學，下一次一定給姑娘賺更多，

真的是個傻姑娘啊。

姜雪寧哭著，又想笑，一時前世今生，萬種感受都翻湧上來，卻化作了一種更深更沉的東西，實實地壓了下來，讓她終於從不著邊際的半空中踩到地面上。

她控制不住地哽咽，當下垂眸看著那一匣銀票，又把頭抬起，似要止住淚，聲音裡卻猶帶哭腔：「不，很好了，妳真的已經做得很好了。」

是我。

是我不夠好。

第三十三章　好風日

姜雪寧從不否認自己是個很自私的人。比起現在這個尤芳吟，她內心深處曾卑劣地希望，來到這裡的是那個熟悉的尤芳吟。

可這種卑劣終究有限。

她無法坐視這個尤芳吟遭人加害，也無法想像自己放任這一切發生後又將怎樣與另一個尤芳吟成為朋友，所以她救了她，卻看不慣她的怯懦，看不慣她與另一個尤芳吟不一樣的所有。

可這個尤芳吟，憑什麼要成為另一個尤芳吟呢？

她只是在過自己的人生罷了。

而她雖然救了她，卻沒有資格對她的人生指手畫腳，也沒有資格對她的任何選擇表達失望──更不用說，她竟然真的照著她的指點去做了，去買生絲、去學記帳，走出了尋常女子不敢走出的後宅，然後將她滿滿的感恩都放進這一只小小的匣子裡……

姜雪寧過了好一會兒才平靜下來，望著她道：「接下來呢，妳有什麼打算嗎？」

尤芳吟見她終於不哭了，才稍稍安心，這時愣了一愣，想想道：「賺錢，賺更多的錢，讓二姑娘高興！」

又是傻裡傻氣的話。

姜雪寧沒忍住破涕為笑，只覺得這個尤芳吟實在太認死理了，可轉念一想，不管原因是什麼，想多賺錢並不是一件壞事。

對現在的尤芳吟來說，沒有比這更好的選擇。

不過在這之前也有問題需要解決。

她記得先前在宮中時，曾聽沈玠提過一句，說查出漕河上絲船翻了，是官商勾結哄抬絲價，想要從中牟利。

姜雪寧道：「你們生絲賣出去前後，可聽過什麼不同尋常的消息？」

「有的。」尤芳吟連忙點了點頭，神情間還有幾分畏懼。「就在前天，好多會館裡都來了官兵，抓了六七個大商人走。聽許老闆說，都是生意場上排得上號的大商人，有好幾個人先前跟他提過要低價買他一船的生絲。可他當時覺得價錢太低，連回去給鄉親們的錢都沒有，就沒有答應。沒想到我們的絲剛賣出去他們就出事了，還聽說好像是因為什麼哄抬絲價。我和許老闆都很怕，但等了兩天也沒有人來抓我們。不過昨天晚上，我們府裡有個管事被帶走，好像是說他家裡哪個親戚和漕河上哪個官員認識，不知道是不是被牽連……」

姜雪寧聽著前半段還好，待聽見尤芳吟說清遠伯府有個管事被抓起來時，頭皮炸了一下。

若是官商勾結故意翻船哄抬絲價這種大案，沒道理連清遠伯府裡這些小魚小蝦都要過問，光抓著的那些官員和商人便足夠折騰一陣。

可連管事都抓？

她慢慢抬起手來壓著眉心，儘管沒有任何證據，可她現在敢斷定，一定有人暗中在查尤芳吟。或者說，是在查尤芳吟背後的自己……

上一世的尤芳吟到底從這一樁生意裡賺了多少，又是不是同許文益說了這件事，姜雪寧並不清楚。但她知道，尤芳吟既然敢借印子錢來做生意，必定是因為提前知道確切消息，所以才敢放手一搏。

倒推回去，清遠伯府裡有人會被查出來是情理之中的事。

因為當時的尤芳吟才剛穿越過來不久，不可能有什麼自己的人脈去得知這個消息，那麼，多半是機緣之下偶然得知。

這一世的尤芳吟是從自己這裡得到消息，卻與上一世的尤芳吟做了同樣的事，甚至可能因為她的善意而引起旁人對這件事的關注，這才捉住了蛛絲馬跡去查她。

且必然是排查了她接觸過的所有人，然後才查到這個管事的身上。

若真如此，這管事的多半是為自己揹鍋了。

尤芳吟看她神情變幻，心底的不安也漸漸生了起來，忐忑道：「是不是有人在查這件事，而我很有可能牽累到姑娘？」

姜雪寧輕輕地吐出一口氣。

她感覺到暗中有人在窺伺自己，但如果有人為她揹鍋的話，也許還沒來得及查到自己身上。畢竟誰能想得到，她這樣一個與漕河毫無聯繫的閨閣小姐，竟會知道這種消息呢？

這是一件不符合常理的事。

所以即便她的名字在排查名單上，只怕也會被人下意識地忽略。

那麼，儘管情況似乎有些棘手，但依舊能夠亡羊補牢。

姜雪寧對她道：「不管以後妳要做什麼，行事都必須小心。妳以前未對那位許老闆提起我一個字，往後也不要多提一個字，尤其是我的身分。我不知道妳今日來找我，後面是不是有人跟著，但不管有沒有，妳都當不知道這件事。而我也不是曾指點過妳什麼訣竅的人，只是妳很感謝的救命恩人。明日妳去買些東西，然後偷偷溜出府，到姜府側門，悄悄拜訪我。我正好交代妳幾句話。」

尤芳吟面上一肅，顯露出前所未有的認真。

她用力地點了點頭，可隨後便皺了眉：「我若鬼鬼祟祟地來，不更教旁人懷疑嗎？」

「要的就是他們懷疑。」姜雪寧一雙眼底覆上了些許陰霾，儘管不知道暗中的對手是誰，可她必須格外小心，也對尤芳吟解釋了一句：「一則財不露白，妳若賺了錢，大張旗鼓買東西來謝我這個救命恩人，實在奇怪。且妳在伯府中也是小心翼翼，偷偷來看我似引人懷疑，可細細追究下來，這才是最合乎妳處境的辦法。」

尤芳吟聽得似懂非懂。

姜雪寧卻笑：「若妳有朝一日要最大程度地打消一個人對妳的懷疑，一定要讓他先懷疑妳，再讓他自己否定自己的懷疑。因為人習慣懷疑別人，卻總是很相信自己。須知，天底下，藏在暗處的聰明人都是很難對付的。」

尤芳吟垂著頭，若有所思。

姜雪寧接著便將那裝著銀票的匣子遞了回去。「錢妳拿回去吧。」

尤芳吟怔然：「我帶來就是給姑娘的！做生意的錢是您給的，賺錢的法子也是您說的，連我的命都是您救的，這錢您若不收，我、我……」

她兩眼一紅就要哭出來。

姜雪寧卻只將那匣子裡壓著的一枚月白色香囊撿了起來，問：「妳上回撞倒了別人的小攤子，為的便是這個嗎？」

月白色的底上，用深藍的線繡著牡丹。裡面還夾雜著幾縷暗金，是用金線一針一針刺上去的，針法很是別致。

尤芳吟沒想到她竟然知道自己那天傻傻笨笨撞倒人攤子的事，一時臉頰都紅了，兩手放在膝蓋上，一身的無所適從，囁嚅道：「我只是從商行回來的路上看見，覺著裡面有個香囊針法很特別。我什麼也不會，第一回見姑娘的時候還撞落染汙了您的香囊，所以便想要繡一個更好的給您……」

姜雪寧凝視著手裡的香囊不說話。

尤芳吟卻是難得說到自己擅長的事，眼神重新亮了些。「這繡法我學了好久才學會的，而且這塊料是上一回在許老闆那裡見到了他們南潯的一位蠶農，說是自家的絲織的綢，正好剩下來一小幅，送給了我。我想這是我第一次做生意，還是二姑娘教的，正好拿來繡個香囊。好看嗎？」

「好看。」

姜雪寧心底暖融融的，又險些掉淚。

她將這香囊攥在了自己手裡，只道：「錢不用，但這個香囊，我收下了。」

尤芳吟抬起頭來，似乎還想要說什麼：「可——」

姜雪寧卻伸出手來，將她摟在懷裡，抱了抱她，輕聲道：「妳今天帶給我的東西，比這些錢都重要。」

尤芳吟愣住了。

姜雪寧的懷抱是溫暖的，甚至溫柔的。

她的聲音也如夢囈般漂浮著：「謝謝妳，還有，很抱歉。」

很抱歉，我誤會了妳。

很感謝，妳告訴我，原來我可以。

沒有人知道，這一天她已經在崩潰的邊緣遊走過數次。

這一天，謝危告訴她：妳無法逃避。

也是這一天，尤芳吟告訴她：妳能夠改變。

儘管這一世很多事情的軌跡似乎與上一世並沒有太大的偏離，可每一件事又與上一世有所差別。

尤其是尤芳吟。

她本以為救了她，這也還是一個怯懦的、一事無成的尤芳吟，那種對於她的失望，不如說是對自己無法改變什麼事的失望。

可尤芳吟去做了，還做成功了。

甚至嚴格算來，比上一世的尤芳吟還要成功。

儘管留下了一些首尾，可那比起她今天所得到的，又有什麼要緊呢？

尤芳吟既不知道她今天為什麼哭，也不知道她剛才說的這句話是什麼意思，可從這個懷抱裡，感覺到了一種前所未有的柔軟。

那由她帶來的匣子，又被放回到她的手中。

姜雪寧只向她道：「明天來找我。」

尤芳吟抱著那只匣子，愣愣地點了點頭，從車上下來，忍不住回頭看了她一眼，才將那匣子藏回袖中，慢慢地順著長街走了。

姜雪寧看著她走遠，越來越遠。

最後卻從車裡出來，站在外面的車轅上，眺望著她的身影，直到再也看不見。

謝危捲著那幾張答卷，從宮內順著朱雀長街走出來時，望見的便是這樣一幕。

馬車停在路邊，姜雪寧站在車上遠眺。

秋日難得晴朗的天空裡，晚霞已經被風吹來，而她便在這霞光中。

姜雪寧回身要鑽回車裡時，一下就看見了停步在不遠處的他。

本該是怕的。

可也許是今日見到這樣的尤芳吟太過高興，此刻看見本該是面目可憎的謝危，竟也覺得順眼許多。

她彎了彎唇，向他一頷首，只道了一聲：「謝先生好呀。」

謝危沒有回應。

他只覺得她唇邊那一抹笑意，像是這天一般，忽然揮開了身上所有壓著的陰霾，有一種難得晴好的明朗。

便像是今日的天一樣。

姜雪寧也不需要他回應什麼，只不過是這麼打一聲招呼罷了，然後便進了車內，叫車夫重新啟程，向著姜府的方向去。

快到宮門下鑰的時間，很多臨時被召集入宮議事的大臣也陸續出宮，半道上看見謝危立在那邊，不由問：「謝少師在這邊看什麼呢？」

謝危於是收回了眸光，轉而望向那天。

近晚時分，格外瑰麗。

頭頂最高處是一片澄澈的深藍，繼而向西，漸次變作深紫、赤紅，而後金紅，是烏金沉墜，然後收入西邊那一抹鍍了金邊的黑暗中。

也不知為什麼，他笑了一笑，只回那位大人道：「風日真好。」

卷二

奉宸殿，韶光漸

第三十四章　風雨前夕

「呂老闆，謝先生來了。」

天色暗了，街道上已經甚少有行人走動，大半的鋪面也已經關閉，但臨街一棟樓的二樓上，幽篁館外面掛著的燈籠還亮著。

後面的暗室外，有小童通稟。

呂顯正坐在裡面，看著下面遞上來的結果，很不滿意地皺起眉頭。

聽見通傳的聲音，他便罵了一聲：「早不來晚不來，平日八抬大轎請都請不動，一跟他說這兒來了幾塊好木材就自己來了，合著老子還不如兩塊破木頭！」說著，「啪」一聲把密報摔在了桌上。

他起身來，朝外面走去。

幽篁館內專設了一間給客人試琴用的琴室，呂顯推開門進去的時候，就見自己的小童已經十分自覺地在屋裡放了個燒炭的暖爐，還給謝危沏了他這裡最好的碧潭飄雪。

呂顯一時鼻子都氣歪了，走過去就拿手指頭戳小童腦門說：「他來買塊木頭才多少錢？你給他端個炭盆、沏泡好茶，你老闆我還賺什麼？長長腦子不行嗎？」

小童幽幽看了他一眼。

自家老闆這摳門德性，改不了的。

且謝先生哪次來，喝的茶差了？就算他不沏，老闆等會兒只怕也會自己乖乖去沏茶。

但小童也不反駁什麼，默默退出去，還把門給帶上。

呂顯氣得瞪眼：「看看！這些個下人多沒規矩！這幽篁館到底誰是主人！」

謝危此刻盤坐在臨窗擱了一張方桌的羅漢床上，因為畏寒，腿上還搭了張薄薄的絨毯，聞言只輕輕笑了一聲。

呂顯走過來就發現他在看東西。

十來張寫滿了字的宣紙，應該是被捲著帶來的，兩頭還有些翹起，看模樣竟像是答卷。

謝危眼下瞧著的，就是面上的那張，他看著看著便不由一根手指微屈，貼在唇上，竟是笑出聲來。

這狗爬字……呂顯只看一眼就覺得眼睛疼。

他直接撩了衣袍下襬坐到謝危對面，面色古怪道：「聽說你今天入宮是要去考校為公主選上來的伴讀，這些不會都是那些個世家小姐的答卷吧？這字也忒醜了些。」

謝危卻不接這話，只將下面其他的十一份答卷都抽出來，輕輕一鬆，隨手扔進炭盆裡，一下燒著了。他不甚在意的樣子，僅留下方才看的那一份，捲起來收到一旁，這才略略揚眉道：「你這兒來了上好的楸木？」

不開口則已，一開口噎死個人。

如果不是眼下在為此人做事，呂顯敢保證，像謝危這種人，出門就要被打死，並且心裡為他祝福，下張琴最好斫個三五年，再被人一刀劈了。

當下他冷冷地扯開唇角道：「上好的楸木是有，但我這裡有兩個壞消息，你要先聽哪個？」

謝危便輕輕嘆了口氣：「還對那個尤芳吟耿耿於懷啊。」

早知道便叫劍書來幫取木材，何必自己跑上一趟。

呂顯現在聽不得這個名字，一聽就炸，心裡頭壓著一股邪火，總覺得自己是在被人耍著玩。「你交代下去讓他們查，可這好幾天查下來，有什麼結果？」

早在得知許文益囤了生絲不賣的時候，呂顯就覺得這尤芳吟有鬼，且她背後還有個神祕的東家。

不把這東家查出來，他心裡面就跟貓在撓似的，畢竟是做生意成精且還斤斤計較的摳門老狐狸，可去買個生絲竟然被人捷足先登，反而使對方確認了生絲一定會漲，差點沒氣得他吐出一口血來。

這種事，呂顯絕不能忍。

前幾天他和謝居安定了個方向，覺著這件事與漕運、漕河上的人脫不開干係，便使人去排查尤芳吟最近接觸過的人。

頭一遍查，下面回說沒有可疑之人，呂顯氣得把人叫來大罵一頓，又叫他們仔仔細細重新把那些人查個清楚，範圍擴大到整個尤府間接聯繫起來的人上。同時謝危那邊向皇帝上書，陳明京中、江南兩地絲價被惡意壓低之事，以徹查官場上與此事有關的人。

這一下還真查出了結果。

漕河上的確有官員與商人聯合起來，商人們先是惡意壓低絲價，再使人弄翻大運河上運送生絲的絲船，如此供少於求，絲價自然暴漲。得利後，官商各分一半。

事情敗露之後，自然查了一大幫官員和商人。

可尤府那邊，只查出一個管事和漕河上某個官員家跑腿的家僕沾親帶故，事前的確有聽說過這個消息，還在尤府裡喝酒的時候無意中吐露過。

大家都當他是開玩笑，沒當真。

也沒有人真的趁這機會去買什麼生絲囤著等漲價，就連那管事的都沒當真。

「謝居安，這件事真的不合常理。」呂顯用手指輕叩著方几，跟謝危強調。「假設那個尤芳吟的確是有命有運很敢賭，從這個管事那邊得知了絲價會漲的消息，於是去買生絲，可她有必要編造一個本來不存在的『東家』嗎？這個『東家』的存在，對她不會有任何幫助。所以唯一的解釋是，這個『東家』的的確確存在，只是我們都還沒有摸到他藏在哪裡。」

謝危也垂眸沉思。

呂顯卻是越說越沉鬱：「此人行事弔詭，知道消息卻只拿出四百兩買生絲，可能是不敢做，但也可能是沒錢。再要麼就是這一次的事情背後，還藏著我們猜不到的深意。能看透的事情都不可怕，唯獨看不透的事情，讓我很是不安。」

謝危道：「如果你覺著查出一個管事來，還不足以消除你的懷疑，那便再派人跟著那尤芳吟一陣子。許文益的生絲才賣出去沒兩日，錢剛到手還熱乎。這尤芳吟若真有東家，必得要去與『東家』報個帳吧？屆時便可知道，這『東家』到底存在不存在，存在的話又到底是誰。」

呂顯要的就是他這話，當下便笑起來，撫掌道：「那你可得派幾個好手盯著，最好叫刀琴親自去，萬一人東家那邊也是厲害角色，可別賠了夫人又折兵。」

謝危道：「刀琴未必樂意去。別廢話了，還有一個壞消息是什麼？」

呂顯凝視著他，目光閃了閃。

謝危端了茶盞起來，修長的手指搭在雨過天青的盈潤釉色上，停住，忽地意識到了什麼：「與勇毅侯府有關？」

呂顯點了點頭，知道在謝危這裡，但凡與勇毅侯府有關的都是大事——雖然他至今也不明白為什麼。

此刻，他斟酌了一下才開口：「最近京中抓了平南王逆黨，又出了好幾起刺殺朝廷命官的事，皇帝顯然被激怒了，由刑部與錦衣衛雙管齊下，一起在查這件事，且內裡還在較勁，看哪邊先查出是誰在京中為這些逆黨開方便之門。世家大族裡都鬧得人心惶惶，人人怕查到自己身上，即便與反賊無關，也怕被錦衣衛查出點別的什麼來，可以說，大家都對錦衣衛避之不及。可你猜怎麼著？燕世子那邊收了個錦衣衛百戶，叫周寅之，正為他活絡，要頂上因張遮彈劾空出來的那個千戶的缺，今日已差不多定了，明日便會升上來。」

「錦衣衛……」

謝危一整日都在宮中，還不知道外頭發生什麼事，一聽呂顯此番言語，兩道清雋的長眉頓時皺起來，一張好看的臉上，忽然籠上一片蕭然肅殺。

他不笑時很嚇人，只沉聲問：「勇毅侯府立身極正，向來不沾錦衣衛分毫，燕臨怎會提拔這個周寅之？」

呂顯得知此事的時候也覺得十分蹊蹺，特意著人打聽了打聽，此刻便注視著謝危道：「這周寅之原為戶部姜侍郎辦事，乃是姜府的家僕，後來做到了錦衣衛百戶。有人猜是燕世子受未來的岳家所託，也有人說——這人是那位姜二姑娘薦給燕世子的。」

「……」

姜雪寧。

謝危的目光重新落到捲起來的一張答卷上，想起自己今日在奉宸殿對她說的那一番話，眼底一時有些情緒翻湧。

他慢慢地閉上眼，在考慮什麼。

呂顯道：「這時機、這巧合，錦衣衛、勇毅侯府、平南王舊案，事情簡單不起來了。」

姜雪寧回到姜府時，天已晚了。

顯然她過了禮儀與考校，最終被選為公主伴讀的消息，早已經傳到府中，才從府門外下車往府裡走，一路上看到的所有人都對她恭恭敬敬，恨不能一張臉上笑出十張臉的花。那態度比起她入宮前，簡直天差地別。

要不是兩世以來對府裡這些人的白眼和鄙夷印象深刻，只怕連姜雪寧都不敢相信這些人前後變化巨大的兩張臉孔。

由此可見，能為公主伴讀，得到宮內貴人們的青眼，是何等尊榮的一件事。

姜伯游與孟氏也還沒睡，都知道姜雪寧今日會回家來，所以等著。

姜雪寧回府便去給二人請安。

顯然，兩人其實原本都對姜雪寧沒抱太大的希望，尤其是聽說入宮還有謝危去主持考校學問時。所以得知她居然過了考校，心底那種驚訝真是說不出來。原本準備了一籮筐安慰她落選之後不要傷心的話，這會兒全都沒了用處，且與女兒本就有些生疏，也不知道該再說些什麼，只能誇讚她做得好，也算為家裡爭光，除此之外便只能讓她趕緊回屋好好休息了。

入宮這件事姜雪寧本就反感，一路聽著恭喜過來，心內已厭煩到了極點，聽他們叫自己回去休息，便面無表情地起身，都不客氣半句，便道：「那女兒告退。」說完便退了出去。
才從房內到走廊上，就聽見背後孟氏那揚起來的不滿聲音：「你看看選上一個伴讀罷了，竟已這般目中無人，還把我這個當母親的放在眼底嗎？」
姜雪寧的腳步一瞬間停住，垂在身側的手指緊握。
但立了片刻後，她還是抬步離開。
跟在她身邊的棠兒、蓮兒都將方才孟氏的聲音聽在耳中，此刻跟在姜雪寧後面亦步亦趨，一句話也不敢多說。
只是走著走著，棠兒、蓮兒便發現她去的方向不對。
這……這不是去大姑娘屋裡的路嗎？
兩人直覺要出點什麼事。
自家二姑娘是囂張慣的，往日欺負起大姑娘一點也不手軟，但這段時間反而沒有什麼動作。這是又要故態復萌？
兩人對望一眼，有心想要阻攔，但一想姜雪寧往日那脾氣，又不敢了。
沒片刻功夫，就已經到了姜雪蕙屋門外。
才端著水出來的丫鬟見著她嚇了一跳，差點連銅盆都扔到地上，臉色煞白，哆哆嗦嗦地喊一聲：「二二二二二姑娘好……」
姜雪寧瞥她一眼，直接跨門走了進去。

屋內姜雪蕙已經洗漱完畢，將白日裡綰起的髮髻解了，烏黑的長髮披散在肩上，一張臉上不施粉黛，長相上雖差了些，可勝在氣質怡然。

便是見著她進來，姜雪蕙也不過輕蹙眉頭道：「看這來者不善的架勢，想必是母親又給妳氣受，所以妳要來給我氣受了。」

姜雪寧笑：「我便是往妳屋裡走一步，她都要膈應上半天的，不用給妳氣受，她自個兒便氣了。誰讓我是姨娘養大的女兒，還跟姨娘學了一身輕浮骯髒呢？前兩天是我腦袋被門撞了，竟想著要與人為善、得過且過，不跟她折騰。可今天忽然就想通了，人活在世上，痛快最要緊。外頭不痛快的事都那麼多了，回家還要受氣，這日子過得未免也太苦。往後誰讓我不痛快，我一定得想辦法讓這人更不痛快。所以，雖然妳不問，但我今晚給妳講講婉娘，怎麼樣？」

第三十五章　報復

姜雪蕙靜靜地望著她，一雙烏黑的眼仁下彷彿藏了幾分嘆息，過了許久才道：「妳一直在等著我問，對嗎？」

姜雪寧卻跟沒聽到似的，反而直接吩咐了她屋裡的丫鬟：「玫兒，還不快去給我端盞茶來？話長，可要慢慢講。」

玫兒氣得說不出話來。

然而姜雪蕙竟道：「去端。」

玫兒頓時愕然，直接叫了一聲：「大姑娘！」

姜雪蕙不理。

玫兒於是憋了一口氣，惡狠狠地剜了姜雪蕙一眼，才轉身出去端茶。

姜雪寧於是笑：「姐姐可真是好脾氣。」

姜雪蕙只道：「畢竟發脾氣也不能讓妳從我這裡走出去，那麼好脾氣和壞脾氣也沒有什麼區別了。」

這還真是姜雪蕙能說得出來的話，上一世她就是如此，被她欺負卻依舊能保持端莊得體，好像任何事情都不足以使她動怒。

但人活在世上，若連一點脾氣都沒有，那也實在不像是個真的人了。

姜雪寧聽著她這番話，只信步在她屋內走動，去看那精緻的櫸木拔步床，雕漆纏枝蓮的妝奩，還有那些剛剛熏過香的衣裙……

這些東西她也有。

但姜雪蕙的是孟氏給的，她的是自己爭搶來的。

「妳真的一點也不像是婉娘的女兒。」姜雪寧輕輕拿起擱在妝奩上一串用紅瑪瑙穿成的手鏈。「自我記事起，婉娘就是一個很有脾氣的人。我們那時候住在鄉下的莊子裡，因為是被府裡趕出來的，所以很多人都欺負我們，說一些風言風語。我很害怕，但她會從屋裡走出來，站在屋簷下，笑著一句一句罵回去。」

姜雪蕙微微閉上了眼。

但姜雪寧的聲音一直在耳邊響起：「妳不敢信吧？即便是在那樣的窮山惡水裡，她也總是把自己打扮得漂漂亮亮，就算是用最劣質的脂粉。她會算帳、會讀書、會吟詩，還會罵人。她不跟那些村婦說話，因為她從來不把自己當作和她們一樣的人。就連別人家的小孩兒來找我玩，她也不許。她告訴我，我不是鄉野裡農婦村夫的孩子，我和其他人是不一樣的。那時，婉娘是我所能見到的，最不一樣、最漂亮也最厲害的女人……」

姜雪蕙一直生活在這繁華的京城裡，從來沒有見過鄉野間的生活，也無法想像那裡的村夫農婦是怎樣粗鄙的模樣，更無法想像一名女子站在屋簷下笑著和人對罵是什麼場面。華服美食、琴棋書畫，這才是她所熟悉的。

而姜雪寧所講述的一切，對她來說，都是陌生。

「小時候，我在院子裡面玩，捉蜻蜓、折桃花，婉娘偶爾會坐在屋簷下的臺階上看我，也有的時候站在那一扇小小的窗後面看我。那時候，我只覺得婉娘那樣的姿態和模樣，真的好看。等稍稍大了一些，才能感覺到，她看我的眼神其實很不一樣，總是在出神，總是在恍惚，好像是想到了別的什麼。」

說到這裡時，姜雪寧的聲音忽然變得嘲諷幾分，並在唇角扯出一絲微笑，彷彿這樣就能將心內某一種隱隱的澀意壓下去。

「別人都說，婉娘是大戶人家的小妾，而我是大戶人家的庶女，總之是大戶人家出來的。我便想，婉娘也許是想要回京城吧。於是有一天，在婉娘又用這樣的眼神看著我時，我跑進去拉著她的手說，府裡面不讓她回京城沒有關係，總有一天我會帶她回去，給她買最好的胭脂和衣裳，讓別人再也不能欺負我們。」

明明她是重生的，這一段記憶於她而言已是很久很久之前，她都以為自己其實忘得差不多了。

可真等說到時，卻歷歷在目。

姜雪寧甚至還記得，那天婉娘梳的是三綹髻，在柔軟的耳垂上掛著一枚已經發舊的紅珊瑚耳墜。

「她回望著我時，好像是動容了。我很高興，可接著，她的眼神一下就變了，竟然一下把我推開。妳知道婉娘跟我說什麼嗎？」姜雪寧把姜雪蕙那串紅珊瑚手串戴在自己細細的手腕上，垂著眼眸欣賞起來。「她叫我滾，還說我是賤人的種，叫我想回京城就一個人滾回去。」

她皮膚很白，被質地極佳的紅珊瑚一襯，像一片雪。

姜雪蕙從這種極致的色差中，感到了觸目驚心。

這手串好看是好看，只可惜……跟婉娘一樣，都不屬於她。

姜雪寧忽然就感覺到了那種無處寄放的冰冷，笑起來說：「婉娘以前對我很好的，我都不知道她為什麼要罵我。我委屈地抱著自己，坐在屋簷下面哭，心想也許婉娘是恨著京城，所以怕我去了京城就不要她；也許婉娘是恨著我爹薄情，所以才罵我是賤人的種。多可笑，多可憐？」

凝視著那手串半晌，她還是將其褪下來，然後走回到姜雪蕙的身前，拉了她的手給她戴上，神情間竟是一派溫然。

「直到四年前，我知道了自己的身世，回想以往的一切，才明白她為什麼罵我，又為什麼用那樣的眼神看著我。」

姜雪蕙慢慢地握緊自己的手，只覺那紅珊瑚手串戴到自己腕上時，像是一串烙鐵落在她的皮膚上，讓她的聲音終於有了一絲隱祕難察的顫抖：「夠了，不要再講了。」

姜雪寧卻跟沒聽見似的，繼續道：「妳看，上天多不公平呀。明明我跟妳是被換掉了，便該擁有對方應該有的一切，至少我也該有一份的。可偏偏，婉娘知道我不是她的女兒，她真正的女兒在京城；而我的生母卻恰好不知道妳不是她的女兒，把妳當成她親生女兒來養，傾注了十幾年的感情。於是，我不僅沒有生母的那份喜歡，連婉娘的那份喜歡也沒有。妳享受著她們兩個人的愛，什麼都有，可是我……」

——我什麼也沒有。

她好像聽見那山間樹裡的風又從她心底吹過去，捲走一切，什麼都不留下。

「所以凡是妳有的，我也要有；凡是妳有好的，我都要搶。可有的東西，這輩子我都搶不到。婉娘臨死前都念著她的親女兒，我都要嫉妒瘋了，可妳不屑一顧……」

「啪」的一聲，姜雪蕙一張臉終於冷了下來，竟霍然起身，將她先前戴到自己腕上的手串扯下來摔到桌上，反問：「我為什麼要在意？為什麼要過問？妳嫉妒，那是妳得不到，可妳嫉妒的，未必就是我想要的。」

姜雪寧回望著她。

姜雪蕙的聲音有一種難得的凜冽：「婉娘固然是我生母，可我從沒見過她哪怕一面，更不用說是她居心不良在先，故意換掉妳我二人，才招致後來的種種。一切可憐，皆起於可恨。寧妹妹，妳是重情任性之人，我卻不能夠。我從小被母親養大，學的是明哲保身。不過問婉娘之事，我負婉娘生恩；過問婉娘之事，我負母親養恩。既然無論如何都無法兩全，我又為何要讓自己陷入不利的境地？且十多近二十年來，母親對我悉心教養，她縱然對不起妳，可沒有對不起我。妳要我如何才能狠得下心腸去傷害她？」

說到這裡時，她竟也顯出了幾分悲色，只頹然地重新坐下來，道：「我知道妳與母親之間如今已隔了鴻溝天塹，可四年前妳剛回府時，母親也是想要補償妳的。但妳總是提起婉娘，又不服管教，處處戳著她的痛腳，便是有十分的愧疚都磨沒了，還讓她時時想起婉娘。我勸過妳的，可妳也恨我，妳不聽。」

毫無疑問，姜雪蕙是個聰明人。

但這種聰明，總教姜雪寧覺得發冷。「這天底下，並不是人人都能做到跟妳一樣的，事事權衡利弊，涼薄得近乎冷血。」

姜雪蕙道：「所以妳恨我是應該的，我也從不報復妳。」

姜雪寧一下沒有忍住，笑出聲來，好像今日才真真正正地認識了她一般。

一時前世今生都想起來。

她望著她，恍惚地呢喃一聲：「我以前怎沒發現，妳才是那塊做皇后的料呢……」

這聲音太低，輕得彷彿囈語。

姜雪蕙並沒有聽清，但這不妨礙她下逐客令：「今日已說了這麼多，想來母親也要膈應上好一陣、猜忌我好一陣了。妳痛快了，該走了吧？」

姜雪寧便道：「是該走了。」只是往外邁出兩步之後，她又停下，回眸用一種深深的目光望著她說：「我晚上作夢總是會見到婉娘呢。不過，妳沒見過她，該是夢不到的吧？」說完，才笑了一笑，轉身出去。

姜雪蕙坐在屋內，只看著那一串已經摔散了的紅珊瑚，垂眸不語。

孟氏是第二天一早起來時，從身邊伺候的大丫鬟口中得知昨晚姜雪寧去蕙姐兒屋裡坐了好久還說了好久的話，氣得渾身顫抖，把屋裡的茶盞都摔了，還罵了好幾句。

她使人來喚姜雪寧去「說話」，姜雪寧才懶得搭理。

從宮裡回來，她的確是很疲倦，當晚就睡了個無夢的好覺。

孟氏那邊的人來時，她正將熱熱的面巾搭在臉上，聽說孟氏叫她，她只笑了一聲，聲音混著熱氣往上浮，模模糊糊，輕飄飄的：「今日我要待客，晚點還約了燕世子，怕沒時間去給母親請安呢。只請轉告母親，往後對我客氣一點，別動不動便想使喚我，不然，我自有本事叫滿京城都知道她疼愛的『女兒』是什麼身世。」

第三十六章　灰姑娘

那來傳話的丫鬟本是氣勢洶洶來的，因知道主母生氣，猜姜雪寧怕沒什麼好果子吃，所以對她說話時頗不客氣，可等到走的時候，卻是臉色煞白、渾身發軟地走的，因為被姜雪寧這毫不掩飾的威脅嚇到了，更恐懼於一會兒回去之後要怎樣將這番話轉告孟氏。

蓮兒、棠兒本都以為自家二姑娘這段時間以來脾氣見好，是越來越通情達理，也越來越平和了，哪裡料到她忽然說出這樣一番話來。

兩人都嚇了一跳，再伺候她時難免多了幾分戰戰兢兢，且還有幾分擔心。「二姑娘，夫人畢竟是當家主母，這樣會不會……」

姜雪寧把搭在臉上的面巾扯了下來，隨手扔進前面的銅盆裡，一張粉黛不施的臉上暈了幾分熱氣熏出來的微紅，越發如剛剝殼的雞蛋般嫩滑，素面朝天也水靈剔透，沒了妝容的遮擋和修飾，五官的精緻與出色反而越發明顯。

她道：「這難道不也是我的家？」

況且她還要進宮待半年，怎麼說如今也是長公主身邊的伴讀，雖然她並不喜歡這個身分，也並不喜歡自己眼下的處境，可孟氏就算再惱火，還能把她怎麼樣不成？孟氏疼愛姜雪慧，必然投鼠忌器。

她洗漱完便叫蓮兒去沏了一壺茶，又吩咐棠兒：「一會兒伯府的尤姑娘會過來，妳找個機靈的嘴巴嚴的，往門房那邊多盯著些，別讓人隨便就給攔在了門外。」

這一回出宮只能在家裡待兩日，要再次指點尤芳吟，並收拾一下上一次指點她後留下來的首尾，留給姜雪寧的時間可不多。

更不用說還有燕臨那邊的事。

原本勇毅侯府出事的時間雖然漸漸逼近，但畢竟還有一陣，她可以慢慢利用，給燕臨做好足夠的鋪墊和準備，再同他說清楚，也許他可以更好地接受，如此才不會和上一世般恨她。

可計畫全被入宮伴讀這件事打亂了。

若入了宮，行事必定不方便，也不是什麼話都敢在宮裡講，可再出宮卻要十日之後。若不趁這一次說清楚，再往後，只怕沒有說出口的機會了。

一大早起來，尤芳吟便給那個與自己相熟的門房悄悄塞了一角小小的碎銀子，因裙釵樸素，倒也不需怎樣喬裝打扮，看起來就像是府裡的丫鬟，且還是不大體面的那種。

她從府裡溜出來，出門時還著意向四周仔細望了望，彷彿怕有誰跟著自己。

但其實這種張望，並沒有任何意義，真要有人跟蹤，怎麼會那麼輕易便被發現？

比如，在她從清遠伯府走出來的那一刻，道邊不遠處一支起來的餛飩攤子旁，就有一名貌不驚人的藍衣少年輕輕放下了筷子，又從腰間摸出幾枚銅板，擱在那油膩膩的小桌上，起身便遠遠綴了上去。

刀琴這會兒心裡早就罵開了：姓呂的一天到晚使喚不動先生就使喚先生的手下，看不得他們閒著，竟然給他找了跟人這種苦差事！

一個小小的伯府庶女有什麼好跟的？若讓兄弟們知道，怕不以為刀小爺我是那窮街陋巷裡下流猥瑣之輩？

尤芳吟穿過了兩條街，進了一家綢緞鋪子。

刀琴在不遠處的樓上看著，沒一會兒就看見她抱了一匹上好的杭綢出來。

這時他還沒什麼感覺。

但沒過一會兒，尤芳吟又走進一家筆墨鋪子，買了兩管上好的筆，一方不錯的硯；接下來是胭脂水粉，也進去買了一些，出來時是被老闆笑臉送出來的；然後是首飾頭面，等等瑣碎……最後還去廟裡求了個平安符！

刀琴的嘴角，終於沒忍住抽了抽。

這伯府庶女往日過的都是清貧苦日子，驟然之間因為生絲的生意得了一大筆錢，想必是要好好犒勞犒勞自己，而且看這些買來的東西，無一不是女兒家的用度。

姓呂的張嘴就說她肯定會去找自己的東家，這架勢看著像是要去找東家？

有那麼一瞬，他想要丟掉任務，轉身回府去找先生告狀：就說姓呂的一張嘴成天胡說八道，預測的事情就沒一件準過。

可下一刻他就發現了事情不對。

這尤芳吟半道上已經雇了一輛馬車，從廟裡出來便上了馬車，同車夫說了一句話。按理說，她該是要回府了，可刀琴箭術極佳，一雙眼更是目力極好，能看見十丈遠的鳥兒身上的羽毛，輕而易舉就看清尤芳吟說話時的唇形——那可絕對不是「清遠伯府」四個字啊。

刀琴心中一凜，頓時收起先前對這一份任務的輕視，默不作聲地觀察著那輛馬車的去向，時而疾走，時而抄近路，不一會兒就看見那輛馬車遠遠繞過了一座府邸，停在那戶人家向東開著的側門前。

尤芳吟從車上走下來。

刀琴抬頭一看這府邸門上懸著的匾額，差點沒驚得把舌頭咬下來。「乖乖……」先生的頭怕是要大一圈了。

「尤姑娘請進。」

因先前得到過姜雪寧的吩咐，門房那邊早有準備，所以棠兒得了尤芳吟來拜訪的消息，便連忙去把人給接過來，帶到姜雪寧屋中，先上前打了簾子，又向裡面稟報：「二姑娘，人來了。」

姜雪寧住的地方可要比尤芳吟那寒酸的屋子漂亮太多，經她回來後這一段時間的收拾調整，去掉一些不適合的擺設，又添上一些更合適的物件，越發有一種香軟閨閣的感覺，案上的博山爐裡還點著香氣清遠的篤耨香。尤芳吟走進來時險些看直了眼。

姜雪寧在自己屋裡沒穿鞋，就赤著腳，連髮都沒梳起來，只以一種隨意慵散的姿態，盤腿坐在窗邊的炕上，一面喝茶一面看書。只是想起傍晚要見燕臨，半天都翻不了一頁。

聽見人來，她抬頭一看。

果然跟她昨天指點的一樣，打扮得很不起眼，且買了不少東西來，於是點了點頭笑，只道：「來得還算早，坐吧。」

尤芳吟先給她行了禮，卻無論如何不肯坐在姜雪寧對面，棠兒不得已，只得給她搬了個繡墩。

這一來，她才在姜雪寧的下首坐下，只道：「二姑娘是我的救命恩人，我坐這裡便好。」

姜雪寧有心想勸她，但一想她在自己面前都渾身不自在了，若坐到她對面去，說不準緊張得連話都說不出來，於是便罷了，只問：「來時怎麼樣？」

尤芳吟道：「都按姑娘說的做了，出門時還左右看了看，不過的確沒有看到誰跟著我。」

「若能被妳發現，那跟蹤的人未免太蠢了。」姜雪寧不由笑了一聲，點了手叫棠兒把茶端上來，又道：「反正妳按我說的做了便可，至於後面會發生什麼，還得等等看。今日叫妳來，也是看妳昨日頗有上進之心，既然想要賺更多的錢，自然得有生錢的法子。所以在妳來之前我準備了一下，有幾個法子想要告訴妳。」

尤芳吟頓時驚訝地睜大眼睛。

棠兒這時端茶上來，她一面想著自己該怎麼回答，一面又連忙伸手去接，卻一下就忘了自己手上還有傷，接過茶盞時無意間碰著，猝不及防的痛楚讓她沒忍住顫了一下手，險些驚呼一聲。

啪！茶盞沒端穩，頓時打翻在地，摔碎了。

茶水四濺開來，沾濕人衣裙。

棠兒都嚇了一跳，用一種驚詫的目光望著尤芳吟：「尤姑娘，您沒事吧？」

「沒、沒、沒，我沒事。」尤芳吟用一隻手攥住了另一手的手指，滿面的慌張與侷促，完全沒想到自己在別人家又因為不小心的莽撞，打翻了主人家的茶盞，一時羞愧極了。「都怪我，剛剛又走神了。」

走神？她剛才看著可不像是走神的樣子。

且方才去接棠兒端過去的茶時，分明像是觸著什麼痛處，燙了一下似的。

姜雪寧如今可不是什麼好糊弄的人，凝視她片刻，只道：「妳過來。」

尤芳吟有些害怕，不敢動。

姜雪寧向她伸出手去，依舊道：「過來。」

尤芳吟終於還是走了過去。

姜雪寧便垂下眼眸，也不看她，徑直將她剛才攥著的那隻手拉過來，一下就看見她手指尖上竟然有一道豁開的口子，指腹上的外皮都翻了起來，露出裡面的血肉，傷口雖然不大，可看著都疼。

尤芳吟下意識要縮手。

她本身就已足夠狼狽，不想再被眼前這位已經幫了她很多的二姑娘看見，畏畏縮縮道：「昨天回去太高興，不小心在府裡臺階上摔了一跤，劃著手了，沒有大礙的。」

姜雪寧卻用力握住她的手，沒讓她把這一隻手抽回去。

摔了一跤？這尤芳吟看著笨笨的，走路摔跤這種事發生在她身上，的確不是沒可能。

但……

她連話都沒接一句，只把尤芳吟那將手臂籠得嚴嚴實實的長袖翻開，原本就已有著不少斑駁傷痕的手臂上，舊傷都尚未痊癒，竟然是青一道紫一道紅一道，又添了好些新傷。

旁邊的棠兒和蓮兒看了都倒吸一口涼氣，生出幾分不忍來。

尤芳吟深深地垂下了頭。

姜雪寧終於又慢慢地抬起頭來望著她，只問：「昨天，妳二姐尤月也從宮裡回府了，是吧？」

第三十七章 神仙教母

當從姜雪寧口中聽到「尤月」兩個字的時候，尤芳吟的第一反應是驚訝，因為不知道她怎會如此準確地猜到，可僅僅是片刻之後，這種驚訝就變成了驚恐。

東家已經幫了她太多，她不想再給東家添麻煩了。

更不用說，這個人是她那位很難對付的姐姐尤月，昨天回來還說了那許多不堪入耳的難聽話……絕對不能讓二姑娘知道！

當下她慢慢用力地把自己的手掌從姜雪寧手中抽回來，期期艾艾道：「沒有的，我的傷和二姐姐沒有關係的，都怪我自己不小心。這一點小傷不要緊，養幾天就好了。」

姜雪寧便靠在引枕上看著她。

一雙眼底的審視，難得變得有些鋒銳，她慢慢道：「我只是問問妳二姐姐有沒有回來，又沒有說妳的傷是妳二姐姐弄的，妳這麼急著為她辯解幹什麼？」

尤芳吟這才意識到自己情急之下漏了餡，且她撒謊的本事本就不好，更別說是對著自己的救命恩人撒謊了，一時窘迫起來，囁嚅道：「因為芳吟知道二姑娘是真心對我好，怕二姑娘誤會了，和二姐姐之間生出齟齬。畢竟聽說二姑娘和我二姐姐都在宮中為公主伴讀，往後抬頭不見低頭見的，應該好好相處。我家二姐姐，挺厲害的……」

厲害？被她一把摁進魚缸裡話都不敢多反駁兩句的「厲害」？

姜雪寧心底哂笑，眸光微動，忽然問：「妳是怕我管了這件事，得罪了妳姐姐，在宮裡日子不好過嗎？」

尤芳吟頓時怔住，過了好半晌才慢慢低頭道：「是。」

姜雪寧沉默無言。

尤芳吟怕她是生氣了，又或者是傷心了，連忙慌亂地解釋起來：「我二姐姐在家裡就很討爹爹和嫡母喜歡，脾氣又不是很好。聽說重陽宴那天連勇毅侯府的燕世子和臨淄王殿下都來了呢，而且她畫的畫還被宮裡的長公主殿下點為第一，想必很得長公主殿下的喜歡。若、若因為我這一點誤會，讓二姑娘和我二姐姐起了衝突，芳吟實在不敢想，也過意不去……」

姜雪寧差點笑出聲來。

這姑娘是真的沒搞明白情況啊，儼然是將尤月當成她人生中最可怕也最厲害的人，一副生怕她被尤月欺負的模樣，所以才這般委曲求全、忍氣吞聲。

活生生一受氣包，看著的確讓人有點生氣。

可她也是打心底要維護她，寧願自己把這委屈忍了，也不願叫她知道府裡面是尤月在作威作福，唯恐連累到她。

姜雪寧和尤月結怨是真的不差這一樁了，此刻她那纖長的手指輕輕搭在案角，慢慢地轉了一圈，忽然間一計上心頭。

原本抬起的眉眼，緩緩低垂下去，她彷彿想起什麼不堪一般，幽幽地嘆了一聲，唇角竟掛上一絲逼真的苦澀：「這倒是了，妳二姐姐極得長公主殿下的寵信，很厲害很厲害的……」

尤芳吟原本還在緊張，怕姜雪寧惹上尤月，一見到她忽然情緒低落下去的神態，心裡便咯噔了一下，脫口而出：「她、她欺負二姑娘了？」

姜雪寧扶著那案角，把頭埋了下去，一隻手卻在尤芳吟能看見的地方慢慢攥緊了，道：「就前天晚上，還在宮裡的時候，我們本來好好地在聊前朝一位大人的事情，我正說著，也不知道是哪句話觸怒了她，她便叫我走去她那邊。我過去了，可哪裡料到，她竟忽然動手，好凶好凶地把我、把我……」

話到此處，已是帶了幾分哽咽。

無論如何也無法再往下說了。

天知道她好久沒裝過了，剛才差點笑場。

此刻只埋著頭，不讓尤芳吟看見自己的神情，且還飛快地抬起手來擦了一下壓根兒沒有半滴眼淚的眼角。

屋內棠兒蓮兒兩人對望一眼：咱家姑娘這柔弱的畫風是不是有點不對？

姜雪寧話沒有說完，可效果比說完了要好，簡直留下無限的遐想。

尤月到底把她怎麼了？

尤芳吟滿腦子忽然都盤旋著這個問題，一時想起那一日在尤府她於絕境之中的相救，一時想起她昨日哭著卻溫柔地摟住自己的懷抱，也想起了那一天姜雪寧說過的那句話。

她至今也不敢忘記的那句話。

為了救她，二姑娘放棄了自己此生最大的依仗。

可現在她的二姐姐，不僅在欺負她，竟然還在欺負二姑娘！

垂在身側、籠在袖中的手指悄然緊握，尤芳吟一雙眼忽然有些發紅。

她的身體在輕微地顫抖，可這種顫抖與先前的那種顫抖截然不同。先前是因為恐懼，而這一刻恐懼雖未消散，卻添上一股無由的憤怒。

姜雪寧這時才抬起頭來，重新轉眸看她，揚起唇角，衝她露出一個微笑。

可越是燦爛，落在尤芳吟眼中，越是刺目。

姜雪寧重新伸出手去拉她坐下，眸底是一片深沉的笑意，卻偏偏溫聲勸慰她：「唉，都怪我，好端端地提這個幹什麼呢？畢竟像我這樣在家裡不受寵的，在宮中又沒有貴人喜歡，自然不能跟妳二姐姐相比。該是我無意之中犯了她什麼忌諱吧。在宮裡面哪有不受委屈的呢？我忍著就好了，算算也不過半年而已。」

尤芳吟坐了下來，可雙目低垂著，身體沒有半分放鬆，反而繃得比先前還緊。

姜雪寧便先打發了棠兒蓮兒出去，故作輕鬆道：「瞧我，光顧著看妳的傷，都忘了說正事兒。妳手裡現在有不少錢，也勉強能算是個不大不小的商人了。我聽人說，最近一個多月來，有一位來自四川的鹽場主，似乎姓任，叫任為志，一直在外面奔走，想要募一筆銀子回去繼續開發家裡的鹽場。很多人都知道他們家的鹽場已經煮鹽一百多年，地下早就沒有鹽鹵能打了，所以即便這位小任老闆說願意按大家出錢的比例給以後鹽場的分紅，大家也不願意投錢。可是這位小任老闆也說，他發明了一樣新工具，能打到鹽井的更深處……」

大乾出名的鹽場基本都在南方，但四川地區的自流井例外，那裡可稱得上是除了海邊以外最大的鹽場。

人們從某些地方打井下去，井中就會湧出鹽鹵。而蜀地地下多有炎氣，從地下汲取鹵水後，便正好架鍋在鹽井附近引氣燃燒，曬鹵、濾鹵，最後煎鹽。如此產出來的鹽，稱為「井鹽」。

蜀地的井鹽行銷南北，十分出名，因此在自流井這個地方，出現了大大小小上百家做私鹽的鹽場，朝廷也管不過來。

任為志祖上三代都在經營那家鹽場，傳到他手上正好是第四代。

可一口井如何能經得起上百年的開採？

蜀地的鹽井都是「大口淺井」，一口井只能打那麼深，頂多只能將井挖得大一點，以取到更多的鹽鹵。可隨著鹽鹵的汲取，其鹵水的高度會漸漸降低，最終降到鹽井深度以下，然後便無論如何也無法汲取出更多的鹽鹵。

鹽井就會成為「廢井」，鹽場也會跟著衰落。

任為志接手的便是這樣一家眼看著要衰落的鹽場，長工們走的走、散的散，偌大的家業說垮就垮。

人在絕境之中，驟然面臨這般壓力，很難接受。

所以在之後長達兩年的時間裡，他揮霍金銀，飲酒消愁，成日裡坐在空蕩蕩的、除了廢井一無所有的鹽場上慟哭。

但忽然有那麼一天，他摔倒了酒罈子，還一沒留神按了下去。

地面上是堅硬的泥土，他一掌按下去，酒罈子的碎片便慢慢紮進土中。

於是這一瞬間，他於萬般的困頓和滿心的黑暗中，靈光乍現！

任為志忽然再也不喝酒，甚至連門都不出了，成日關在家中，買來各種營造之書，竟然花了整整三個月的時間，潛心研究，畫出了幾張複雜的圖紙。

可這時的他已經沒有錢了，周圍也沒有幾個人願意借錢給他。

任為志只好親自上京，想要求以前父親的一個朋友幫忙。他父親的這位朋友聽說他來了，倒是好生待客，也肯借一些小錢給他，但要說借幾千上萬兩，卻是百般推脫。

任為志在京中磋磨了兩個月，終究心灰意冷。

他掛心家中的鹽場，不得已之下才向京中的其他鹽商放出了自己研究出新的工具能開採「廢井」的消息，希望能以將來鹽場的分紅作為答謝，籌得一筆錢，趕緊回家實行自己的計畫。

這一樣新工具，便是後世聞名的「卓筒井」。

上一世，姜雪寧在宮裡聽說這個故事，是沈玠召見蜀地大臣們的時候，而任為志已經在家中的鹽場吊死了有三年。

他的確從京城籌措了一筆錢回去，回到四川好一番折騰後，也將這「卓筒井」製作出來。可他運氣不好，在試用卓筒井的第一天晚上，便打到了鹽井更深處的炎氣，且當時外面有燈籠的明火，炎氣上湧，沾著明火便立刻燒了起來。

整座鹽場毀於一旦，用楠竹製成的第一架卓筒井也在火中倒塌。

更有甚者，好幾名長工在火中受傷。

先前借錢給他的那些商人，幾乎立刻逼上門來，要他償還。

任為志山窮水盡，鹽場毀了，卓筒井沒了，既要賠錢給長工治燒傷，還要按著最開始立下的契約賠商人們投給他的本金，走投無路之下變賣了家中傳下來的祖宅，在清掉所有債務的那一天，用一條麻繩將自己掛在鹽場那只留下殘骸的卓筒井上，結束了他坎坷的一生，離開人世。

在他死後三個月，留在匣中的圖紙被人發現。

在他死後四個月，第二架卓筒井被人製造出來，成功往地下打出了二十多丈的深井，汲出了以前從來不可能碰到的、藏在「廢井」二十丈深處的鹽鹵。

在他死後一年，卓筒井已成為自流井鹽場「小口深井」採鹵必備的工具。

在他死後三年，自流井凡有鹽場之處，必供奉他的畫像。

也就是說，任為志發明的卓筒井，是完全可以用於開採地層深處的鹽鹵，只是他運氣不好，沒有能夠撐過最艱難的那段時間。

姜雪寧還記得，上一世的尤芳吟同自己談論她白手起家的經歷時，曾感嘆過錯失了這個大好機會，因為並不知道任為志當年在京中籌錢。

她還說了什麼「鑽井技術」和「天然氣」之類的話。

這些古怪的東西，姜雪寧也聽不懂。

但她知道這件事的來龍去脈，也知道這中間會有多少牽動人心的曲折。

「要知道，一件事要做成不是那麼容易的事，中間說不準會經歷許多山窮水盡的絕望，可咬牙撐下來才知道『柳暗花明又一村』。」姜雪寧凝望著尤芳吟，給她講著意味深長的故事。「這任為志既然敢借這麼多錢，還說自己能開採『廢井』，想必這『卓筒井』是一定能用的。若他有足夠的錢，搶佔先機，把別的鹽場都不要的『廢井』給買下來，再以『卓筒井』取鹵製鹽，天知道會做出多大的一番事業。」

什麼採鹵制鹽的事，尤芳吟聽得有些一頭霧水。

但這不妨礙她理解到姜雪寧話中的關鍵。

那就是這個任為志是有本事的人，如果投錢給他，就算中間可能賠很多，可只要咬牙撐過去，便能打開一片新天地。
姜雪寧知道她至少是聽懂了最關鍵的那部分，眸光輕輕一轉，想起尤月來，便一副憂心忡忡的模樣提醒尤芳吟：「要知道，這一次消息我得來也十分不容易，妳可千萬別又到處去說。這一次跟上一次不一樣。上一次是賣了絲就好，這一次可要經歷難熬的過程，中間若出點什麼變故，說不準還要把所有的錢都搭進去。這是個長久買賣，且中間的折磨不是一般人能承受得住的。若有沉不住氣的人知道，一時衝動也去投了錢，最後連本都收不回來，可不是害了人家嗎？」
尤芳吟攥緊的拳頭沒有鬆開，聽見姜雪寧這番話時，腦子裡忽然冒出一個瘋狂的念頭。但她沒有說出口，當下似乎思考著什麼，慢慢地點了點頭道：「芳吟謹記。」
姜雪寧便道：「該指點的我都指點過了，今天妳也出來夠久了，家裡還有那麼個厲害的姐姐，可不敢再多留妳，我送妳出去吧。」
尤芳吟便起身來行禮。
姜雪寧起身來踩了繡鞋，送她到門口，又往她手裡塞了個藥瓶說：「這是給妳的藥，好好把傷處敷了，很快就能好。」
尤芳吟眼淚差點掉下來：「您待我真好。」
姜雪寧心裡笑她一聲傻子，卻撫她頭頂道：「知道我待妳好，就對自己好些。對了，上次賺那麼多錢，可也千萬別讓妳那位二姐姐知道，否則指不定怎麼打聽妳的『生財之道』

呢。她欺負我，畢竟是在宮裡，無論如何我都會忍下來。可妳是在府裡，我真怕妳在她手底下有個什麼好歹。我知道，妳心裡也是想維護我的，可千萬別因為我與她有些什麼衝突才是……」

棠兒和蓮兒在外頭站著，聽著這話實在耳熟：這難道不是剛才尤芳吟說過的話嗎？二姑娘幾乎原封不動地搬了來用。

尤芳吟卻完全沒有察覺這一點，聽見她言語，身體兀自顫抖起來，眼眶發紅，頭卻埋得更深了一些，只低低地應道：「是。」

姜雪寧這才一副放下心的模樣，叫人送她出府。

尤芳吟從側門出來，馬車還在外面等待。

車夫已經等得有些瞌睡，見她出來才精神一震，忙問道：「小姐，現在去哪呀？」

尤芳吟手裡握著那一只小小的藥瓶，站在臺階上看了好久好久，一張臉上都沒了表情。她心底一股憤怒在激蕩，只重新將這一只藥瓶握緊了，一字一頓地道：「去清遠伯府。」

尤芳吟前腳才走，姜雪寧先前那一份我見猶憐的柔弱，頓時散了個乾淨。

她輕哼一聲，輕鬆地拍了拍手。

前後變臉之快，簡直讓棠兒蓮兒目瞪口呆。

本性懦弱的人，要改正起來不容易。

可也並不是沒有辦法。

姜雪寧上輩子好歹是能把男人哄得團團轉的本事人，如今不過是把哄男人的手段用到了哄女人上面，反正效果都是那麼立竿見影。

她雖有心要教尤芳吟做生意，賺更多的錢，可她在伯府的處境也太差了一些，完全不能安心地做這些事情。

攘外必先安內。

這後宅的情況不解決，生意做起來都不放心。

尤月這人心胸狹窄，又心腸狠毒，且看看尤芳吟這傻姑娘，會不會又給她一個驚喜吧。

蓮兒還沒搞明白方才發生的所有事情，只覺整個腦袋都是暈的。「姑娘，她，您，剛才……」

姜雪寧不欲解釋，只道：「時辰不早了，去看看馬車準備好了沒有，我們也該出發了。」

蓮兒頓時沒辦法再問什麼，派了人去看馬車。

另一頭卻有府裡的下人腳步匆匆地抬著一筐新鮮的梨過來，滿面都是喜色，道：「二姑娘！這是斜街胡同周府錦衣衛周大人派人送來的東西，說是剛從安徽快馬運來的碭山酥梨，上面剛賞下來的，特送來給您嘗鮮。」

那梨在筐中，有十二三個，個個看上去果皮柔黃、飽滿鮮嫩。

姜雪寧見了，又聽得下人這般稟報，面色卻是微微一變。

上面賞東西，那該是周寅之已得了千戶的缺。

如果是這樣……

只怕今日傍晚，燕臨未必會來了。

棠兒見她半天沒反應，小心翼翼地問了一句：「姑娘？」

姜雪寧這才回過神來道：「一筐梨罷了，放下便是。」

她說完，垂下眼簾，走回了屋裡，靜靜地坐著。

不一會兒，蓮兒回來道：「車駕已經準備好，可二姑娘您看著好像不大舒服的樣子，今日還、還去層霄樓嗎？」

姜雪寧眨了眨眼道：「去吧。」

萬一呢？

第三十八章　冬雷

昨日還是天氣晴好，傍晚甚至能看見晚霞。

可到姜雪寧今日乘著馬車從府中出去的時候，外頭的天已經變得陰沉沉一片，彤雲密布在低空，立冬後蕭瑟的冷風已經有了幾分刺骨的味道，看著竟像是要下雨。

大街小巷上叫賣的販夫走卒，早已慌忙地將自己的攤子收起來，往日熱鬧的京城一下變得空曠安靜了許多。只有風偶爾捲著一些凋零的落葉從鱗次櫛比的屋宇間飛過。

層霄樓也沒剩下幾個客人。像這樣的天，該不會有什麼人來了。

忙碌了一天的堂倌靠在櫃檯邊上正想跟掌櫃的套兩句近乎，可沒想到正在這時候，外頭竟然傳來馬車漸近的聲音，很快停在了層霄樓外頭。

堂倌愣了一下，才連忙跑出去招呼。

只見漫天冷風飛捲的落葉中，車簾撩開，車內的丫鬟先下來，然後給那位小姐繫上滾了一圈雪貂毛的披風。堂倌在這層霄樓也算是見過京中許許多多達官貴人，但這樣好看的姑娘還是頭回見。

看這行頭，出身只高不低，有什麼必要非得在這樣的天氣出門呢？

堂倌把人迎進門，遲疑了一下才問：「姑娘來這裡是？」

姜雪寧掃了一眼冷清無人的樓下大堂，又看向去二樓的臺階，垂下眼眸來，只道：「二樓挑個雅間，我等人。」

堂倌立刻道：「那您樓上請。」

姜雪寧自帶著人上了樓去。

外面街道的角落裡，刀琴立在搖曳的樹影中，只看著層霄樓打開的那兩扇門裡，那位「寧二姑娘」的身影漸漸消失在樓梯的上方，眉頭慢慢地擰緊了。

今日謝危少見地沒有在斫琴堂裡斫琴。

呂顯跟個老大爺似地翹著腳仰在屋內一架羅漢床上，把原本端端正正放著的几案都推得歪過去，好讓自己躺得更舒坦，嘴裡吃著的是杏芳齋剛送來的糕點，手裡卻捧著他這個月的帳冊，美滋滋地心算起自己這個月又賺了多少。

一抬眼看見謝危立在窗前看天，差點沒樂死。

「要不說人怎麼會遭報應呢？」呂顯假惺惺地感嘆起來：「你看你，成天就知道壓榨我，還叫我出錢為你辦事，結果沒想到買生絲這種事都被人捷足先登，現在還搞出這樣大一個疑團來，派個刀琴出去現在都還沒回來，想必是跟著看到了點什麼東西。唉，謝居安啊謝居安，我可是你的財神爺，往後你得對我好點，懂嗎？」

劍書立在他斜後方，衝他翻了個白眼。

呂顯這就跟後腦杓長了眼睛似的，悠悠道：「劍書你的白眼不好看。再瞪我，下回就讓你去跟。」

劍書：「……」

還是算了吧。暗地裡跟人這種苦差事，連個說話打發無聊的人都沒有，回頭跟刀琴一樣，被折磨成沒有人搭話也能自言自語的話癆就不好了。忍一時風平浪靜。

謝危這時才回頭看了呂顯一眼，眼見著他這一副翹腳仰躺的姿勢，眉頭便微微蹙了蹙，只道：「你信不信我現在便叫人把你扔出去。」

呂顯：「……」

行吧，大佬在這裡，忍一時風平浪靜。

他撇了撇嘴角，十分不情願地坐直身子，面上卻露出幾分耐人尋味的神情。「謝居安，你吧，挺有意思的。看著像是個正經讀書人，可身邊這兩小孩兒叫什麼『書』啊『琴』啊也就罷了，偏偏還要加上『刀』和『劍』。我細細一琢磨，你這人內裡是真的藏著點兇險啊。」

謝危平靜地回道：「我若不兇險，你肯為我效力？」

呂顯撫掌大笑起來：「正是，正是！」

想當年滿翰林院那麼多能人志士，他呂顯恃才傲物，也就看得起這麼一個謝危。後來謝危回家奔喪丁憂，他看其他人都是庸俗無能之輩，索性辭官掛印也回了金陵，登門拜訪，這才漸漸著了他謝居安的道，好好一個進士出身，竟被誆去做生意。想起來都是淚。

呂顯長嘆了一口氣：「路漫漫其修遠兮，吾將上下而求索啊！」

他話音落時，外頭便傳來一聲稟報：「刀琴公子回來了。」

呂顯露出個無言的神情。

果然片刻後，一名藍衣勁裝的少年便出現在斫琴堂門口，從外面走了進來，腳步踩在地上，幾乎沒發出一點聲音，躬身便道：「跟到人了。」

呂顯頓時精神一震，眼中精光四溢，忙問道：「尤芳吟背後的東家是誰？」

沒想到刀琴竟未回答。

他只是抬起眼眸，看向謝危，目中竟有幾分少見的遲疑。

謝危便意識到，刀琴跟到的人也許有那麼一點不一般。「說說看。」

刀琴於是道：「那屬下長話短說。一開始是聽從先生的吩咐，去了清遠伯府看情況，在外頭等了半天，還以為那位尤姑娘今天不會再出府，但沒想到，辰正的時候她從府裡面悄悄出來了，打扮得跟府裡的下人似的，帶上了銀兩，先去了東市一家綢緞莊買了一匹上好的杭綢，好像是雲鶴紋的料子，然後去買了文房筆墨，有兩管筆，但隔得太遠屬下也沒有看清楚到底是什麼筆，還有……」

謝危：「……」

呂顯：「……」

立在一旁的劍書暗暗地撫了一下額，輕輕扯一下刀琴的袖子，壓低聲音提醒道：「長話短說。」

「哦。」

刀琴這才想起自己毛病犯了，點了點頭，決定接受建議，換一種簡潔的說法。

「她買了很多東西，有杭綢、筆墨甚至還有一些女兒家用的胭脂水粉，然後轉去廟裡上香，那裡今天有好多人，上香的香客也很多，我跟著她去還不小心被知客僧看見，捐了二兩香油錢。尤芳吟好像也捐了，進去之後就在殿裡面求了平安符……」

呂顯：「……」

劍書：「……」

謝危抬手慢慢地壓了一下眉心，只道：「說重點。」

刀琴忽然心裡有點委屈，完全沒有覺得自己話很多啊，跟蹤的情況難道不該報得這麼仔細嗎？

他抿了抿唇，悶悶道：「寧二姑娘。」

劍書突然瞪圓了眼睛，露出幾分不可置信的神情，這一瞬幾乎是下意識轉頭去看謝危。

謝危立在窗前，沉默。

呂顯卻聽了一頭霧水，也不知道這寧二姑娘是誰，差點被刀琴給氣出病來。「讓你說重點也不是這樣說的啊！這人怎麼跟尤芳吟扯上關係的？是她的東家嗎？跟她有什麼交集？你都看到了什麼？誒，不對，『寧二姑娘』又是誰啊？刀琴你是不是傻，光說個名字誰知道是誰？京城裡面姓寧的雖然不多可也不少，這哪一家的啊？你——」

一大串問題全跟春筍似地長了出來，呂顯嘴裡那叫個滔滔不絕。

只是等這一大通問題都差不多拋出來之後，他才忽然看見屋內主僕三人的神情都不對勁，心裡面於是跳了一下，頓時意識到事情不簡單。「他說的『寧二姑娘』，你們好像都知道是誰？」

「轟隆」一聲，天際一聲悶雷滾過。這蕭瑟凜冽的深秋初冬，一場豪雨從天而降，嘩啦啦地迅速覆蓋整座京城。碩大的雨滴砸下來，砸到斫琴堂外那一片小湖平靜的湖面上，也砸到近處窗前的窗櫺上，濺起細小的水霧。

謝危轉眸凝視，只慢慢道：「下雨了啊。」

冬雷一陣，淡藍色閃電劃破低垂的暮色，也在這瞬間照亮勇毅侯府昏暗的書房。一架架藏書堆得很高，卻在這一道閃電劃過時，留下深深的暗影，顯出山一般的壓抑。

角落裡的燭臺上，燭火被風一吹搖曳起來。

燕臨俊朗的臉部輪廓，也被搖晃的光影照著，顯出一種前所未有的冷沉。

周寅之便平靜地坐在他對面。

剛被升為錦衣衛千戶的他，可以說已經有了觸摸到錦衣衛權力核心的資格，徹徹底底一躍成為一個有頭有臉的上位者。

只是這一切來得並不十分光彩。

但這又有什麼干係呢？

周寅之覺著自己向來不是什麼正人君子，世間所有手段，但凡能達成目的都是好手段。

他腰間新賜的繡春刀，早已解下來放在門口的桌上，此刻身上穿著一身深黑的飛魚服，只對燕臨道：「周某貪慕權勢，滿心都是名利，所以雖早早知道了這件事，可未見得利之前，身負錦衣衛交付的重任，並不敢對世子言說。直到二姑娘將我薦給世子，世子又苦心為周某謀得千戶之位。周某是個小人，小人以利而合，所以，才在今日將一切對世子和盤托出。」

調查勇毅侯府，是錦衣衛的密令。

天底下誰不知道錦衣衛只聽聖上的？

到底是誰懷疑勇毅侯府與此次京中出現平南王逆黨一案有關，昭然若揭。

周寅之即便是個千戶，也不過是聽從上面的命令辦事，陽奉陰違對沒有勢力的他來說是危險的。他知道這件事對世子來說，甚至對於整個勇毅侯府來說，這消息也是晴天霹靂，所以打量著燕臨神情，並未有任何勸解。

當下，聽著外頭雷聲陣陣，大雨瓢潑，他只慢慢道：「若勇毅侯府確與平南王逆黨毫無聯繫，寅之既受世子恩惠，自然不至於做出捏造證據陷害侯府的事情。可說出來您或恐不信，這些日來，在下密查侯府，竟發現侯爺與平南王一黨的餘孽確有書信往來。此事，在下不知世子是否知曉？」

燕臨聽著，只覺恍惚。

父親怎會與平南王一黨餘孽有聯繫？

擱在膝頭的手指慢慢地握緊，他慢慢地閉上眼，只問：「你既已查到，將何時上報？」

今日來一個周寅之能查出，他日來一個趙寅之、王寅之也一樣能查出，且或許還會比周寅之查出來的更多、更可怕。

帝王之心，誰能揣度？

燕臨好歹是在宮中行走過的人，耳濡目染之下，也知道要將這件事完全壓下來是不可能的，所能做到的，不過是提早準備應對。

周寅之望著這僅餘一月便要加冠的少年，忽然覺著他似乎並不是自己剛開始所以為的那般天真，容易輕信他人。

相反，這位世子所想，已超出同齡人許多。
他於是想起了姜雪寧，只回答：「七日之後，如實上呈。」
燕臨一下就笑出聲來。
與周寅之有關的前前後後的事情，這一瞬間全從他腦海深處浮上來，樁樁件件嚴絲合縫地對在了一起。先前的不合理，在今日一番談話之後，都變得合理了起來。
包括寧寧先前的那些話……
他越笑，越是止不住，末了終是忍不住，心中湧上一種奇異的酸楚。
周寅之卻只是坐在那邊看著，如一座山般沉穩，動也不動一下，唯有眸光在閃爍，彷彿對眼前的少年有那麼幾分很難察覺的佩服，但又彷彿無動於衷，不起波瀾。
外頭敲過了酉末的鐘。
周寅之該說的話都說了，便從座中起身，只向燕臨一躬身：「周某不過一無名小卒，在朝堂上更無半分翻雲覆雨的本事，一切乃聽命行事，還望世子勿怪。天晚雨大，周某還要回家，不敢在世子處再加叨擾，這便告退了。」
燕臨兩眼空茫地向上望著，只道：「青鋒，送送周千戶。」
青鋒立在門外，應了一聲。
周寅之行過禮，又從桌上拿起先前解下的佩刀，這才出了門來，從青鋒手裡接過傘，道一聲：「不敢有勞。」而後便順著長廊，由青鋒引著走了出去。

第三十九章　重逢的雨

周寅之離開後，燕臨在書房裡坐了很久。

青鋒在外面問：「世子，層霄樓那邊……」

燕臨卻慢慢用手掌蓋住了臉，問他：「父親回來了嗎？」

青鋒一怔，回道：「侯爺該在承慶堂。」

燕臨便起身來，徑直出了自己的書房，竟沿著那旁邊堆滿了假山的長廊，大步向承慶堂的方向去。

外頭豪雨正潑。

即便是走在廊下，冷風也捲著冷雨往人身上吹。

青鋒著實嚇了一跳，眼見著人都走出好幾丈遠了才反應過來，忙拿傘追上去：「世子爺，傘！」

勇毅侯府的承慶堂，乃是當今勇毅侯燕牧，也就是燕臨的父親，常住的地方。

燕臨才一走近，外頭的老管家便露出滿面的笑說道：「世子來了呀，下頭剛送來兩壇好酒，侯爺已經開了，正琢磨著這下雨的天氣找誰來喝上一會兒，您來得正好。」

燕臨沒有回應，腳步也沒停。

老管家頓時有些發愣，回頭望了一眼燕臨進去的背影，沒忍住問了跟過來的青鋒一句：「世子爺今兒怎麼了？」

勇毅侯燕牧，如今已是四十多歲的人，頭上有一些白髮，卻還不明顯。畢竟是行伍出身，領過兵，打過仗，便是到了這個年紀，身子骨看上去也還很硬朗。下巴上一把鬍鬚硬硬的，眉眼之間自帶幾分武人才有的豪邁之氣，隱約還看得見額頭上有一道疤。這是當年打仗留下的。

此刻，他確如老管家所言，剛開了一罈酒，桌上擺著一些下酒的小菜，剛開出來的酒倒在酒盞中。酒香與菜肴的香氣都在潮濕的空氣裡漫散開去。

見著燕臨進來，他便笑了一聲，十足的中氣震動著胸腔，只道：「不是說今日要出門嗎？怎麼過來了？正好，嘗嘗這酒。」

勇毅侯指了指桌上那酒盞。

燕臨在桌前站定，也定定地凝視了父親一眼，緊抿著唇線彷彿是在壓抑什麼一般，然後抬手端起那盞酒，竟一飲而盡。

已將及冠的少年，喉結滾動。

一盞烈酒如數灌入喉嚨，從唇齒間一路燒到心肺。

「啪」的一聲，酒盞重重放下。

勇毅侯對自己這兒子非常瞭解，平日裡稱得上是無話不談，就連這小子有多喜歡姜侍郎府那丫頭他都一清二楚，可這般模樣，他還沒有見過。

於是，他意識到他有事。

勇毅侯上下將他一打量，笑起來：「怎麼，跟雪寧那個小丫頭鬧矛盾了？」

燕臨卻沒有笑，落在父親身上的目光也沒有移開，只問：「父親，您知道聖上在派錦衣衛查平南王逆黨餘孽一案嗎？」

「……」

勇毅侯原本去端酒的動作頓時一停。

他抬起頭來，便對上燕臨那銳利的目光，少年人的鋒芒全從這一雙眼底透了出來，竟讓人無處躲藏，然而細細思量他話中的意思，勇毅侯忽然在這一剎之間明白了什麼。

沒有慌亂，也沒有意外。

他竟然一下笑了起來，繼而是大笑，像是回憶起什麼荒唐又荒謬的往事，忍不住撫掌搖頭，開口時竟帶著一種刻骨的恨意與瘋狂。

「該來的，總會來！二十年過去了，我忘不了，做過虧心事的他們也忘不了啊！哈哈哈哈……」

勇毅侯為什麼與平南王一黨的餘孽有書信往來呢？

明明二十年前平南王聯合天教亂黨謀逆打到京城、殺上皇宮時，勇毅侯還是與誠國公一般的忠君之臣，立下了平亂的大功。

上一世，終究還是有些謎團沒有解開。

約定的時辰已經過去了很久，燕臨依舊沒有出現。

姜雪寧一顆心慢慢地沉底。

本來若沒有被選入宮伴讀，她該前幾天就對燕臨說了，可偏偏一幫人摻和進來折騰，打亂她全部的計畫，在宮中人多，根本沒有把話說清楚的機會。

而現在，燕臨該已經知道了吧？

站在二樓雅間的窗前，她凝望著外面那片雨。

雨下了很久，下得很大。

天色已經漸漸暗下來，京城各處都點上了燈，昏黃的暖光照亮各家的窗戶，也照亮遠近的樓宇，但在飛濺的雨水與朦朧的雨霧中，都模糊了輪廓。

風漸漸刺骨了。

跟在她身後的棠兒蓮兒見著風大，未免有些擔心，上前便要將窗戶給關上，並忍不住埋怨了兩句：「世子爺這麼晚都不來，也許是有什麼事情耽擱不來了吧？姑娘，要不我們先回去吧？」

姜雪寧只道：「別關。」

聲音輕輕的，視線卻未轉開，依舊落在窗外那些發亮的雨線上。

蓮兒、棠兒頓時對望了一眼。

總覺得今日有些不尋常。從來不會主動約小侯爺出來的姑娘約了小侯爺出來，從來不遲到的小侯爺偏偏這時候還沒來。

可她們也不敢多問，姜雪寧說了別關窗，她們伸出去的手只好縮回來，又想勸她別站在窗邊：「您要不去裡面坐吧，奴婢們幫您看著，小侯爺來了便跟您說。這窗邊上風這麼大，您身子骨本來也算不上是好，若一個不小心吹了凍了受了風寒，奴婢們真擔待不起。」

姜雪寧跟沒聽到似地動也不動一下，蓮兒棠兒便不敢再勸了。

雅間內忽然就重新安靜下來，只聽得到周遭喧囂的雨聲，偶爾夾雜著附近酒家客店裡傳來的觥籌交錯之聲。

馬蹄聲伴著車輪轆轆的聲音穿破了雨幕。

蓮兒棠兒都是一震。

可從窗戶往下一看，那一輛馬車並不是勇毅侯府的馬車，也沒有停在層霄樓下，而是停在街對面的洗塵軒。有下人先從車上下來，畢恭畢敬地撐起傘，將車內的人迎了下來。

那人一身玄青長袍，皺著眉，似乎不喜歡這樣的下雨天。

五官也算端正，只是一雙眼太深。

唇角總彷彿勾著一抹笑，看人時卻算不上真誠，甚至有一種天生的冷酷。

姜雪寧立在窗邊，幾乎一眼就認出來——竟是陳瀛！

本朝出名的酷吏，如今的刑部侍郎，也是上一世差點要了張遮命的那個人……

他怎麼會在這裡？

姜雪寧頓時一怔。

只見陳瀛下車之後立刻被人迎入洗塵軒內，不多時二樓緊閉著的窗內便起了一陣熱鬧的寒暄之聲，即便是隔著雨幕都能聽見眾人熱絡地稱呼著「陳大人」。

這時堂倌進來為姜雪寧換上熱茶。

她問：「都這麼晚了，又是這樣的下雨天，你們層霄樓都沒有客人，對面的洗塵軒倒是熱鬧。」

堂倌順著她的視線向窗外望了一眼便笑起來：「哦，對面啊。聽說是刑部陳大人請客，去的都是刑部裡的官老爺，不在我們這兒正常。上次陳大人前腳剛走，謝少師後腳便在我們這裡遇襲，陳大人覺著不吉利，從此都改在洗塵閣吃飯了。」

這樣嗎？

姜雪寧的目光依舊落在對面那人影晃動的窗扇上。

看得到有人影走近了，接著外頭那一扇窗便被推開來，一屋子的酒氣與笑聲都傳出來，從姜雪寧這裡輕而易舉就能看見那一屋子的人，各有一副巴結奉承的嘴臉。

她頓時皺了皺眉，知道她能看到別人，別人也能看到她，便要轉過身來，叫蓮兒棠兒把窗戶給關上。

可就在剛一轉身，想要開口的剎那——

方才對面洗塵軒開窗後的場景，如同一卷畫幅般，忽然回到她的腦海，定在了其中一個安靜的角落。

她的心輕輕地顫了那麼一下，連著身體都彷彿有剎那的僵硬，於是也不知懷著怎樣一種奇怪的希冀，她竟重新轉過身，再一次向對面窗內望去。

洗塵軒內擺了宴，桌上擺的是玉盤珍饈，桌旁坐的都是朝廷命官。

陳瀛一來便被眾人請到了上首。

他在這一干人中畢竟是官階很高的，且是刑部的堂官，眾人說笑間都舉起了酒盞來勸他的酒，一會兒站起來一會兒坐下，顯得熱鬧無比。

於是那安靜的一角，便顯得格格不入。

被那扇雕花的窗扇遮擋著，姜雪寧只能看見他被遮擋了些許的側影。一身下品官員常穿著的藏青細布圓領袍，兩袖略寬，隨那一雙修長但手指骨節突出的手掌，輕輕壓在分開的兩膝之上。

坐在圓凳上，脊背筆直。

張遮向外看著連綿的雨幕。背後滿室應酬的熱鬧，彷彿都沾不著他一身的清冷靜肅，與他全無干係。

即便只是瞥著這樣一道實在算不上完整清晰的側影，可姜雪寧就是能夠肯定——是他。再不會有別人。

這樣安靜看雨的姿態，過去了這麼久、這麼久，竟然還深深刻在她記憶之中，無法消磨掉一絲痕跡。

張大人，還是這樣喜歡看雨啊……

這一刻，姜雪寧眼底竟有一股潮熱的淚意上湧。

上一世的所有，頃刻間全翻了出來。

大雨的亭下，是他站在臺階下伸手撕去了被她故意使壞踩著的官袍一角，再抬起頭來望著她時，眼睫上沾滿的雨珠。

午後的乾清宮裡，是他垂首立在殿下，在她面前壓低了視線不敢抬起時，手掌慢慢攥緊了的僵硬弧度。

泥濘的驛道上，是他捂了受傷的肩膀，向著崴了腳的她伸出手來時，微微滾動的喉結，和地上蜿蜒的血水。

……

她做什麼不好，偏要由著自己去招惹這樣好的一個人呢？

大抵是她心裡藏著一隻魔鬼，要把白的染黑，要把清的攪濁，要把那高高立在聖堂上的人都拽下來，在人世煙火的苦痛裡打轉掙扎。

如此，方覺滿足。

上一世，她欠燕臨的，燕臨十倍百倍地報復回來了；可欠張遮的，便是搭了那一條命，她也償還不了。

她是張遮清正凜冽一生裡，終究沒有跨過的魔障。

而張遮，卻是她塵埃覆滿的心內，最後一角不染的淨土。

曾有過那麼幾個剎那，她想：如果不是皇后，她要不顧一切地嫁給這個人。從此以後，舉袖為他拂去衣上每一點汙濁的塵埃，俯身為他拾起前路每一塊絆腳的瓦礫，變成一個好人，也就可以心安理得地享受他對自己的好。

可她終究是皇后。

一顆為塵俗所蔽的心，害了自己，也害了他。

姜雪寧望著對面，視線裡慢慢一片模糊，只是不知到底是因為那傾盆的雨水，還是因為那上湧的淚水……

有人從洗塵軒的樓下匆匆上去。

長久坐在窗下的張遮，終於動了一動。

那人對他說了什麼，他便點了點頭，起身來向旁人道別，也不看他們是什麼臉色，就從開著的房門走了出去，一路下樓。

洗塵軒的堂倌在門前給他遞了傘，他接過，將那深青色的油紙傘撐開，打了起來。

在傘沿抬起的時候，那一張輪廓深刻的面龐也在傘下出露，從清冷的下頜，到緊抿的薄唇，再到挺直的鼻梁，還有那平靜修狹的眼，微微蹙蹙的長眉……

彷彿感知到什麼一般，他的視線抬了起來。

於是就這樣正正地撞上了。

隔著如簾似煙的雨幕與長街，她在樓上窗邊，他在樓下階前。

姜雪寧眼底，一滴滾淚毫無徵兆地墜下。

傘尖上一滴冷雨，輕輕落在張遮的手背。

他覺著自己像是被烙了一下。

那模樣明媚的少女，洗去一身的鉛華，沒有那隱約的偏執，就這樣乾淨而柔美地站在他最愛的大雨後面，用一雙同樣下著雨的眼望他。

這一刻，執傘的手指用力地握緊了。

可他終究沒有走過去，也沒有表現出任何異樣，只是在久久的凝望之後垂下目光，走下臺階，讓那一把撐開的傘遮掩了自己所有的祕密，在她的視線裡漸漸行遠。

姜雪寧於是想：真好，一切都還沒有發生。

第四十章　前世過往

張遮乃是吏考出身。

吏考不同於進士，考後擇優所錄的吏員與一般食君俸祿的官員不同，招進公門之後是「事急則用，事定則罷」，算是臨時在官府輔佐官員們辦事。本朝向有定規，「吏」不能當御史，也不能再參與科考，所以一般而言，會參加吏考的都是屢試不中或出身寒微之人。

張遮屬後者。

他年幼失怙，僅有寡母撫養長大，雖才幹優長，於八股、經藝、策略卻不十分通曉，吏考後供職於河南道監察御史顧春芳手下，專司平冤、治律之事，竟有奇才，顧春芳因此破格將他舉薦給了朝廷，未三年便因在御前對一樁疑案做出評判，被聖上看中，點為了刑科給事中。

只是上一世，他往後的仕途走得實在不很平順，滿滿都是坎坷。

姜雪寧想起來，都覺著口中發澀。

張遮本可以名垂青史，以「直」、以「正」遠離宮廷那些紛擾的爭鬥，可偏偏被她捲了進去。

張遮剛升任刑部侍郎的時候，錦衣衛想要徹底掌握刑獄之權，可張遮覺錦衣衛行事囂張、濫用私刑，兩司之間頗有職權衝突，因而總是針鋒相對。

偏生周寅之便掌著北鎮撫司。

他一心要剷除張遮，張遮則一力要收回刑獄之權，且多次彈劾周寅之徇私枉法、敗壞朝綱。兩人水火不容。

周寅之的背後便是姜雪寧，她彼時正與蕭氏一族作對，多有用得著周寅之的地方，所以一開始看張遮便如看絆腳石，怎麼看怎麼不順眼。

開始是因立場百般刁難，後來卻是發現這人冷面，戲弄起來著實好玩。

她畢竟是皇后，便是言行舉止過分一些，張遮也招惹不起，所以早些時候大半是忍她、讓她，可她並不是什麼見好就收的人，反而越發得寸進尺，張遮於是常以忠言勸告她。

姜雪寧那時算是被眾人都捧著，並不將這些忠言放在眼底，只覺得這人迂腐，冥頑不化。直到後來蕭姝與蕭氏一族步步緊逼，竟有一日拿著周寅之一干黨羽營私受賄的證據，一朝全捅了出來，還故意交由刑部審理，讓此案落在張遮手中。

前朝與後宮息息相關，蕭姝心高氣傲，盯準的就是皇后之位，且她如今有孕，誕下皇嗣便更了不得了，若再讓她在前朝把自己的勢力打下去，成功得著后位，那姜雪寧便算得上是死無葬身之地，畢竟先前她與蕭氏爭鬥得那麼狠。

她和蕭姝，不管是誰得到機會，都不會放任自己的仇敵安然無恙。

一夕之間，姜雪寧忽然就到了進退維谷似乎只有引頸受戮的境地。

人們總愛錦上添花，很少雪中送炭，在她勢頭盛極時聚攏過來的人們忽然就跟退潮一般散了。

可姜雪寧還不想死。

於是，她選擇了張遮。

那一天，沈玠在乾清宮召見包括謝危在內的幾位閣臣，另有負責審理此案的張遮，一直到宮門下鑰都還沒談完，所以傳旨讓幾位大人留宿宮中。

姜雪寧便站在長長的宮牆下等待。

她的身影被高牆的陰影覆蓋。

引路的小太監在前面打著燈籠，照著一前一後兩人的身影，遠遠地朝這邊走近。

走在前面的那人是謝危，大約是走得近了，他一眼認出她來，竟然停下腳步說：「忽然想起早上有方玉佩落在內閣值房了，我回去取，張大人先走吧。」說罷，他轉身往回去，其中一名小太監立刻打了燈籠跟上。

這時，姜雪寧才從那一片陰影之中走出來，望著留在原地的那個人道：「張大人，本宮有話想跟你說。」

張遮似乎沒想到她竟大膽到敢在這夜半宮中將他攔住，更不用說今日還有謝太師同行。

他靜默地垂下眼簾，已猜出她的來意，只道：「娘娘之請，恕張遮難從命。」
夜色深深，孤男寡女。
一個是皇后，一個是外臣。
張遮立身雖正，但也恐積銷毀骨，僅說完這一句，便要躬身行禮退讓避嫌，可他才要走開，姜雪寧便伸手拽住他寬大的官服袖袍。
邁開的腳步，頓時停下。
她纖長雪白的手指搭在那深色的繡紋上，微微仰眸望著他，嗓音裡有輕微的顫聲：「大人要看著我死嗎？」
張遮無言。
姜雪寧的手指慢慢扣緊了，透明圓潤的指甲上是鮮紅蔻丹，在暗昧的夜色中有一種驚心的靡豔，她用一種自己並不習慣的柔軟姿態去懇求他：「馬車從驛道上翻出去，你寧肯折了腿也護著我；天教亂黨刺殺，我藏在荒草叢裡，你卻甘冒奇險去將他們引開。張遮，你對我這樣好，便不能一直對我這樣好嗎？」
那一刻，他垂在身側僵硬的手掌，緩緩握緊了，道：「娘娘是一國之母，張遮是一朝之臣。食君之祿，忠君之事。遇難遇險，以命換娘娘無虞，乃是張遮分內之事。但周寅之黨羽一案，本是國事，一朝興衰皆繫於此，張遮不敢徇私。」
「分內之事……」

姜雪寧拽著他的袖袍袍角，執拗地不放手，聽到這裡竟是笑了一聲，一雙眼直直地望向他的眼，只問：「真的嗎？」

張遮終於避開她的目光，也閉上了眼，滾動的喉結裡似乎藏著一分掙扎，沉沉地道：「若娘娘覺得臣昔日相救之舉，實有僭越之心，臣願受其罰。」

姜雪寧於是慢慢地放開自己的手指。

那一角衣袖被她抓得有些皺了，垂落下去。

她只恓惶地道：「我知道張大人眼底不揉沙子，朝中這些人結黨營私，自該有律法來懲治。可你知不知道，周寅之一倒，我會是什麼下場？我不想求張大人饒過他們一世，但請張大人高抬貴手，讓我度過這難關。他日這些人的罪行，我必一一呈至大人案前，讓他們認罪伏法。」

張遮抬步要走，姜雪寧也並未再阻攔，只是望著他即將要隱入黑暗中的清冷背影，說出自己在上一世說過的最大謊言：「張遮，你幫幫我。這一次後，我就當個好人，好不好？」

張遮在原地站了很久。

天色太暗，頭頂雖有朦朧月色，可她實在難以判斷那一刻的張遮在想什麼。

她能聽到的，只有自己擂鼓似的心跳。

那一天晚上，張遮終究還是一句話沒有再說，從那長長的宮牆下離開了。

去取落下玉佩的謝危也久久沒有回來。

姜雪寧在夜裡站到露氣重了，聽著宮裡報時的聲音，才回了坤寧宮中。

接下來的每一日，對她來說都是煎熬。

直到半個月後，周寅之黨羽營私受賄一案，經由三司會審後，消息傳出，一半涉案者證據確鑿，依罪革職流放或秋後處斬，另一半人卻因證據模糊、口供前後矛盾而倖免於難，有的官降一品，有的則官復原職。

且審理此案的過程中，還將蕭氏一族在朝中結黨的事情查出了一點來，引起沈玠的忌憚。

蕭氏的圖謀功虧一簣，姜雪寧的后位保住了。

那一日她真是發自內心的歡喜，接連使人去打聽前面何時下朝，連周寅之都不想見，只想著一會兒要在哪裡攔住張遮，又要同他說些什麼。

可她萬萬沒料到，回來稟報的人竟說，張大人下獄了。

她正拿起來要掛在耳邊的耳墜頓時掉下去，砸個粉碎。

千算萬算算不到，人心易變。

又或者，周寅之本就是一頭養不熟的狼。

她在這一場危機中，竭力想要保住自己的勢力、保住周寅之，卻沒有想到，早在此事剛被捅出來的時候，周寅之便權衡過利弊，不知何時轉投了蕭氏，效命於蕭姝。

那一半人究竟是不是真的無辜，姜雪寧不知道。

她只知道，是周寅之在三司會審結束之後又提出了這幫人營私受賄的確鑿證據，瞬間將先前斷他們清白的張遮陷於險境，又在朝堂聯合上下言官彈劾張遮徇私枉法，且誣他與皇后有私情。

半生清白，終究蒙汙。

昔日張遮是錦衣衛的死對頭，一朝落入詔獄，在周寅之的手底下，又怎討得了好？更別說還有一個與他針鋒相對的刑部右侍郎陳瀛，長於種種酷刑。

姜雪寧不敢想，他在獄中過的是怎樣的日子。

也不敢想，他會不會以為是她算計他，終究是為了要除掉他。

她只知道，張遮入獄後不過半月，家門被抄，無人照顧的老母因日夜憂心獨子安危，憂困病倒終至不治，撒手人寰。

張遮是出了名的孝子，可人在獄中，他竟連母親的最後一面都沒有見到。

人傳，冷面冷情的張侍郎，在得知其母病故的那一晚，在獄中失聲慟哭。

他一身清正，斷案無數，從無錯漏，於百姓中多有賢名。

當時審理張遮一案的所有判官皆不敢或不願下筆為其定罪，朝中亦多有為其請願者。可最終，是他自己在母親去世後第三日，請獄中卒役鋪上筆墨後，自己提筆，一字一句地自述其罪，為自己寫下定罪的判詞，處己以極刑，定於秋後處斬。

判詞上呈三司，半個朝廷都在嘆息。

現在回過頭去想，那一晚在宮牆下的哀求，竟是姜雪寧與他的最後一面。

也不知，上一世的謝危，是否言出必行？

人已在那雨幕遮擋的長街下漸漸行遠，風從窗外灌進來，吹到骨頭縫裡去，姜雪寧慢慢地收回目光，終於感覺出了幾分寒涼之意。

再抬手扶面，竟是滿眼的淚。

張遮，上一世，我是皇后，是個壞人，欠了你好多好多。

這一世，我不當皇后，當個好人——

是否，可與你相配？

「姑娘，您、您是見著什麼，怎麼哭了？」

眼看著她站在窗前久久不動，蓮兒棠兒都上前查看，卻被她滿面的淚痕驚呆。

姜雪寧卻笑了一笑，拿了繡帕擦著自己紅紅的眼圈道：「沒事，風太大，迷了眼罷了。」

她叫兩個丫頭把窗關上，等燕臨等得有些倦了，便靠在屋內的貴妃榻上小憩，微微垂眸閉上眼時，心內竟是一片的安然，只輕輕道：「等燕臨來了喚我。」

兩個丫頭都低聲應道：「好。」

可這麼晚了，燕世子還會來嗎？

第四十一章　酒氣

「當年你姑母是何等要強的脾氣？臨去之前拉著我的手，病得說不出話來，只用那雙眼睛看著我，一直掉眼淚……」

「便是咽下最後那口氣時，眼睛也沒閉上。」

「浩浩一個大乾朝，竟要一個六歲的孩童站出來，面對這天下最殘忍的刀劍！終究是我對不起你姑母，更對不起那個孩子！」

……

父親在承慶堂中那含淚而悲憤的神情依舊浮現在腦海裡，伴隨著的還有那不甘而藏著怨懟的沙啞嗓音。

這小二十年來，燕臨從未見過父親如此。

彷彿積壓在胸臆中的所有情緒都在那一刻釋放出來，要化作熾烈的岩漿將一切焚毀。

大雨瓢潑，好像是將整條天河的水都傾倒而下，淹沒人世。

偌大的京城，此刻不過一條孤舟。

他抬頭看了看屋簷外漆黑的、時不時劃過閃電的夜空，竟然徑直走了出去。

跟在他身後本打算隨著他一起回房的青鋒驚呆了，愣了一下才連忙撐傘跟上，忙問：

「世子，您幹什麼去？」

燕臨的聲音在雨中有些模糊：「備車，去層霄樓。」

青鋒這才反應過來，他是要去見姜二姑娘。

可是……

雨點掉下來砸在傘上，跟冰珠子砸下來似的，儼然有將傘面都打穿的架勢。

青鋒忍不住勸道：「可都這麼晚了，早已經過了約定的時間，而且今夜還下了這樣大的雨，姜二姑娘久等您不至，應該早就回去了吧？您去恐怕也是白去一趟，若要擔心，府裡派個人去看看也就是了。」

燕臨頭也不回道：「即便只有萬一的可能，我也不願令她白等。」

大約是外面的雨聲太過喧囂，在姜雪寧閉上眼睛之後，這雨聲便鑽進她的夢裡，勾勒出一場炎炎夏日午後的豪雨。

她與宮人匆匆走在荷塘邊。

那避雨的涼亭就在前方。

可等她們趕到時，裡面已經坐了一人。

於是那半畝方塘與滿池的雨荷，都成為這個人的陪襯。

她身上沾了雨，從亭外走進去。

周遭的場景頓時水墨一般融化了，重新凝結出來的竟是山村茅舍，她坐在那唯一一張乾燥的桌上，蜷著雙腿，抱著雙膝，眨著眼睛看沉冷地站在角落裡的張遮，心跳也不知為什麼忽然加快。

然後她聽到自己有些艱澀且藏了一點緊張的聲音：「你、你要不過來一起坐？」

張遮轉頭看了過來。

那是一雙清冷的眼，一下便將她懾住了。

這一刻她想伸出手去觸碰那雙眼，可周遭那滿溢的泥土與青草味道中，不知為什麼，忽然混雜了一絲酒氣，由遠而近，漸漸濃烈起來。

明明只是絲絲縷縷的氣味，卻像是刀劍般將那一場雨劃破。

姜雪寧一下就墜入了夢魘。

避暑山莊的荷塘與涼亭沒了。

遇刺逃出生天途中的茅屋也沒了。

她赤腳站在坤寧宮冰冷的寢殿地面上，正用香箸去撥爐子裡的香灰，怔怔出神。

宮裡再無別的宮人。

她感覺到冷，感覺到彷徨，感覺到害怕。
果然，沒過多久，殿外就傳來了腳步聲。
只是這一次不同以往。
這一次的腳步聲有些凌亂，有些不穩。
在那道身影出現於門外，用力將殿門推開時，外頭的風頓時將一股濃烈的酒氣吹拂進來，姜雪寧的手顫了一顫，原本執在指間的香箸頓時掉在地上。
刺耳的一聲響。
燕臨那一張已褪去了所有少年時青澀的臉龐，帶了幾分混沌的醉意，一雙眼卻比往日都要明亮，好像又回到少年時最春風得意的時候。
他向她笑：「寧寧，別怕……」
而她卻察覺到了前所未有的危險，一點一點朝著後方退去。
可坤寧宮本來也不大，更何況是這小小的寢殿？
他一步步逼近，終於還是將她擒住。
那醇烈的酒味立刻逼近了她，籠罩她的口鼻，如同囚牢一般將她困鎖，侵佔，浸染……
恍惚之中，有誰的手指從她臉頰撫過。
那冰冷的觸感像是帶著鱗片的蛇一般，激得她毛骨悚然。
歪在貴妃榻上淺眠的姜雪寧帶著夢中的餘悸睜開眼時，只看見一道背光的身影坐在自己的榻前，少年的輪廓有些熟悉，又有些陌生。即便是被冷雨沾濕，那身上帶著的淺淺酒氣隱隱約約，卻縈繞不絕。

這一刻她瞳孔劇縮，完全是下意識地往後一退。

下一刻才辨認清楚，眼前少年的輪廓尚未有風霜雕琢的痕跡，也沒有邊關苦寒壓抑的深沉，儘管似乎有些少見的沉默，可並不是上一世那個燕臨。

燕臨是半刻之前到的。

窗外的雨還沒有小。

他進了層霄樓之後看到她歪在貴妃榻上睡覺，巴掌大的一張小臉埋在薄薄的絨毯裡，越發嬌俏可愛，在這樣特殊的時候，更令他覺得心疼。

該是等了許久吧？

燕臨只道自己剛從外面進來，手指太涼，望著她輕聲道：「嚇著妳了？」

姜雪寧眨了眨眼問：「你喝酒了？」

燕臨這才意識到自己的確滿身酒氣，這一念間又被帶回了在府中與父親說話的時候，沉默半晌，才垂眸道：「先才陪父親談了些事，喝了幾杯。」

周寅之已得千戶之位，又是風雨前夕，他和勇毅侯能談些什麼呢？

姜雪寧能猜個大概。

她今日本是想找燕臨說清楚的，可此時此刻看著他，卻不知為什麼，一句話也說不出口。

房間裡沒有旁人，丫鬟都退了出去，一時安靜極了。

燕臨的心緒卻不斷翻湧，讓他感覺自己像是岸邊的一塊礁石，浪頭一個接著一個打過來，可他無法躲避，只能立在原地，承受著、忍耐著。

如果沒有今夜，如果沒有周寅之，如果沒有先前與父親的相談，或恐直到將來某一日面臨抄家滅族、萬劫不復之境以前，他都不會意識到，自己到底做錯了什麼。

還記得重陽燈會那一天晚上，寧寧轉過頭來問他：「燕臨，你總是這般寵著我、護著我，可有沒有想過，若某一日，我沒有了你，會是什麼樣？又該怎麼辦？」

他是勇毅侯府的世子，家裡寵著，皇上喜愛，文武都不差，甚至比起京中鬥雞走狗安心享受父輩餘蔭的那些紈褲子弟，他已經隨著父親走過了很多地方，也見過了許多疾苦，自問既有不下他們的遠見卓識，也有承繼自父輩的雄心壯志。

什麼艱難困苦，從來不在他眼底。

所以他覺得自己擁有的一切都是理所當然的，都是不會改變的，就像他曾對沈玠說的一般：「我寵出來，自有我來娶。」

直到今天，他才知道，有些東西生來擁有，卻未必會長久。

他寵著她。

他護著她。

他壓抑不住那一顆雀躍的心，在人前便表露出對她的特殊，巴不得讓全京城都知道，姜雪寧會是他未來的妻子。

可卻忘了，世事變幻，誰都不知道明天會發生什麼。

如今，他只恨自己考慮不夠周全，處事還太莽撞。

燕臨不敢去想，她這樣子嬌氣，若沒了自己，要如何應對府裡的刁難？她本不必入宮伴讀，卻被他送了進去，將來又要怎樣面對那步步的險惡？人人都知道她與他青梅竹馬、關係匪淺，若變故陡生，婚事不成，她又將如何自處？

一時是大局傾覆、山雨欲來的壓抑，一時是對自己懵懂稚嫩不夠成熟的悔恨，更夾雜著對這個被他捧在手心裡數年的少女的心疼，燕臨只覺得喉嚨口像是被什麼東西堵住，很艱難很艱難才能發出聲音。

他用力地將她擁入懷中，沙啞的嗓音有些顫抖：「寧寧……」

在少年有力的手臂將她擁住的瞬間，姜雪寧的身體是僵硬而緊繃的。「燕臨——」

他的面龐埋在她頸窩，有竭力想要壓住的顫抖，祈求一般道：「不要說話，寧寧，不要說話，對我仁慈一點。不要說話……」

這一刻，少年的姿態有少見的軟弱，像是怕她說出什麼。

姜雪寧只感覺到有什麼格外沉重的東西壓在他的身上，再看窗外是一片的漆黑，只有這雅間裡還投射出些微的亮光。

心便漸漸軟了。

她緊繃的身體慢慢地放鬆下來，終於緩緩伸出手，搭在了少年的肩膀上，告訴他：「沒事的，會沒事的。」

燕臨是猜著她今日約他要說什麼了嗎？

姜雪寧也不清楚。

她只是在這靜寂深沉的雨夜，想起自己的自私和卑鄙。

在內宅之中，她數來數去也沒什麼能用的人，且勇毅侯府的事情即便沒有周寅之也還會有別人，既然如此，用了周寅之總比不用好，好歹知道根底，還能為勇毅侯府通風報信，讓燕氏一族有個準備。

至於她如何知道勇毅侯府會出事的問題，卻不需要擔心。

周寅之是個心機深沉的「聰明人」，會猜測她是從父親或者其他權貴那裡知道的消息，因為天下沒有不透風的牆。燕臨年歲雖然不大，對官場中的一些事情卻也深諳，即便知道她早知侯府會出事，也只會以為她是從周寅之處得知，然後才讓周寅之來說這件事。

聰明人都不喜歡明著說話，更何況這並不是一件不可理解的事，他們自己會構建出最合理的情況來解釋，如此，她便藏了起來。

她的聲音輕軟和緩，莫名有一種令人安定的力量。

燕臨聽著，緊緊地閉上了眼睛。

過了好久，他才把她放開，眼底有些濡濕，偏笑一聲：「等了我很久吧？都怪我，竟忘了提前叫人來知會妳一聲。我來時只盼著，到了層霄樓，最好妳已經走了，好讓我心裡的愧疚少些。可到了這裡，見妳還等著，愧疚之外，心裡竟是壓不住的歡喜。寧寧，我這人可好笑吧？」

姜雪寧望著他，不知道說什麼。

燕臨卻變戲法似地從懷裡掏出一樣東西，拉了她的手，便往她纖細的手腕上繫，只道：「來的路上瞧見有個賣花的婆婆在屋簷下避雨，我看見這些花，也不知為什麼覺得和妳很像，於是想，如果妳在的話，我來遲了這麼久，該有個東西給妳賠罪。收了我的花，可就不許再生我的氣呀。」

少年的聲音似春風般溫和。

他繫在姜雪寧手腕上的，是一串雪白的茉莉，一朵朵柔軟盛放的花被一根細細的線穿了起來，只綴了兩片油綠的葉片做妝點，繫好之後便像是兩塊碧玉般垂在她的手腕下。

冷寂的雨夜，忽然暗香氤氳。

那是一股極其清新的，沁人心脾的香息。

少有人知道，茉莉本能開三季，只是一定要照料得很好。

深秋初冬的茉莉就更為罕見了，與少年的心意一般，彌足珍貴。

姜雪寧突然有些恨起自己來。

燕臨見她沉默，只捧起她的臉來端詳，道：「難不成還真要生氣？」

姜雪寧搖了搖頭。

天已實在太晚了，燕臨雖貪戀與她在一起的時間，可也不敢讓她回去太晚，更恐如今多事之秋，再壞她名節，便要送她回去。

兩人相攜從層霄樓下來。

燕臨撐著傘，扶她上馬車。

這時，姜雪寧才站在傘下，抬頭望著他，濃長的眼睫在陰影裡隱約地顫動，輕聲道：「燕臨，以後不要喝酒好不好？我害怕。」

不要喝酒？燕臨不明所以，想說壯志男兒有幾個不飲酒？可一垂眸觸到的卻是她柔軟後面藏了幾分脆弱的眼神，也不知為什麼，心底彷彿有某個地方被扎得一痛，於是遷就而寵溺地笑起來，承諾她：「好。」

第四十二章　尤芳吟的改變

這一天，姜雪寧很晚才回到府裡，洗漱過後躺到已經鋪好的床上，已是深夜。

燕臨繫在她手腕上的那一條茉莉手串被她小心地解了下來，輕輕擺在妝奩上，幽幽的清香傳到她枕邊，變得極淺極淡，卻一直沁入沉沉的夢裡。

只是次日一早起來，妝奩上那串茉莉都敗了。

原本飽滿的花瓣耷拉下去，像是失去了生機與水分一般，呈現出一種萎靡的姿態。

冬日的茉莉固然稀罕且好看，可終究算不上是綻放的最好時候。

姜雪寧站在妝鏡前垂眸看著它許久，然後將它撿起來，放進一只藏香的小匣子，擱在案頭。

宮裡只給了兩天的時間，讓這批入選的伴讀回家探望父母，與家人道別，順便再做好入宮常住的準備，時間實在算不上充足，今天傍晚就要重新入宮。

屋裡的丫鬟婆子都在幫姜雪寧收拾東西，她自己倒不需要怎麼忙碌，只坐在外面廊下發呆，思考起如今的局勢和自己的處境。

原本不打算入宮，結果遇著一幫「神隊友」，活生生把自己弄進宮裡選為了伴讀。姜府的門第在京中固然算不上是低，可比起別的世家大族則遠遠不如，上一世她入宮最大的依仗其實就是燕臨。

可不久後，勇毅侯府就出事了。

她那時本就不合群，性情方面也與別的伴讀玩不到一起，又因勇毅侯府出事，宮中不乏有見風使舵、落井下石之人，所以後來有一陣子很吃了一番苦頭。

還好更後來她搭上了沈玠，入得臨淄王殿下的眼之後，處境才漸漸好轉，沒人敢欺負她了。

上一世她是傻，對當時發生的事情也沒有任何準備，所以吃了那許多的苦頭。如今勇毅侯府出事的結果只怕無法避免，而入宮這件事已經成為定局，她還要在宮中住上半年，且她這一世實在不想再與皇族有太深的牽扯，那麼花心思去討沈玠喜歡以保全自身的這條路，是無論如何也不該再走。

但如果這樣……

這一世，她要怎麼做，才能讓自己在宮中的這半年好過一些呢？尤其是前幾天在宮裡那一番折騰，她好像無意間又成了人緣最差、最招人恨的那個。

周寅之太危險。之前用他是迫不得已，往後卻是要小心一些。

但除了這個人之外，還有誰能用嗎？

「唉……」

真是想想都頭大。

姜雪寧看著雨後非但沒有放晴反而越添上幾分初冬陰霾的天空，長長地嘆了一口氣。

「也不知尤芳吟那邊怎麼樣了……」

尤芳吟已經布置得差不多，只是還有些不確定。

昨日從姜雪寧那邊回來後，她中途繞路去了許文益那邊看望了一下，這一次倒是對蜀地井鹽和卓筒井的事情隻字未提，坐了兩刻便走。

倒不是真有什麼事要找許文益，而是姜雪寧這般吩咐過，說是什麼「故布疑陣」。

此時此刻，她看著自己筆下寫出的歪歪斜斜的那一頁字，手指卻忍不住顫抖，心跳也有些加快。

昨日二姑娘的話她都聽進去了，心裡面也的確冒出一個報復尤月讓她為自己的言行吃點苦頭的想法。可尤芳吟從小到大這麼多年，還沒有成心害過誰，計畫是打算得好好的，但真當要做時，卻難免生出幾分忐忑。

「她在屋裡？」

正當她猶豫忐忑之時，外頭忽然傳來急促而雜亂的腳步聲，還有一聲藏著輕蔑的詢問。

立刻有人在外面回答：「在呢。」

那嬌俏的聲音立刻道：「走，進去看看她到底在搞什麼鬼。」

腳步聲立刻變得大了起來，也近了許多。

在府裡生活這麼多年，也受了她這麼多年的欺壓，尤芳吟豈能聽不出那是尤月的聲音，幾乎立刻就把桌上這張紙折了起來往袖中一收，緊張地從座中站起來，抬頭看向門外，喚了一聲：「二姐姐。」

尤月這時剛好走到門口。

尤芳吟在看到她之前，以為自己會像以前一樣恐懼到不敢直視，甚至瑟瑟發抖，然而真當她出現在自己視線中時，腦海中浮現的卻是昨日二姑娘那強忍的委屈和苦澀。

二姑娘已經為她做了那麼多，在宮中還要因為救過她而被二姐姐刁難，如今該是她報答二姑娘、保護二姑娘的時候了。

一顆心忽然就定了下來。

尤芳吟藏在袖中的手指悄然握緊，也攥緊了自己先前放在袖中的那一張紙。

她知道，機會送上門來了。

尤月今日一身鮮妍的桃紅色襦裙，因著這兩日天氣驟然轉涼，還十分嬌氣地帶了個兔毛手籠，將兩手都揣在裡面，站在門口睥睨地向尤芳吟看了一眼，又掃了她寒酸的屋子一圈，竟是連走進去都嫌棄，只立在門檻前面，冷笑道：「聽人說，昨日妳好像出府去了？」

尤芳吟立刻道：「沒有，沒有的事。」

「沒有？」

尤月一張臉頓時就沉了下來，直接向自己身後喝問：「張媽妳出來說說，到底有沒有！」

她身後一個一看就很厲害的粗使婆子立刻站出來，指著尤芳吟的鼻子尖刻地道：「老奴絕對不會看錯，昨日我去綢緞莊為您置辦裁新衣要的綢緞，結果一眼就看到這丫頭買了一匹上好的絲緞從綢緞莊離開。老奴年紀雖然大了，可這麼多年眼神還沒出過一點差錯。當時老奴就納悶呢，憑三小姐在府裡什麼地位，居然拿得出這麼大一筆銀子來買綢緞，只擔心是府裡出了什麼不乾淨的事，不敢不回稟二小姐。」

尤月便道：「我屋裡正好少了一筆銀子。」說完，便似笑非笑地看著尤芳吟。

尤芳吟一聽，哪裡還不知道她們打的是什麼主意？

若是往日她只怕已經急紅了眼，不住地為自己辯解，可現在她所能想到的卻是接下來的每一個清晰步驟，只面上做得與往日一般慌張，道：「不是我，我沒有拿過，我連二姐姐住的地方都不敢靠近，又從哪裡去拿二姐姐的錢？妳們不能血口噴人！」

尤月是在宮中受了好一頓的氣，可裡面有些細節太過丟臉，也不好對旁人聲張，只能對人說自己與姜府的二姑娘起了齟齬，受了許多委屈，且還不好發作。

本準備把這口氣壓下來，誰想到府裡一個小小的庶女也敢作妖？正愁沒地方撒氣！

尤月走過去就一巴掌扇到了她的臉上，精緻的面容染上一片惡意的刻毒，只道：「妳沒拿我的銀子，那又是哪裡來的錢買綢緞？天上掉下來的銀子不成？來人，給我把她這屋都翻過來仔細地搜！」

尤芳吟前陣子掉進水裡就病過一場，更不用說近日來還受苛待，身子骨本來就不好，這一巴掌極重，扇得她臉上立刻浮出紅紅的手指印，整個人都朝著右側差點一頭摔在地上，腦袋裡更是嗡嗡作響，連話都說不出來了。

丫鬟婆子們立刻進了她屋子，桌上的茶壺水杯全砸碎了，枕頭被褥扯作一團，甚至連少數的一些擺件都推倒扔在地上，整間原本寒酸但好歹整潔的屋子立刻變得一片狼藉。

不多時就有婆子搜出藏在衣箱底下的幾兩散碎銀子和兩張五十兩的銀票，立刻大叫一聲「搜到了」，然後如獲至寶般送到尤月的手上：「二小姐，您看！」

尤月拿過來一看，瞳孔便縮了縮。

原本聽人說她還不大相信，想尤芳吟不過是團扶不上牆的爛泥，廢物一個，哪來的本事搞到那麼多錢？可現在銀兩和銀票就實打實地出現在自己眼皮子底下，由不得她不信。

心中一股憤怒頓時湧了出來，她攥緊了銀票和銀兩，只道：「好啊，在我眼皮子底下竟然也敢做出這樣偷雞摸狗的事！前段時間是有那個不知廉恥的姜雪寧護著妳，讓妳免了一頓罰，沒料想妳跟找到了靠山似的，連我的錢都敢偷了！」

幾個丫鬟婆子立刻上前按住尤芳吟，她則劇烈地掙扎起來，瞪大了滿布著血絲的眼睛喊：「公堂上審人都還要講證據，碎銀上沒有標記，可這兩張銀票的來路卻是清清白白，是我用姨娘留給我的錢去做買賣入了乾股賺來的！連錢莊銀號都能查得到，二姐姐便是要置我於死地罷了，又何必找這樣拙劣的藉口？二姐姐房裡的錢有沒有少，自己難道不清楚嗎！」

尤月沒想到她竟然還敢頂嘴了，被她嗆聲的這瞬間，差點沒有反應過來，緊接著才勃然大怒，立刻就要讓人掌她的嘴。

可沒想到，尤芳吟被丫鬟婆子按住掙扎之時，竟有一方折起來的紙箋從她袖中掉出來，落在地上。

尤芳吟見了立刻要撲過去搶。

尤月看得心中一動，竟然上前直接用力地踩住她就要伸過去的手指，還用力地碾了一下，這才噙著嘴角那分冷笑，在尤芳吟似乎有些不甘又有些驚恐的注視中，將這方紙箋撿起來道：「嘖，讓我看看是哪個小情兒寫給妳的東西……」

說著，她將這方紙箋展開了。

那上面的字跡不算特別好，可辨認起來沒有什麼難度。

尤月粗粗一掃，幾乎立刻就愣住了：井鹽，卓筒井，任為志？

她房裡有沒有丟銀兩，自己當然最清楚，所以對尤芳吟這筆錢的來處，尤月也是好奇的。

她此刻看到這張紙，一時有些驚疑不定，可冷靜下來想想之後，又懷疑尤芳吟的確是得了什麼「高人」的指點，有了賺錢的祕訣。

旁邊的丫鬟十分好奇，想湊上來看：「小姐，寫的什麼呀？」

尤月完全下意識地將紙箋掩住了，沒讓丫鬟看見上面的內容。

她閃爍的目光中透出幾分貪婪，也不聲張，只挑了唇角看著直勾勾盯著她的尤芳吟，心內快意至極，道：「先把她關進柴房，別成日裡往外頭亂跑，免得壞了我們府裡的名聲！」

粗使婆子們立刻先將尤芳吟拉了下去。

也因此，尤月並沒有能夠看到她轉過身的那一瞬間，消失了所有神情的一張臉，冷冷都是漠然。

下午接近酉時的時候，姜府的馬車便準備好了。

大約是因為上一次進宮遴選的時候，姜雪寧的表現還不錯，也可能是因為她剛回府的那一天就與家裡又鬧了矛盾，還去找了姜雪蕙的晦氣，所以這一次去拜別時，姜伯游與孟氏都沒有多說什麼，只提醒一句謹言慎行，就放她走了。

今日到宮門前時，只她一個。

第二次入宮與第一次入宮不同，畢竟都算得上熟悉環境，因此並不等人齊了再走，而是來了一個，便由小太監幫忙拎了帶進宮的行李，引路先去仰止齋。

姜雪寧下車這一會兒，旁邊正好有馬車過來。

居然是姚惜。

兩天不見，她看著似乎清減一些，下車來時眉頭依舊蹙著，抬眸看見姜雪寧，目光卻有些凝滯，彷彿有話想說，可最終還是閉上了嘴。

姜雪寧於是想——

這兩日，姚惜回去，是怎麼處理與張遮的那一樁親事呢？

第四十三章 張遮退親

上一世，姚家為了退掉姚惜與張遮的親事，除了四處散布張遮命中剋妻的謠言外，還在朝堂上進行打壓，錦衣衛為除掉張遮這顆絆腳石，故意羅織罪名構陷，姚太傅明知張遮被冤枉卻對此睜一隻眼閉一隻眼，甚至落井下石，在中間推波助瀾，最終害得張遮被投入大獄。直到後來原河南道御史顧春芳升任刑部尚書，查明情況，在中間周旋，才使張遮官復原職。

這一世姜雪寧曾出言警告過姚惜，但她並不能預料，姚惜與姚太傅會如何選擇。

兩人目光對上的瞬間，宮門口有些安靜。

姜雪寧與姚惜有些齟齬，但面上的和氣還是會敷衍一下，所以倒像是將幾日前的不快都忘了一般，主動打了一聲招呼：「姚小姐。」

姚惜一怔，也斂衽還禮。只是對著曾經對自己說過那些話的姜雪寧，她的態度無論如何也無法熱絡起來。

但姜雪寧也不在意。

在門口經由太監檢查過此次攜帶入宮的物品，二人便跟著進了宮。

上一次入宮，姜雪寧還存有希望，以為自己不過是入宮遴選走一遭，最終還是會安然無恙地出來，去過自由自在的日子。

可天不從人願。

沒擺脫入宮的命運也就罷了，這一世還被謝危盯上了，且勇毅侯府出事在即，她不敢想此次入宮自己會是怎樣的處境。

一重重宮門在眼前次第開啟，如同環扣一般連接著長長的靜寂宮道，點綴著高高的朱紅宮牆，紫禁城的厚重壓頂而來。

皇宮裡的一切都建得太高太大，以至於人在置身其間時，連抬頭都感覺艱難。

行走其間，姜雪寧彷彿又回到上一世：或逼仄或寬闊的宮道上，地磚與地磚之間，浸滿了順著縫隙流淌的鮮血，即便順著泥土與枯草的斷莖往下滲透，也依舊留下冷酷血腥的痕跡。原本朱紅色的宮牆上，有些地方如潑墨一般顯出更深的鮮豔，有的地方又殘留著刀劍的驚心。而前方的宮門上，懸掛著的不是麒麟瑞獸，而是周寅之面目猙獰、瞪大了眼睛無法閉上的頭顱，被三根鐵釘殘忍地穿過，釘在所有人的頭頂……

許是已深秋入冬，這穿過宮道的風，竟有幾分嗚咽似的淒然冷寒，她忍不住打了個寒顫，瑟縮一下肩膀。

謝危當年持著弓，站在九重闕上的身影，也遙遠如夢魘般浮上。

這半年，她當真能全身而退嗎？

此刻仰止齋中，已經有幾位伴讀先到了，正笑著相互說話。

「呀，方妙啊方妙，妳又帶了這許多亂七八糟的東西。」

「這可是轉運用的。妳們又不是不知道，我這人榆木腦袋其實不大會讀書，若不是先前有姜二姑娘猜題，我哪裡能選上伴讀？這轉運的筆架，回頭我放在書桌上，只盼著先生們不要抽我起來讀書啊回答問題之類的。無量壽佛，保佑保佑！」

「說起來，有人知道回頭到底學什麼嗎？」

「除了謝先生會教琴之外，別的都還不清楚。」

「蕭姐姐帶了好多書啊，這些都是世所罕見的孤本吧？」

蕭姝、陳淑儀兩人這次依舊是一起來的，就坐在屋內靠窗的位置上。同樣來得很早的方妙卻閒不住，在屋裡走動著，四處調整擺設的方位，說是想給大家換換風水。年歲最小、臉蛋紅撲撲的周寶櫻，則是打著呵欠趴在桌上，一副睏倦模樣。

蕭姝不由問她：「寶櫻妳怎麼這麼睏？」

周寶櫻癟嘴，委屈極了：「上次出宮回家之後，父親竟說我在宮中不懂規矩，不學無術，本來要給我買杏芳齋的糕點，這一下全沒了……」

「……」

原來是為了吃的。

蕭姝被她這回答窒了一下，沒接上話。

只是沒想到下一刻，周寶櫻那小鼻子忽然朝周圍嗅了嗅，像是貓兒聞見魚腥味，腦袋一下從桌上抬起來，惺忪的睡眼也瞬間睜大。「有吃的，有吃的！」而且這香味絕對是很好吃的吃食！

憑著多年的經驗，周寶櫻輕而易舉就能聞見美食的味道，於是立刻從自己的座中蹦了起來，到門口一看，驚喜地叫出聲來：「哇，小姚姐姐帶了吃的來！」

因著此次選上伴讀的姑娘裡，有兩位姓姚，一位是翰林院侍講姚都平家的姑娘姚蓉蓉，一位是太子太傅兼吏部尚書姚慶余家的姑娘姚惜，如果都叫「姚小姐」未免難以區分，所以眾人按著她們的年紀，稱姚惜為「大姚姑娘」，稱姚蓉蓉為「小姚姑娘」。

此刻端著食盒從外面走進來的便是姚蓉蓉，她本就出身小門小戶，在宮中頗有一點謹小慎微之感，沒料著會有人一下從屋裡撲出來，差點被嚇了一跳，見是周寶櫻，才將食盒往前一遞，說道：「這是我回家自己做的桃片糕，想著諸位姐姐和寶櫻妹妹之前在公眾對蓉蓉頗有照顧，所以帶了來，略表一些心意，想請大家嘗嘗。」

「是給我們吃的！」

周寶櫻剛聞見那隱隱的甜香味道便忍不住流口水，一聽姚蓉蓉這麼說，一張臉上笑容頓時燦爛起來，幾乎立刻就伸出手去。

「那我先嘗嘗！」

桃片糕乃是用糯米、桃仁和糖一起做的，都切成薄薄的小片，看上去雪白，口感軟糯棉甜，中間嵌著的桃仁又增添一分甘香。

做得好與不好，就看入口的感覺如何。

京中做得好桃片糕的鋪子其實不多，就算有，周寶櫻也全部吃過了。

可她沒有想到，姚蓉蓉做的這份桃片糕，竟是清甜不膩，幾乎入口即化，又留有不淺不厚的餘味，才吃一口，她就瞪圓了眼睛，一聲驚嘆：「天啊，好好吃！」

周寶櫻是個嗜吃如命的，又因出身好，所以天底下好吃的基本都吃遍了，自然也養得一副刁鑽的口味，並不是什麼東西都能入得她口。

所以，但凡能被她誇讚，一定是好吃的，更別說眼下是如此驚喜的模樣了。

眾人都好奇起來。雖然覺得姚蓉蓉有時過於小家子氣，比如先前和姜雪寧說話時就不太聰明，可這不影響大家表面上的應酬，這時便都取了桃片糕來吃。

果然，味道很不錯。就連蕭姝咬了一口後，都沒忍住眉梢一挑，有些訝然：「的確好吃，比得上京中出名的杏芳齋和齊雲齋了。想不到姚姑娘還有這樣的本事。」

姚蓉蓉頓時滿臉驚喜，顯然是沒想到自己竟能得著蕭姝的誇讚，捧著食盒的手指都有些輕微的顫抖，紅了臉道：「蓉蓉見識淺薄，在家大門不出二門不邁，只好鑽研這些。蕭姐姐和大家喜歡，我便歡喜了。」

眾人都道她是謙遜了。

屋裡的氣氛因著這一盒出人意料的桃片糕，總算是變得活絡一些。

姜雪寧和姚惜便是這時候進來的。

方妙手裡正端著個羅盤算什麼東西，一抬眼見著她們，便自來熟地招呼：「還在想妳們要什麼時候才來呢，可讓妳們給趕上了，小姚姑娘帶了好吃的來，妳們要再不來，只怕就要被寶櫻給吃光了。」

周寶櫻不滿地嘟嘴。

正低著頭同其他人說話的姚蓉蓉一怔，看見姚惜時還好，可看見姜雪寧時卻有些不自在，連笑容都勉強許多，但還是站起來捧了食盒遞向她們面前，道：「方姐姐說的是呢，這是我自己做的桃片糕，兩位姐姐一起嘗嘗？」

姚惜今日的心情顯然也不比上一次入宮時好多少，甚至是更差了，隱隱藏著幾分焦躁，見姚蓉蓉遞桃片糕來，她甚至有些不耐煩，只冷淡道：「謝了，但我今日不是很有胃口。」說完，便直接到蕭姝與陳淑儀那邊坐下。

姚蓉蓉頓時尷尬至極。

眾人的目光卻一下都落到姚惜身上，暗自猜測著她那樁親事是不是有了什麼變化，才引得她如此。

姜雪寧本是不想拿這糕點來吃的。一則是她對姚蓉蓉的印象並不算好，總是楚楚可憐的做派，好像誰欺負了她似的；二則……上一世，這玩意兒她差點吃到反胃，以至於連聽見這三個字都忍不住想吐。

可姚惜已經拒絕，她再拒絕氣氛未免太尷尬，所以給了個面子，從食盒中取了薄薄的一片，斯斯文文地咬了一小口，然後笑了笑道：「謝謝。」

就這個反應？也太平淡了些。

要知道姚蓉蓉做的桃片糕，可是連周寶櫻都忍不住要讚嘆的好味道，姜雪寧吃了之後竟然沒什麼表示？

有那麼一瞬，周寶櫻都討懷疑自己的味覺了，十分納悶地看向她道：「姜家姐姐不覺得很好吃嗎？」

好吃？

姜雪寧垂眸看向被自己咬出一彎小小缺口的薄薄桃片，想起的竟還是謝危。

那位後來聞名遐邇的謝太師。

上一世她剛當上皇后那兩年，曾在宮裡宮外找過很多好廚子，試著做了很多種桃片糕，只是最終也沒有還原出當年的味道。

到底是謝危做得太好，還是她沒了當初品嘗的心境呢？

姜雪寧實在不清楚。

現在想起來，她都覺得自己是在作夢。

那可是出身世家、才冠天下的謝居安啊，天下人眼中君子中的君子，半個聖人般的存在，怎會近庖廚、沾煙火？

姚蓉蓉做的桃片糕，當然不能說不好吃，可有誰見過天上的明月，還會對明珠的光華大加讚嘆呢？

姜雪寧看了旁邊已經默默垂首咬唇的姚蓉蓉一眼，最終淺淺地勾唇，找了個藉口：「好吃該是很好吃的，只是我本身不愛甜膩的口味罷了，還望莫怪。」

山珍海味也有人不喜歡，姜雪寧這麼說當然沒錯。只是她和姚蓉蓉的關係有點微妙，所以這般言語也很難不讓人生出點別的想法。

周寶櫻倒是心思單純沒多想，只嘀咕一句：「我就說嘛，我的舌頭還是很厲害的。哎，姜二姐姐不吃也好，那剩下的都是我的了！」

她想到這裡立刻高興了起來，也不管姚蓉蓉是什麼臉色，直接把那食盒拿到了自己的面前，高高興興地吃起來。

此次入宮的伴讀八人，除尤月外都已經到了。

姜雪寧也隨意地在方妙身邊坐下。

眾人又聊了點這兩天出宮後各自遇到的事情，很快，關注的焦點便落到先前進來時便臉色不好的姚惜身上，畢竟在座的所有人都知道她與張遮那樁親事，看她這樣難免有些擔心。

蕭姝低聲問她：「可是議親的事情有了什麼變故？」

姚惜柳眉低垂，險些又要落淚。「我回家之後求了父親許多次，父親也不肯應允，偏要說那張遮是良配，連母親都勸不了他。如今我也不知要怎麼辦才好……」

蕭姝皺眉，下意識看了姜雪寧一眼。

姜雪寧淡淡的，眼觀鼻、鼻觀心，端起盞來飲茶，好像此事與自己渾無關係。

眾人別的或許不記得，可當日姜雪寧把尤月抓了來摁進水裡的狠戾，卻都還歷歷在目。這一時都跟蕭姝一般，莫名向她看去。

姜雪寧覺著好笑：「議親的又不是我，且跟我沒半點關係，諸位都看我幹什麼？」

她事不關己的模樣本沒有什麼問題，可落在姚惜眼中，難免有那麼一點幸災樂禍的諷刺，臉上便一時青白交錯，有那麼一刻想要站起來與姜雪寧理論。

可沒想，還沒等開口，外頭就來了人。

是在仰止齋伺候的一名小宮女，腳步急匆匆的，手裡捏了一封信，進來就行禮，將信封舉過頭頂，道：「給幾位姑娘請安。這是外面姚太傅託人傳來的信，說是要交給姚小姐。」

姚惜頓時一愣，她才離開家不久，怎麼父親就寫信來了？

信封被交到了她手上，外面是姚太傅遒勁有力的字跡。

往日看見家書，她總覺得安心，今日卻不知為什麼，有些心慌意亂，甚至都不等回到自己的房間，她便在這廳中將信拆開來看。

薄薄的信封裡就只有兩頁信箋。

可當姚惜看見信箋上的字跡時，便怔了一怔——不是父親的字。

父親習慣寫行書，蒼勁有力，也算得行雲流水。可這一行行卻是用筆細勁、結體疏朗的瘦金體，甚至顯出幾分一板一眼來，透著些許冷沉靜肅。

『茲奉姚公親啟，晚輩張遮，承蒙厚愛，賞識於朝堂，許親以令愛。念恩在懷，不敢有忘。然今事變，遮為人莽撞，為官剛直，見棄君王在先，開罪奸佞在後，步已維艱……』

短短言語，已陳明身分與來信之意。

分明只是薄薄一頁信箋，可透過這簡簡單單的一行行字，卻彷彿能窺見那名曰「張遮」的男子，在燈下平靜提筆落字的清冷。

何曾有半分的諂媚？

他是清醒的，甚至坦然的，向姚父陳明自己的處境，沒有讓姚府為難，也沒有貪圖姚府的門楣，竟是主動提出了退親。

這一時，姚惜原本蒼白的臉色，忽然變得潮紅，又轉而蒼白，似乎是羞又似乎是愧，末了淚盈於睫。

以前是不識，可如今看了張遮寫給父親的這封信，便知這該是何等月朗風清似的人，也知自己是錯過了怎樣好的一位良人。

而自己先前竟還想要設計陷害，迫他退親……

愧疚之外，竟還有一絲難以言說的悔恨湧了上來。

姚惜也說不清自己到底是怎樣的感覺，只有眼淚不住往下掉。她將信箋一擱，將臉埋在臂彎中，伏在案上便大哭起來。

眾人被她嚇住了，蕭姝與陳淑儀都走到她身邊，忙問她：「不是姚大人來的信嗎，信上說什麼了？」

姚惜只哭不答。

姜雪寧卻將目光轉向那一頁被姚惜手臂壓住了大半的信箋，在看見那清瘦刻板的一筆一劃時，便無聲地笑了起來。

原來，他的字這麼早便是這樣了，她還以為是後來才練成的。

張遮呀……

不欺暗室，防意如城。

上輩子，她是走了怎樣的好運，才能遇著這樣好的一個人呢？

燕臨對她好時，她還太小、太執拗，一點都不懂得珍惜，等往後懂得了，卻沒人肯真的對她好了。

唯有一個人例外。

姜雪寧低垂著眼簾，看著伏案哭泣的姚惜，心裡忽然想：不肯牽累旁人，主動退了親，那麼，如今的張遮，該沒有婚約在身了吧？

第四十四章　變化

蕭姝在幾個人之中乃是身分最高的，且與姚惜的關係本來就不錯，問她半天，見她只哭不答，眉頭便皺得更緊一些。

她索性不問了，徑直將那頁信箋從姚惜手臂下取出來，讀過後便瞭然了。

很顯然，這封信本不是寫給姚惜的，而是寫給姚惜的父親，太子太傅姚慶餘。

姚太傅在看過後，將這封信轉給了姚惜看。

但除此之外再無一字，也不說這封信寄來是幹什麼用的。

「這張遮倒是個人物……」

蕭姝看信後，低低呢喃了一聲。

她其實是要強的做派，不大耐煩聽人哭，所以對姚惜道：「別哭了，還嫌不夠丟人嗎？」

姚惜的哭聲小了些。

蕭姝這才問道：「前些天妳才說過，不想要這門婚事，如今張遮主動寫信來退親，都不用妳再花心思使手段地折騰，難道不好？」

姚惜埋著頭，誰也看不清她神情，可方才小下去的哭聲，隱隱壓抑著，又漸漸控制不住起來。

蕭姝同陳淑儀對望一眼，都知道這種事已不適合當眾再說，且也猜著點姚惜的心思，便道：「進去說吧。」

說完，兩人便扶了姚惜起身，去她房裡，留下眾人面面相覷。

方妙面色古怪，手裡那羅盤的指標隨著她向那三人背影望去的動作而輕輕晃動，沒忍住嘀咕一聲：「遂了心願還不高興，真是奇怪……」

姜雪寧卻是嘲諷地一勾唇。

蕭姝與陳淑儀能猜到的，她自然也能猜著，只是竟不如何高興。

主角都走了，她也不欲在這廳中多留，便藉口要去收拾房間，出了廳往自己屋子的方向走去。

方妙一琢磨，竟跟了上來。

姜雪寧回頭看了她一眼。

方妙訕訕一笑，好像有些不好意思，可腳步卻跟著姜雪寧沒停，只道：「當時姚惜小姐差點聽信尤月的話，要汙那張遮的名聲，姜二姑娘還發作過一回，如今退親的事情都出了，姜二姑娘卻好像一點也不關心。那什麼，我人比較笨，姚惜她是為什麼要哭，她們又要去聊什麼呀？」

從入宮的第一天起，方妙就認準了姜雪寧是個有「運勢」的人，到底是真是假，姜雪寧也追究不出來。

只是既然進了宮，還要待半年，自然不能和先前一樣一個朋友也沒有。

方妙這人神神道道，有一套自己的生存方式，可上一世也算是少數幾個全身而退的人之一，雖是趨炎附勢了一些，可心並不壞。

姜雪寧一琢磨，便笑道：「妳覺得姚太傅為什麼送信來？」

方妙道：「不就是給姚惜看嗎？」

姜雪寧道：「那本是寫給姚太傅的信，且出自一男子，再轉給閨閣小姐看，無論如何都不合適吧？再說，若只是想讓她知道張遮來退親的事，直接重新寫信告知也就是了，何必連對方的信都一起給呢？」

方妙眨了眨眼，愕然。

她忍不住伸手撓頭問：「姜二姑娘的意思是？」

姜雪寧垂眸，唇邊的笑容漸漸淡沒，平平道：「這封信應該才送到姚太傅的手中不久，姚太傅還未來得及回覆。張遮出身寒門，卻能得姚太傅許了這門親事，想也知道姚太傅該很看得起張遮的人品。姚惜想退親，姚太傅顯然未必。我等旁觀之人都能從這封信看出張遮的人品貴重，姚惜也不傻，怎能看不出來？姚太傅還未回信，便將信轉給女兒看，想來是想讓她再考慮考慮。」

方妙聽得目瞪口呆，好半晌才緩過神，說：「二姑娘不會是想說，姚惜哭是因為她……她看了這封信後改了想法，現在又想嫁給張遮了吧？」

姜雪寧已到了自己的房門口。她腳步停了停，垂眸看著兩扇門間縫隙的陰影，只道：「誰知道呢？」

說完，她便推門走了進去，也沒管外面方妙是什麼神情，隨手便將門帶上。

方妙立在她門外，倒也不介意，回想一下方才姜雪寧的言語，對此刻姚惜與蕭姝、陳淑儀會聊什麼，產生了巨大的好奇，然後轉身便想回自己房間。

只是才走出去沒兩步，她忽然「咦」了一聲，回頭看向姜雪寧那兩扇已經閉上的房門，不由嘀咕：「剛才她們有說那封信是張遮寫來的嗎？」

她怎麼一點也不記得了？也就看見了上面的字跡而已。

難道是自己記性不好，剛剛算著風水，走了神沒聽到關鍵？

方妙又撓了撓頭，沒琢磨出個所以然，乾脆將這疑惑拋之於腦後，又朝自己屋裡溜達去了。

這一天，最後來到仰止齋的是尤月。

據說是府裡有事耽擱，險險趕在宮門下鑰之前進了宮。

這時姚惜已與蕭姝、陳淑儀說完話出來了，情緒也定了下來，除了眼圈紅一些以外，已看不出什麼異常。

尤月先前曾因退親張遮的事情向姚惜獻計，雖然因此被姜雪寧摁進魚缸裡，可與姚惜的關係卻是自然地拉近了。

晚上她一來，便與先前一般想坐在姚惜身邊說話。

可沒想到姚惜竟跟變了個人似的，雖還同她說話，可態度比起上一回入宮，冷淡了不知多少，讓尤月有種毫無防備地一頭撞在了銅牆鐵壁上的感覺，一時站也不是、坐也不是，笑也不是、甩臉子更不是，只得夾緊尾巴，尷尬地坐在旁邊。

當晚樂陽長公主沈芷衣派人賞了許多東西下來，還有尚儀局的蘇尚儀親自來跟她們說明天開始伴讀的事。

宮裡的規矩，皇子讀書都是要天不亮就起。

但聖上念及長公主是姑娘家，且連伴讀都是各家府中嬌養的小姐，所以放寬了許多，只叫每日卯正到奉宸殿上學，聽先生們講課。

共請了五位先生。

一天兩堂課，大多都在上午。

下午則留給長公主和伴讀們自己學習或者玩耍。

其他先生只負責教授一門課，唯有謝危例外，要同時教授兩門，且因為時不時要去文淵閣做經筵日講，所以其中一門必得放到下午。若將來時間上調不開，則由他自己調整。

蘇尚儀走時只道：「君子六藝，禮、樂、射、御、書、數，唯有『射、御』兩樣諸位小姐不用學，其他先生都會教，另還要學文、學畫。謝大人教的是『琴』和『文』，需要格外注意。要用的筆墨與書籍，宮裡都已經準備好了，放在奉宸殿的書案上，但琴要各位伴讀自己帶去。明日先生們會一一到殿，先為妳們講要學什麼、怎麼學，長公主也會來。還望諸位伴讀在接下來的日子裡，同長公主一起，一心向學，尊師重道，別辜負了聖上的恩典。」

眾人都一一記在了心中。

待蘇尚儀走後，便難免有些興奮地猜測起明日到底會學什麼，先生們又都是什麼樣，一副十分期待的模樣。

然而姜雪寧卻高興不起來。

只要一想到上學、想到謝危、想到學琴，她便覺得自己十根手指頭隱隱作痛，恨不能現在就出宮去。

可第二天一早，依舊不得不準時起床。

洗漱完畢後，她抱了琴從屋裡出來，與眾人會合，一道去奉宸殿。

誰都知道琴是謝危教的，出宮回家那段時間，眾人都在選琴上花了不少功夫，帶的琴要麼出自小有名氣的斫琴師之手，要麼是有些年頭的古琴，且都小心地套上了琴囊。

姜雪寧的也一樣。

可沒想到，在從仰止齋出去的時候，蕭姝的目光便落在她的琴上，竟道：「姜二姑娘這琴囊看著有些眼熟。」

姜雪寧一怔，垂眸看了那暗藍色的琴囊一眼——這是燕臨當初帶著她去幽篁館買的那張「蕉庵」，琴囊也沒換，還是呂顯將琴交付給他們時套著的琴囊。

她不知道蕭姝怎會覺得眼熟，當下只道：「尋常的琴囊罷了，到處都能見著。」

「這真不是什麼地方都能見到的。聽說前段時間幽篁館來了一張名曰『蕉庵』的古琴，我便差了人去買，可琴館主人竟說，琴是為了燕世子找的，不賣給別人。我還可惜了好久，沒料想，今日居然在姜二姑娘這裡見著了。」蕭姝今日穿了一身深紫的宮裝，顯得端莊而貴氣，直將其他人都壓下去，只看著姜雪寧笑了起來。「看來，那琴確實不是燕世子自己要用，而是特為姜二姑娘尋的。」

眾人的目光頓時跟著落到了姜雪寧抱著的琴上。

陳淑儀、方妙、周寶櫻等人只是有些好奇。

尤月卻是輕易想起了當日重陽宴上著實稱得上是被打臉的一幕，面色不大好，看姜雪寧的目光又隱隱藏了幾分輕蔑。

姚蓉蓉則是站在眾人後面一些，不出聲地打量。

自清遠伯府重陽宴後，勇毅侯世子燕臨與姜家二姑娘關係匪淺的消息便在京中傳開了，消息稍微靈通些的都知道。且燕臨下個月就要行冠禮，也沒剩下幾天，眾人於是都猜燕、姜兩家該是暗中定好了親事，所以並不詬病一對小兒女的關係，外頭也沒幾個人亂嚼舌根。一則是兩家都沒說什麼，輪不到外人；二則是勇毅侯府勢大，旁人不大敢多言。

可現在，蕭姝竟然這樣毫不避諱地說了出來。

姜雪寧自忖上一世與蕭姝有矛盾乃是因為皇后之位，誰也不肯相讓，所以鬥了個妳死我活，最終誰也沒落著好下場。這一世她並不想當皇后，更不嫁沈玠，兩人之間沒有了利益衝突，而以蕭姝出身世家大族的驕傲與不輸男兒的智計，該不至於主動挑起什麼爭端才對。

也就是說，按道理蕭姝不會針對她。

所以在眼下並不知道她是有心還是無意的情況下，姜雪寧只能當她是無心，於是並不發作，只視若尋常地一笑：「『蕉庵』雖好，可在天下名琴之中只怕不過躋身末流，蕭大姑娘雖然錯過了這一張，但想必輕易便能尋著更好的一張吧？」

蕭姝便笑起來，卻也不接話，更不解釋什麼，只叫了一旁抱琴的宮女跟上自己的腳步，繼續往奉宸殿的方向去了。

眾人的目光不由都落在她的琴上。

可誰也認不出那張琴的來歷，只能通過琴囊上掛的和田玉墜子，猜測那琴絕不普通。

一行八人，都順著宮牆走上了宮道。

此刻天色還未完全放亮，兩側點著的宮燈在沉沉的暗藍天幕與暗紅宮牆相接之處散發著光亮。這樣的路，姜雪寧上一世走了不知多少回，熟悉得閉上眼睛都不會走錯，所以心不在焉地落在最後。

姚惜本是走在最前面的，可也不知怎麼，她一面走還一面回頭看。

見姜雪寧落在最後，她的腳步便跟著放慢，不一會兒便自然地到了姜雪寧身邊。

姜雪寧這時才注意到她，昏暗的光線中便悄然皺了皺眉，只想著無事不登三寶殿，所以問：「姚小姐有什麼事嗎？」

姚惜注視著她，很認真地注視著她，過了片刻，才用壓低的聲音笑道：「只是忽然之間對姜二姑娘很好奇。若無前幾日姜二姑娘好言相勸，只怕我已鑄成大錯，汙人清譽不說，還要錯過一樁好姻緣。現在想起來，確實該感謝一番。不過心中也有些疑惑難解。姜二姑娘說過，叫我什麼也不做地等著，當時我不明白，直到昨日見著父親轉的那一封退親信，才知道姜二姑娘是什麼意思。若非知道二姑娘與燕世子是一對，只怕我真要覺著妳與張遮關係匪淺。不過二姑娘，似乎的確很瞭解張大人？」

姜雪寧垂眸看路，沒有接話。

姚惜心底便生出幾分芥蒂來。

只是想起昨日那封信，還有蕭姝等人對她說的話，又難得覺出了幾分甜蜜的羞澀。

她臉頰上悄悄浮上一點紅暈，聲音也有了些少見的猶豫和忐忑，對姜雪寧道：「現在我才知道，父親為何賞識他。他修書給父親雖是為了退親，可竟是怕自己將來仕途不順，恐我嫁給他後跟著受苦。可女兒家最要緊的不就是找個良人嗎？我見了那封信後，便想，若真能與他成了姻緣，往後必不會受氣。且父親還會幫襯，未必就差到哪裡去。我想寫信告訴父親，我改主意了，姜二姑娘覺得如何？」

「……」

東邊已現出魚肚白，紫禁城裡飄蕩著濃重的霧氣，前方的奉宸殿只在霧氣中伸出一角高啄的簷牙，卻讓姜雪寧看出了奇怪的惘然。

有那麼一刻，惡意如潮湧。

某一道聲音在她腦海裡瘋狂地喊叫：「當個壞人吧，寧寧，當個壞人吧。別管旁人怎麼看，去搶！去把張遮搶過來！那本是上天賜予妳的！」

可她不能夠。

冥冥中彷彿有雙眼透過迷霧看著她，提醒著她曾答應過，往後要做個好人。

最終這些聲音都消無下去。

姜雪寧眨了眨眼，只覺自己已墜入這片迷霧之中，看向姚惜，然後聽到自己沒有半分破綻的鎮定嗓音：「姚小姐本未鑄成大錯，迷途知返殊為難得，若能與張大人成就姻緣，令尊想必會很欣慰。」

第四十五章　拉仇恨

「太好了，我也這樣想！」姚惜聽了姜雪寧這番話，跟吃了顆心丸似的，唇邊的笑意也壓不住，融冰一般溢散出來，又道：「我回頭便給父親寫信。想來張遮雖然主動退親，可並非是不願娶我，只不過怕我嫁過去後連累我。可若我願意，那他必定再沒有任何顧慮。如此，如此……」

如此親事便可成了。

姚府如此高的門楣，她自問顏色、修養在京中都算是一流，想那張遮怎會有再拒絕的理由呢？

不過，這話由女兒家來說，有些難以啟齒，所以她囁嚅了半天也沒說出口。

但姜雪寧聽明白了。

在接下來的一段路，姚惜都走在她旁邊，似乎一改對她的敵視，想要和她做朋友。畢竟若沒有姜雪寧之前那一勸，她也許還不知道張遮竟是人品如此貴重的人。

可姜雪寧卻不想與她深交。

捫心自問，她真的喜歡姚惜、認同姚惜這個人嗎？

答案是否定的。

對姚惜與張遮的議親，她也並不樂見其成。

但此時此刻的張遮，對姚惜沒有任何瞭解。

這一世，因為有了自己的阻攔與勸告，姚惜並沒有利用下作的手段汙蔑張遮，給他冠上剋妻的名聲，在張遮那邊便是清清白白。假如她在收到退親信後不僅不嫌棄反而還想要嫁給張遮，那從張遮的角度來看，姚惜該是個怎樣的人呢？

不用想都知道。

出身高門卻肯委身寒門，雪中送炭卻不落井下石，既不勢利，且還重諾。

怎麼看都是個極好的姑娘。

張遮該會答應吧？

姜雪寧知道姚惜是個什麼樣的人，也不覺得張遮該娶她。

可她沒有資格再做什麼了。

先前訓斥尤月、警告姚惜，是因為無法坐視張遮被人汙了清譽。現在姚惜願意嫁了，天底下任何人都能非議、反對，唯有她不能，也沒有立場。

因為，她對張遮懷有私心。

如果去破壞這樁親事，她絕不敢問心無愧地說，僅僅是出於看不慣姚惜的人品。

清晨的奉宸殿裡，負責伺候的宮人們早將每一張書案都收拾得整整齊齊，從前到後一共三排三列，九張書案。第一排最中間的那張是紫檀雕漆面，身後的座椅上鋪了金紅的錦緞坐席，一看就和別的桌案不同，連擺在上面的文房四寶都更為貴重。

這顯然是樂陽長公主沈芷衣的座位。

眾人從外面進來，一眼就看出了這位置的特殊，都自覺地落座在其他位置，大部分坐的都與自己第一次到奉宸殿時的位置差不多。

姜雪寧幾乎是毫不猶豫地挑了那個角落裡靠窗的位置，也就是她最初坐的那個位置。即便外頭開著窗，天光都照進來，可相比起前面兩排，這裡依舊是最難被先生們注意到的位置。接下來可有整整半年，她可不想選個前面的座位，在謝危眼皮子底下坐著。

蕭姝和陳淑儀兩人顯然都對自己的學識和出身有自信，分別選了長公主位置的左邊和右邊。姚惜則選了第二排的中間，正好在沈芷衣的位置後面，左右兩邊則分別是方妙和周寶櫻。最後一排從左到右於是只剩下了尤月、姚蓉蓉和姜雪寧。

今天算是沈芷衣第一次真正到奉宸殿來。

母后和蘇尚儀這幾日已經交代過，為她開課上學這件事是皇兄好不容易才同意的，朝堂上對此也頗有非議，多認為此事於禮不合，所以她一定要珍惜機會，不可敷衍對待，於是她特意穿上了一身鵝黃織金繡紋的得體宮裝。

姜雪寧等八位伴讀剛到不久，距離卯正還有一刻，她就帶著兩名貼身伺候的宮人從外面走進來。

眾人紛紛躬身行禮：「見過長公主，給長公主請安。」

沈芷衣許久沒有這樣高興的時候了，一張明豔的臉上掛滿笑容，兩隻手揹在身後，輕快地跳了一下站在門檻上，只向眾人道：「以後妳們都是我的伴讀，見面的時候還多，就不要回回都行大禮了，妳們累我也累，都快起來吧。」

話說著，她目光掃了一圈，緊接著就「咦」了一聲，竟直接走到姜雪寧的面前說：「寧寧，妳怎麼坐在最後面？」

沈芷衣額頭上綴著一瓣櫻粉，自打上回重陽宴後，臉上便少了往日的陰霾，放下以前故意端起來的長公主架子，反而變得平易近人，還有幾分小女孩的俏皮。

姜雪寧觸著她關切的眼神，不由一震。

記得自己上一世也曾見過沈芷衣這般嬌憨開心的時候，可知道她是女兒家後，這種神情便都從沈芷衣臉上消失了，又變回原來那個眼底總是糾纏著一絲鬱氣且脾氣越來越壞的樂陽長公主。

姜雪寧可見識過了她先前對自己的「好」，生怕她一開口便叫自己去前面坐，連忙向她眨了眨眼，解釋道：「臣女性情愚頑，學業不精，坐在這裡也免得先生見了心煩。回頭一個不小心叫我滾蛋，豈不壞了？」

這是委婉地說自己不想被先生看見。

沈芷衣聽懂了，沒忍住一樂，道：「有本公主罩著，誰敢叫妳滾蛋？」

殿中其他人的目光頓時落在姜雪寧身上，嫉妒有之，複雜有之，忌憚有之，深思有之。

姜雪寧能感覺到殿中氣氛微妙，但她也不敢看，怕一抬頭眼刀就扎過來把自己給戳死。

沈芷衣本在宮中受著萬千寵愛長大，除了對皇兄和母后以外，也並不知道什麼叫做「行事收斂」，喜歡一個人時便會毫無顧忌地對一個人好。

她其實有心想讓姜雪寧坐在自己旁邊，坐得近一些，一轉頭就能看見，豈不舒坦？

可再往前一看，最前面一排她左右兩邊已經坐著蕭姝和陳淑儀，兩人都是她以前就認識了，叫誰起來和姜雪寧換只怕都不好，平白惹人尷尬。

所以沈芷衣只好作罷。

她咕噥一聲：「妳既想坐在這裡便先坐著吧，等哪天膩了再換也沒關係。」

姜雪寧鬆了口氣：「謝長公主殿下照拂。」

沈芷衣這才從她身邊經過，來到第一排中間自己那張書案前坐下。

蕭姝便在這時站起來，自然地將一只錦盒放到沈芷衣的書案上，衝她眨眼笑笑。

沈芷衣頓時驚喜地叫起來：「阿姝還給我帶了禮物！」

她捧起那錦盒來打開，裡面竟是一張精緻的皮影，頓時有些愛不釋手。

陳淑儀也在此刻站起來，雙手將自己準備好的禮物奉上：「聽聞長公主殿下喜歡顧岐先生的畫，家中正好有珍藏，這一次便正好帶給您。」

沈芷衣再一次驚喜起來：「淑儀對我真好！」

此次入宮，大家都是要給沈芷衣做伴讀，家裡有人謀劃的或者心思細巧的，其實都為沈芷衣準備了禮物，有的比較貴重，有的則只是一份心意。

原本誰也不敢先送，但有蕭姝和陳淑儀帶頭，且沈芷衣還這般欣喜，眾人便都有了膽子，趁此機會也跟著將自己準備好的禮物奉上。

不一會兒，沈芷衣的書案上便擺了許多東西。

姜雪寧看了個目瞪口呆。

她想起自己這一次回家，主要都處理尤芳吟和燕臨的事情，根本就沒有想過沈芷衣。現在所有人都將禮物拿出來，可她卻沒有半點準備，眼皮一時狂跳起來。

她心裡默念著反正送禮的人這般多，且自己還在角落裡沒什麼存在感，最好不要有人注意到自己。

可誰想到，天不從人願，就是有人嘴比較賤。

早在剛才沈芷衣進來說話的時候，尤月就已經在看著姜雪寧了，此刻更注意到大家都帶了禮物，唯有姜雪寧坐在自己的位置上一動不動，還低垂著頭。

這可不就讓她逮住把柄了嗎？

有了上一回的教訓，她已經學會不同姜雪寧正面對抗，只一副好奇模樣，掐了嗓子笑道：「沒想到大家心有靈犀，都為長公主帶了禮物來，雖然東西不同，可都各有各的新意。不過我看姜二姑娘坐在旁邊也不說話，難道是準備了什麼特別的禮物？」

尤月此言一出，先前才移開的所有注意力都重新回到姜雪寧的身上。

就連沈芷衣都一下轉過頭來，兩眼亮晶晶地看著姜雪寧，顯然是在期待姜雪寧給她帶來驚喜。

姜雪寧這一刻實在想衝過去撕爛尤月那一張惹事的臭嘴，可轉頭來對上沈芷衣一雙期待的眼，心底又生出幾分無奈。

她是真的沒有任何準備，難道要她隨便取下隨身帶的玉佩敷衍？

姜雪寧實在做不到。

她微微垂了眼眸，不去直視沈芷衣，嘆了一口氣道：「我沒有準備禮物。」

前排坐著的蕭姝聽見這話，眉梢頓時一挑，無聲地哂笑一下。

尤月更是露出了個得逞的笑意，立刻掩住唇，驚訝極了：「不會吧，長公主殿下對姜二姑娘這般優待，妳竟然……竟然連禮物都沒……」剩下的話故意沒說出口，可惡毒之意已不必言說。

其他人看姜雪寧的神情多少也有些微妙。

她們本該同情她，可一個本來就被長公主殿下如此優待的人，哪輪得到她們來同情？此刻都不做聲地看著，心裡只想：就算長公主再喜歡姜雪寧，在這種強烈的對比下，也該知道她對自己沒有那麼上心，無論如何也不會高興吧？

她們料得不錯，沈芷衣在聽見姜雪寧說沒有準備禮物的那一刻，的確有一種說不出來的失落，甚至還有些傷心，想自己對她這麼好，別人都能想到給自己準備禮物，她怎麼就想不到呢？

可僅僅下一刻，就看見了姜雪寧那垂首低眸的姿態。既沒有辯駁，也沒有解釋。

姜雪寧本是極為穠豔的長相，眼角眉梢一動，都彷彿枝頭帶露的輕顫。此刻修長的脖頸低垂，竟是令人心頭為之一軟，甚至忍不住心疼。

沈芷衣一下就想起了燕臨曾對自己說過的話，想起了姜雪寧的身世，想起了她在府中的處境。

姜雪寧正低頭琢磨自己該找個什麼樣的理由，剛有點眉目，抬起頭來想為自己解釋：「其實，我——」

可萬萬沒想到，她話還沒出口，沈芷衣已紅了眼眶，竟對她道：「我知道，我都知道。」

——妳、妳知道什麼了？

姜雪寧心裡咯噔一下，幾乎以為她是知道了自己什麼祕密，可一抬眼又差點被她這要哭不哭的模樣給嚇住，直覺哪裡不對。「殿下……」

沈芷衣卻已起了身，到她面前來，拉了她的手，一副堅定的模樣說道：「寧寧，妳放心，有我在，絕不讓誰欺負了妳！沒準備禮物有什麼關係？妳能來伴讀，便已是我收到最好的禮物。」

姜雪寧：「……」

可對我來說，那是晴天霹靂好嗎！而且妳到底又腦補了什麼鬼啊！

周圍所有人都以為沈芷衣即便不怪罪，心裡也會生出芥蒂，哪裡想到事情忽然有這樣的發展？

蕭姝已然愣住，尤月更是下巴都差點掉到地上。

沈芷衣卻已在心裡認定姜雪寧是個爹不疼娘不愛的小可憐，在家裡都是這樣的處境了，又怎能為自己準備禮物？她卻還險些怪罪，實在不該。

所以心疼之餘，忍不住想要對她好，便一指自己那張書案，道：「妳看，都是她們送我的，妳看看有沒有哪個喜歡的，都送給妳！」

姜雪寧：「……」

唰唰唰唰！周遭眼刀橫飛。

所有人都不敢相信自己聽到了什麼。她們精心為長公主準備的禮物，竟要被長公主轉頭送給一個根本沒有給她準備禮物的人？

合著只有姜雪寧是個寶，我們都是根草！

別說是她們，就是姜雪寧都忍不住替她們心梗了一下。

但緊接著又替自己心梗了起來。

這簡直是一瞬間替自己拉滿了所有人的仇恨！

可望著眼前這張真誠而明豔的臉，是真的對她好，她實在無法怪罪。

於是，姜雪寧忽然有了新的了悟——從今以後，一心一意抱緊沈芷衣這條粗大腿就是了。至於別人，怎麼看也不像是能再交好的樣子，乾脆愛誰誰吧！

奉宸殿內，氣氛一時凝滯，眾人各懷心思。

還好此刻殿外一道清平的嗓音傳來，打破這令人窒息的靜寂，是謝危款步上了臺階，輕聲問了一句：「長公主殿下和伴讀可都到了？」

姜雪寧眼皮立刻跳了一下。

第四十六章　一隻從寧

謝危從外面走進來時，看見的就是這樣的場面：整個奉宸殿裡不知為何一片安靜，所有人的目光都朝著一個方向，看向第三排最右邊角落。樂陽長公主沒有坐在自己的位置上，反而站在這個角落裡，眼眶紅紅，泫然欲泣，也不知是受了感動還是受了委屈，正緊緊拉著角落裡那少女纖細的手。

而那少女……是姜雪寧。

姜雪寧這時候滿腦袋裡正轉著被沈芷衣這麼優待的得與失，完全沒想到謝危的聲音會在外面響起，直到看見他的身影出現在殿門口，才後知後覺地反應過來。

謝危看著她被沈芷衣握著的手，平靜的目光裡隱約浮上了一點若有所思。

姜雪寧也不知怎的，後腦杓忽然一涼，被他注視的手掌更有一種被利箭射穿的感覺，一時背後汗毛都豎起來，完全是下意識地悄悄抽回了自己的手掌。

天知道謝危見了她們關係好會怎麼想！萬一又懷疑她想搞事呢？

還好，沈芷衣此刻的注意力也被謝危吸引走了，並沒有注意到這個小細節，只在一怔之後揚起笑容，主動躬身向謝危一拜：「見過先生，給先生們請安。」

這時其他人才後知後覺地跟著行禮。

姜雪寧也立刻從座中起身，向著謝危拜下：「見過謝先生。」

謝危這才收回目光，只是又看了把頭埋得低低的姜雪寧一眼，才從殿外走進來，自她身邊經過，站到了大殿前方正中央，淡淡道：「沒人遲到，很好。不必多禮，都坐吧。」

眾人都依言起身，這時才敢向他看去。

還是一身蒼青道袍，青簪束髮，寬袍大袖，衣袂上猶沾著外頭深秋初冬時節那微微凜冽的霧氣，顯得超然絕塵，若山中隱士。

但他不是一個人來的。

此刻此刻隨同他一道走入殿中的，還有翰林院選出來的四位先生。

其中三位是先前奉宸殿考校學問時同謝危一起監考的老先生，另一位則是第一次見，四十多歲年紀，面容嚴肅，不苟言笑，想來是後來又選進來傳授課業的。

姜雪寧一眼就認出了前面那三個，畢竟時間才過去沒幾天。

當日考校學問時這三位先生敷衍的態度和說的那些話，她還記憶猶新，這時眉頭便輕蹙起來。

姜雪寧想起，自己曾說過要打這幾位先生的小報告來著，不過還沒來得及。

謝危道：「今日是第一日，料想殿下與諸位伴讀對先生們還不熟悉，且也不曾提前溫書，所以經由我與幾位先生商議，今日先不上課，只讓大家認識認識先生，再由先生們各自講講今後半年要學什麼，各自又有何要求。」

說完他便看向其餘四人，這四位先生於是都出來各自陳明身分和今後所要教授的課目。

此次入宮伴讀所要用到的書都已經放在她們的桌案上：一本《禮記》由國史館總纂張重張先生講；一本《詩經》由翰林院侍講趙彥昌趙先生教；一本《十八帖》乃是書法，由翰林院侍讀學士王久王先生傳授，且據說還要教畫；一本《算數十經》則是算學，由今日才來的那位國子監算學博士孫述孫先生來講。

四位先生，四本書，似乎沒什麼差錯。

可當那位講算學的孫先生說完後，眾人都發現不大對：每個人的書案上的確都提前放了要用的書，但一共也就四本，都由四位先生教了。

那……謝危呢？

姜雪寧還在琢磨謝危葫蘆裡賣的是什麼藥，坐在前方的沈芷衣便好奇地開了口：「可是謝先生，這才四本書四門課呀，不是說您除了教琴之外也要教我們一門課嗎？」

謝危道：「我教『文』。」

沈芷衣納悶：「沒有書嗎？」

謝危便抬眸向殿外看了一眼，道：「已著人去取，一會兒便該拿來了。」

拿來？宮裡面什麼書沒有，要準備不該早就準備好了嗎，怎麼現在才叫人拿來？

眾人都有些奇怪，可謝危也不多解釋，說完便坐到了一旁，只聽那位講《禮記》的國史館總纂張重站到殿上引經據典、以史為鑒，同眾人講治學的重要。

張重已是耳順之年，鬢髮斑白，正是早些天坐在殿中說女兒家只合讀點《女誡》不需知道太多東西的那位，雖然通曉千年，可站在殿上講起話來卻一點也不有趣，死板且枯燥，眾人都聽得頭昏腦脹。

姜雪寧心裡雖警告自己，謝危還在旁邊，可她實在控制不住地神遊天外，兩隻眼睛上下眼皮不住地打架，好險沒一頭磕在書案上，才驚得清醒了些，結果一抬眼就看見謝危坐那邊，手裡端了盞茶，正定定地盯著她。

這一瞬間，她差點沒嚇得摔到地上，瞌睡都飛去了爪哇國。

姜雪寧徹底清醒了，腦海裡陡然浮現之前謝危那一句「不要再惹我生氣」，於是悄悄按住狂跳的眼皮，強打起精神來，認真聽上頭張重老和尚念經似的講學。

足足熬了有半個時辰，張重才道：「因老夫學史，所以今日為長公主殿下和諸位伴讀的講學第一課，才由老夫來講，為的便是開宗明義，讓妳們知道這一個『學』字有多重要。正所謂『書中自有黃金屋』，又道是『一寸光陰一寸金』，聽天下鴻儒聚集講學的機會可不多，妳們該當珍惜才是，還望以後戒驕戒躁。醜話先說在前頭，妳們若是將自己在府裡做姑娘時的驕縱脾性帶來，老夫是絕不會容忍的。」

姜雪寧心裡長嘆一聲：總算是講完了！

上一世她不愛坐在這裡聽講，真不能只怪她不上進、不好學，實在是這些老學究端著十足的架子，講起學來不說人話，也不管她們是不是聽得懂、是不是願意聽，讓人很沒耐心。

今日若不是謝危坐在這裡，她恐怕早掀桌走人了。

然而更可怕的是，眼下只不過是半個時辰罷了，接下來這樣煉獄一般的日子，還要持續半年！

姜雪寧實在有些絕望。

坐在前面的蕭姝和陳淑儀也都微微蹙了眉。

中間的沈芷衣更是在張重講完之後悄悄以手掩唇，打了個大大的呵欠。

倒是幾位先生面不改色，或靜坐思索，或閉目養神，半點都沒覺得張重這麼講有什麼問題。

唯有謝危看了看殿中這九位昏昏欲睡的女學生。

但還沒等他開口說些什麼，殿外已傳來急促的腳步聲，一名小太監急匆匆從外面跑進來，在這凜冽的寒天裡竟然出了一額頭的薄汗，懷裡抱著一摞書，向謝危道：「謝大人，您要的書都已經付梓，按您先前說的裝訂好了，十冊都在這裡。」

其餘幾位先生都看向他。

殿中坐著的沈芷衣和眾多伴讀也都看向他。

謝危便從那一摞書中拿起一本來翻了幾頁，似乎是在確認印刷裝訂無誤，然後才一擺手，讓宮人將這些書發下去，分給眾人。

一人手裡拿到一本。最常見的藍色書封，上頭沒有一個字，比起別的書來還有些顯厚。

姜雪寧隱約記得上一世謝危好像也是發了這樣的一本書，但她那時早在張重講得人昏昏欲睡時就溜出去，後來也沒認真地聽過，甚至連這本書都沒怎麼翻開。

所以，她此刻也生出了幾分好奇：謝危為了講學而準備的一本書，裡面究竟都是什麼？

她書拿到手中便翻開了，然而仔細一看書中內容，頓時驚訝地睜大眼睛。

《無逸》、《鄭伯克段於鄢》、《勾踐滅吳》、《蘇秦以連橫說秦》、《留侯論》、《六國論》、《公輸》、《魚我所欲也》、《逍遙遊》、《謀攻》、《扁鵲見蔡桓公》、《過秦論》、《劍閣銘》、《十漸不可中疏》、《長安雪下望月記》……竟然什麼都有。

有的來自《尚書》、《左傳》，有的來自《國語》、《戰國策》，有的來自《墨子》、《孟子》，從先秦到兩漢到魏晉，從政論到遊記，無一不是擭取菁華，選其名篇，全編入一書之中。

謝危要教的，竟是這些嗎？

姜雪寧忽然覺出了幾分苦澀。

難怪她老鬥不過蕭姝。

想謝危運籌帷幄，智計卓絕，看這本書便知道他講學並非糊弄，若能沉下心來學得幾分，即便是皮毛，只怕也受益匪淺。

上一世，蕭姝都認真聽過，而自己……

對重生回來且上一世後來看過不少書的姜雪寧來說，這冊書的內容都算得上是震撼，對其他初出閨閣的小姐來說，自然更是驚世駭俗。

連沈芷衣見了，都是瞪圓眼睛，半天反應不過來。

陳淑儀家教甚嚴，雖也讀書寫字，可知道有些書有些文章是不該給女兒家看的，家裡也從不讓她看，此刻一翻書中內容，不由眉心微蹙，實在沒忍住開口問道：「謝先生難道是要教這些嗎？」

謝危沒抬頭，回道：「不錯。」

陳淑儀翻著書頁的手指便漸漸掐得緊了，竟是起了身來，向著謝危長身一拜，一字一頓道：「天下自來乾坤分明，陰陽有序。男子立於外，女子主於內，涇渭分明，不應有改。家父曾言，政論乃是男子才該學的，女兒家若通經世之學、致用之道，乃是陰陽亂序，乾坤顛倒，有違天理。淑儀本敬先生學冠天下，可如今卻編纂了這樣一本書，來教我等女兒家，請恕淑儀冒昧——先生這樣，會否於禮不合？」

「……」

謝危本還在翻閱手中這一冊印得如何，聞言，那手指便搭在《過秦論》末尾那一句「仁義不施而攻守之勢異也」之上，靜止不動了。

這時，他才抬頭看了陳淑儀一眼，只微微一笑說：「不願學，可以走。」

眾人差點沒嚇死。這一句跟「愛學學，不學滾」有什麼區別！

然而姜雪寧聽見，先是一愣，接著卻跟黑暗裡見了光似的，腦袋裡不斷迴蕩著謝危方才那一句：「不願學，可以走。」

可以走？她一時激動，手一抖，把書給掉到地上。

啪嗒！

這時整個奉宸殿內一片安靜，以至於這不大的一聲，顯得格外刺耳。

謝危的目光一下轉了過來，見是姜雪寧，眸光便深了些許，只問：「姜二姑娘有意見？」

姜雪寧嚇了個魂不附體，剛才冒出來的「不學我走」的念頭立刻縮回去，她毫不猶豫地搖頭表忠心：「謝先生選精攫萃，編這一冊書，是用心良苦。我等陪長公主殿下讀書，殿下龍生鳳女，自非尋常閨閣女子能比。說什麼『於禮不合』，實在是以己度人，荒謬至極！」

謝危眉梢微微一動，唇邊竟含了點笑意看她。

前面陳淑儀沉冷的目光幾乎立刻轉了過來，釘在她身上。

姜雪寧後背都涼了，這時才反應過來——

完蛋！

怪謝危太嚇人，她一沒留神，狗腿之餘，竟還說出了心裡話。

後來發生了什麼，她已完全沒印象，人雖是看似鎮定地坐在那邊，心裡卻把自己罵了個狗血淋頭，只大概知道陳淑儀最終坐下了沒有再說什麼，畢竟伴讀的機會得來不易。

謝危的態度，出人意料地不那麼和善，就算她不滿，也不得不掂量掂量。

但到辰正三刻先生們交代過溫書和明日學琴後，放她們下學走時，陳淑儀第一個出了奉宸殿。

蕭姝等人難免擔心她，都跟了出去。

姜雪寧卻多少有些尷尬，不得已落在後面，然而一抬頭，就看見謝危從殿上走下來，經過她身邊時，略略一停。

她頭皮都麻了，不得不訕訕道：「謝先生。」

謝危站著時，高出她不知多少，此刻垂眸凝視著她，薄薄的唇邊拉開一抹莫名的笑，一手捏著那卷書，一手負在身後，竟閑閑對她道：「今日還算乖覺。」

第四十七章　裝清高

乖覺……姜雪寧聽見這兩字時，眼角都抽了抽。

謝危怎麼說得她很沒骨氣似的？

她有心想要站起來反駁一句，可待要張口時，仔細想一想自己今日言行，又實在沒有那個厚臉皮敢說自己是有骨氣。

畢竟若能相安無事，誰願意去招惹謝危？

心裡登時憋了一口氣。

好在對方似乎也沒有要與她多說什麼的意思，話音落時，人已經從她身旁經過，逕自向殿外去了。

姜雪寧在殿內，望著謝危的背影。

此刻霧氣都已經散得差不多了。

明朗的天光從高處照落，越發襯得謝危神姿高徹，仿若仙人臨世，哪裡有她上一世所見的那些血腥與陰鷙？

而且……為什麼她竟覺得謝危剛才對她說那句話時，心情似乎不錯？

可明明對陳淑儀說那一句「不願學，可以走」時，他心情還很差的樣子，也不知是遇到什麼事，不然，處事妥貼、滴水不漏的謝居安，不至於說出這種話。

想到這裡，姜雪寧整個人都不好了：千萬不要告訴她，是她狗腿的兩句話討好了謝危！若這般容易的話，上一世使盡種種手段都沒能成功的她，到底是有多失敗……

「寧寧，還不走嗎？」

殿外忽然傳來一聲呼喚。

姜雪寧回過神來轉頭一看，瞧見去而復返站在殿門外正探頭進來看她的沈芷衣。想來是她們先出去安慰陳淑儀了，結果見自己沒跟上，又轉回頭來找自己。

她心下竟有些感動，回道：「這就來。」

沈芷衣等她出來，便壓低聲音對她道：「淑儀家裡管得嚴，陳大人也是說一不二，所以才這樣。妳也是，傻不傻啊？就算心裡真這麼想，也不能當著大家的面說出來呀。」

姜雪寧都沒想到自己會說出來，她不好解釋，只能認栽道：「是我太莽撞，下次一定注意。」

沈芷衣聽她聲音有些沉悶，心裡咯噔一下，連忙寬慰：「哎，妳也別想太多，淑儀人其實很不錯，從不輕易生氣，便是看在我的面子上也不會同妳計較。」

姜雪寧心說，那可未必。

但這話也不好對沈芷衣講，只笑著收下她的好意：「有殿下關切就夠了，旁的我也不在乎。」

沈芷衣聽見她這話，抬眸就對上她溫然的目光，那花瓣似的姣好唇邊還帶著一抹淺淺的笑，也不知為什麼，覺得臉熱心跳，一時竟不敢直視這嬌豔的面容。

她忸怩極了：「寧寧妳、妳說什麼呀！」說完莫名難為情，一跺腳，竟丟下一句「我先回宮了」，便提著裙角，落荒而逃。

姜雪寧：「……」

不是，她就想抱個大腿而已，沈芷衣到底又誤會了什麼？

別別別別慌……閨蜜，閨蜜情罷了！

❀

陳淑儀雖不是什麼性情驕縱的人，可長這麼大還真沒受過今日這樣大的氣。謝危這位講學的先生要教她們女兒家絕不該學的東西倒罷了，畢竟他是先生，上有三綱下有五常，身為學生就該尊師重道，她也不該再多說什麼。

可一個姜雪寧算什麼東西？竟敢說她「以己度人，荒謬至極」！

一路從奉宸殿出來，陳淑儀簡直一刻也不想多看見姜雪寧，只恐汙了自己的眼。

倒是其他人都跟上來安慰她，一行人回到仰止齋都勸她：「滿京城誰不知道姜二是天生嬌縱的脾氣，上不得檯面，說出這種話一點也不稀奇。陳姐姐從裡到外都與她不同，何必同她計較，平白氣壞了身子。」

當然，有些人是真勸，有些人是假勸。

尤月就是唯恐天下不亂，還記恨著前面在殿中被打臉的事，酸溜溜道：「是啊，明眼人都能看出來，長公主殿下一顆心歪著長，全偏到了她的身上，我等巴巴送了一番心意，殿下一轉頭卻都捧到她姜雪寧面前讓她挑選。想來便是她做出再出格的事情，殿下也會護著她。陳姐姐家世顯赫，雖然不知高出她多少，可這是在宮中，怕還是不要與她作對吧。」

蕭姝轉眸看了尤月一眼。

姚蓉蓉卻是豔羨地一嘆：「姜二姑娘能得這麼多人喜歡，很有本事呢。」

陳淑儀一張臉越發陰沉下來。

尤月卻是諷笑一聲，反駁道：「那也叫有本事嗎？聽人說她學文不行，品行也不端。便是這次入宮選伴讀的時候，大家都是親眼看見的，若非長公主殿下關照，她憑什麼能與我們一起坐在奉宸殿中？」

姚惜聽著沒說話，陳淑儀卻是忽然看著她道：「阿惜今早去的時候，似乎同她走在一起？」

因為有張遮的事情在前，姚惜其實覺得姜雪寧沒旁人說的那麼不堪，且被她一番折騰的是尤月又不是自己，所以除了當時被嚇到之外，並沒有太多感覺。

她的確有過與姜雪寧走近些的打算，畢竟好奇她與張遮的關係，可一看眾人態度，知道大家都不喜歡姜雪寧，便打消了這念頭，只道：「我只是有些話要問她罷了。」

陳淑儀道：「我還以為妳要同她交好呢。」

姚惜一笑：「她也配？」

尤月立刻跟著附和起來：「對，她哪裡配與大姚姐姐當朋友？首先門第就差了十萬八千里，搭理她都是給她臉了。」

方妙坐在一旁聽了半天，心下不以為然，聽到這裡時眼珠子一轉，道：「可不是麼，也就是燕世子把她捧在手心裡，疼得跟心尖尖似的，搞得大家都要忌憚她三分。」

其他人還沒聽出不對，尤月當方妙跟自己一般想法，起了勁兒說：「也不知燕世子是怎麼了，都知道姜雪寧是送去外面窮養了才接回來的，一身窮酸氣，長得更是媚俗，半點大家閨秀的端莊氣質都沒有，一看就不正經，哪裡算什麼『美人』？」

方妙一臉深以為然，又點頭道：「可不是麼，也就眉毛細了點，眼睛大了點，鼻子小了點，唇形好看了點，皮膚比旁人白上一點罷了。不好看，真不好看！」

尤月道：「對啊，也就是眉毛細了點，眼睛大了點……」話出口，說了兩句，終於覺出不對。

尤月一下轉頭來看著方妙，質疑：「妳這是罵她還是誇她呢？什麼意思？」

所有人的目光都落到方妙身上，方妙嚇了一跳說：「當然是罵她啊，這不跟著妳一起罵嗎？」

尤月胸口一堵，差點沒喘上氣。

陳淑儀卻是微微皺眉，問得頗不客氣：「方妙姑娘到底算哪邊的？」

方妙一臉無辜，立刻大呼起來：「我？我難道還不明顯嗎？當然是妳們這邊的啊！我都說了，我這人是看『勢』的！」

她神情實在不像作偽，任是陳淑儀也沒看出什麼破綻，且轉念一想方妙說的也是實話，就不由更氣悶了幾分。

偏偏這時旁邊的周寶櫻剛啃完一塊桂花糖糕，也不知有沒有聽她們前面的話，可能就聽了半截，竟抬頭道：「姜二姐姐嗎？真的挺好看啊，我以前都沒有見過這樣漂亮的姐姐。」

「……」

全場沉默，整個仰止齋一下沒了聲音。

周寶櫻還奇怪地問：「怎麼了，妳們不覺得嗎？」

方妙憋笑，差點沒憋死。

從陳淑儀到姚惜再到尤月，全都跟吃了活蒼蠅似的，神情一言難盡至極。

姜雪寧不緊不慢從外面踱步回來時，看見的就是這樣安靜的場面，所有人都不說話，聽見腳步聲才轉過頭來，都看著她。

方妙坐在角落裡悄悄給她比了個大拇指。

姜雪寧簡直一頭霧水。

不過她猜也知道自己這一天得罪了不少人，或者說即便是沒得罪，旁人也會因為長公主對她的在意而心生忌憚甚至嫉妒。

所以，她反而坦然了。

經過門口時，她還一笑：「諸位慢慢聊，我先回房了。」

陳淑儀冷笑一聲：「我若是姜二姑娘，當著眾人的面說出那般沒有骨氣的話，只怕早羞愧得不能見人，倒不知姜二姑娘臉皮厚，還這般坦然地回來。」

沒骨氣的話？

姜雪寧心道，妳陳淑儀和謝危比算個什麼東西？在開罪妳和開罪謝危之間，我自然選前者，又不是傻子！

且她也是真不喜歡陳淑儀那番話。

上一世尤芳吟一介女子都能活得恣意瀟脫，究其所以不過是生活的環境與大乾朝不同，憑什麼女兒家就不能學東西？憑什麼男兒用權謀就是智計卓絕、運籌帷幄，女兒家用權謀就成了陰陽顛倒、於禮不合？統統都是狗屁。

她微微抬眸，削尖的下頷在天光的映襯下有著姣好的線條，姿態裡卻平白多了一種不將人放在眼底的輕蔑，只嗤笑一聲：「妳有骨氣就別上謝先生的課，又沒捆住妳的腳，裝什麼清高。」

陳淑儀霍然起身：「妳——」

姜雪寧懟完她，抬步就走，都懶得多看她一眼，只有似有若無的一聲嘀咕在她走後傳入眾人耳中：「長公主都沒說話呢，妳算哪根蔥……」

所有人都悄悄看陳淑儀。

一場背地裡非議姜雪寧的「茶話會」，不知覺間就這樣偃旗息鼓，也不知是誰說了一句「下午還要同長公主殿下一道去給皇后和太后娘娘請安，先回房休息了」，人就漸漸散了。

只留下陳淑儀一張臉青紅交錯，活像被人扇了一巴掌，站在那裡，渾身顫抖。

第四十八章　鄭保

打從被選入宮開始，路便沒走對：她連名字都沒呈上，卻被選入宮，無疑讓人懷疑她後面有人，出一回風頭不說，還拉了仇恨；等入了宮，以為能在遴選中藏拙放水落選，卻架不住想讓她進宮的人太多，反而因此讓人覺得自己德不配位，成了眾人眼中釘；到如今真正入宮，旁人已經對她有了成見，也就絕了她和旁人打成一片的可能。

和陳淑儀撕破臉，其實真算不上什麼，不過是把檯面下的暗湧拉到檯面上罷了。

回到自己屋裡思考過一番後，姜雪寧清楚地意識到自己眼下所面臨的困境：她還要在宮裡待上半年，樂陽長公主固然喜歡她，可宮廷這般大，誰知道將來會發生什麼？要知道在這重重宮牆下，想害一個人是最簡單不過的事。

矛盾已經發生。她固然沒有害人之心，可焉知旁人是不是有害她之心？

這一世她雖然原本不打算摻和進宮廷的爭鬥中，只等著半年一過就收拾行囊遠走高飛，可遠走高飛也有前提，那就是：到時候起碼得活著啊……

關上房門，將自己扔到榻上平躺下來，一雙眼平靜地注視著從窗戶投射到繡帳頂上的光影，姜雪寧覺得，自己必須得做點什麼了。

首先，和這些不大待見她的人相比，她有什麼優勢嗎？

家世？她只能算中等，不上不下。

貴人的喜歡？她固然有沈芷衣，可宮中說得上話的並不只有沈芷衣一個。

聰明才智？她懂得察言觀色，行事也比上一世妥貼很多，可與有大智慧的人相比，只能算是急智和小聰明，並不超出旁人太多。

她真正的、最大的優勢其實只有一個：重生，先知。

她知道很多別人不知道的事情，也知道很多現在還沒發生的事情，甚至還知道很多現在的她還沒有見過的人。

這也就意味著，她比別人擁有更多的機會。

去趨利避害，去識人辨人，去搶奪先機！

那麼，從她上一世的所知來看，如今的宮中有什麼事、有什麼人，是能為自己所用的嗎？

姜雪寧扳著手指算起來：「將來的探花郎衛梁，現在該還在揚州讀書。蕭定非，登徒子假少爺，如今還不知道在哪個犄角旮旯謀劃著出現的時機。孫尚宮倒是個可信的好人，但上一世這時候她在哪來著？」

掖庭？又或者哪個不受寵的妃子宮中？

算來算去，她竟有點茫然了，一時半會兒愣是想不起究竟有誰能在這個時期為自己所用。人的記憶本就混亂無序，重生回來也未必記得上一世所有的細節，她總覺得自己漏掉什麼要緊的事，但最終也沒什麼頭緒，還有點頭昏腦脹。

本就是午後，姜雪寧乾脆閉上眼睡了一覺。

到得未時初刻，外頭便有伺候的宮人輕輕叩門叫她：「姜二姑娘，該去太后娘娘和皇后娘娘宮中請安了。」

她登時從睡夢中驚醒，坐了起來。

前朝是皇帝做主，後宮自然是皇后做主。

按規矩，伴讀們進宮第一天便該去給太后、皇后請安，只是上一次入宮時事情排太緊，沒人強求；這一次入宮又是昨天下午晚上，第二天一早起來還要去奉宸殿，所以請安這件事才推遲到了今天下午。

姜雪寧在自己的房裡梳洗一番後，到得廳中，其他人也差不多陸續出來了，只是因為先前她與陳淑儀那不客氣的兩句話，眾人看她的眼神多少都有些奇怪，也沒有人上前來主動與她攀談。

唯有方妙趁著沒人看見時，衝她擠眉弄眼。

尤月拉著姚惜同其他人講話，並不給別人同姜雪寧說話的機會，明擺著是要刻意排擠她。陳淑儀梳妝過後出來，更是對她橫眉冷對，雖然沒有開口說話，可劍拔弩張的架勢已十分明顯。

連前來引她們去請安的宮人都感覺到了氣氛不對，不大敢抬頭看她們，說話輕聲細語：「太后娘娘這兩日染了風寒，此刻皇后娘娘正在慈寧宮侍疾，所以直接去慈寧宮請安便好，也正好省了諸位伴讀走上兩趟。請隨奴婢來。」

仰止齋所在的位置要更靠近外朝，慈寧宮則在內宮深處，走過去幾乎是要穿過大半個後宮，一路高高的宮牆後面就是東西六宮。

坤寧宮在乾清宮後面，也在整座皇宮的中軸線上。

八位伴讀裡面，方妙、尤月、姚蓉蓉都是以前基本沒有入過宮的，上一次來也不敢到處走，所以對宮廷依舊不熟悉。姜雪寧表面上沒有進過宮，可架不住她是重生，這偌大的皇宮雖然複雜，可對她來說卻是閉著眼睛都不會走錯路，因此並不好奇。

尤月則是壓低了聲音，好奇地問正好走在她身邊的姚惜一句：「姚惜姐姐，前面那座便是坤寧宮嗎？」

姚惜順著她所指的方向看一眼，道：「正是，本朝歷代的皇后娘娘都住在坤寧宮。如今的皇后娘娘來自河南鄭氏，乃是聖上在潛邸時的元配。不過平日裡深居簡出，以前我們入宮請安她都免了，只叫我們多去太后娘娘那邊，說太后娘娘更愛熱鬧些。」

尤月點了點頭說：「原來如此。」

姜雪寧走在最後面，腳步不快不慢，聽見姚惜這番話卻是一挑眉，心裡面冷笑一聲。

愛熱鬧？那老妖婆巴不得整座皇宮都圍著她打轉呢。

先皇死太早，她還沒過夠當皇后的癮，就要搬出坤寧宮，到那清淨偏僻的慈寧宮去，哪裡能甘心？

老妖婆出身蕭氏，原是定國公蕭遠的妹妹，也就是蕭姝的姑母。母家強大，在後宮中也一向說得上話，即便是先皇駕崩她成了太后，也從未放鬆過對後宮的把控。

上一世沈琅駕崩後，由皇弟沈玠繼位。姜雪寧身為臨淄王妃，自該封后，可老妖婆竟一番攪和，說：「姜氏德不配位，舉止不端，沒有母儀天下的風範，皇帝該空置后位，封她到四妃去。」

當時她聽說這消息差點氣死。

還好前朝老臣們懂事。天底下哪有儲君登上皇位後卻不封自己元配妻子做皇后的道理呢？如果這般做了，豈不讓後世恥笑？於禮法規矩也不符合，所以都上書進諫。

且她上一世就是白蓮做派，既沒犯過什麼錯，又楚楚可憐，越被人欺負越能激起人的保護欲，沈玠好歹是個男兒，怎能讓她受此欺負？

所以最終還是讓她登上后位。

不過封后時鬧了這麼一齣，她和蕭太后便算是結了仇。

皇族也有家長里短。

蕭太后這個做婆婆的對她橫挑鼻子豎挑眼，動輒用孝道來壓她，讓她過得很不痛快。直到後來蕭姝入宮，封了貴妃，成禮的排場比她還大，姜雪寧才回過味兒來：敢情老妖婆是要扶持母家後輩，讓自己的侄女兒蕭姝當皇后啊。

後宮於是變成了修羅場。

姜雪寧根基本來就薄，為了不被這對姑侄搞下去，只能來者不拒，但凡誰願意效忠，她都許以好處，又憑藉著自己察言觀色、會討好人的本事，聚攏了一批勢力，這才勉強穩住。

但如此不辨忠奸地用人，自然導致泥沙俱下。

在外人與清流朝臣的眼中，她無疑是結黨營私，如同朝中毒瘤，甚至被人指責過後宮干政。

到後來被謝危、燕臨等逆黨軟禁宮中時，前朝大臣逼她為沈玠殉葬的奏摺早已飛似雪片，所以最終下場淒慘，多少也有點自食惡果。

因而可以說，上一世姜雪寧對蕭太后的仇恨，要遠遠大過對蕭姝的仇恨。

如今重生回來，還要給這老妖婆請安……姜雪寧想起來都覺得自己後槽牙在發癢，得咬緊了才能克制住罵出聲的衝動。

走在前面的姚惜還不知道後面有人藏著深仇大恨，只把話頭往蕭姝身上引，笑道：「我也是前兩年上元節的時候，有幸隨家父家母入宮拜見過，給太后娘娘她老人家請過安，這一次又要去見還有些緊張。阿姝姐姐到時可得幫幫我，妳可是太后娘娘最疼愛的侄女兒，若一會兒我們禮儀有什麼不周到的地方，惹了她老人家不高興，就要靠妳給咱們說話了。」

蕭姝唇邊的笑容淺了些，看了姚惜一眼，只道：「如今我們都不過是長公主殿下的伴讀罷了，太后娘娘往日也很喜歡阿惜妹妹，沒什麼可擔心的。」

姜雪寧一聽就知道，蕭姝是極懂得樹大招風的道理。

她固然是太后的親侄女兒，算起來與沈芷衣還是表親，可並不高調，入宮這麼久也從未提起過自己與太后的關係，想必不想成為旁人太過注意的目標。

不過……這種事怎麼低調得起來呢？

果不其然，姚惜的話一出，蕭姝的話一接，眾人面上的神情都有些變化。

說話間，不多時已經離坤寧宮越來越近，只是與此同時，幾道奇怪的聲音也漸漸進入眾人耳中，變得清晰。

啪、啪！一下一下，清亮乾脆。

其他人都有些好奇地抬眸向聲音的來處張望，上一世在宮廷中待了好幾年的姜雪寧卻是立刻就聽出來，這是巴掌扇人臉上的聲音，而且落得極重、極實！

才轉過一道宮牆，走前面的陳淑儀腳步就驟然停下。

看見前方一幕的姚蓉蓉，更是低低地驚呼一聲：「啊。」等叫出聲來，她才意識到不妥，連忙掩住了唇。

坤寧宮的宮門旁邊，竟是跪了一名太監，腦袋上戴著的帽子已經掉在地上，只插著根簡單的木簪，此刻正抬了手，用力地一巴掌一巴掌往自己臉上扇，半點沒留力氣。

他對著自己居然也下得了死手，原本一張還算白淨的臉上早已經是指痕交錯，連嘴角都破了，滲出幾縷血來。

才入宮的伴讀們，哪裡見過這樣的場面？這一時都不敢繼續往前走，腳步全停了下來。

姜雪寧的目光越過前面諸人，落在那小太監身上，只能看見個側影，可這一瞬間竟然覺得有些眼熟，腦海裡頓時電光石火般閃過了什麼，末了一張決然壯烈的臉伴著濺出的鮮血，終於占滿她整個腦海。

——鄭保！

後來伺候在沈玠身邊的司禮監秉筆太監鄭保，上一世對沈玠忠心耿耿，雖是無根之人，性情卻極烈，在沈玠被燕臨、謝危毒害駕崩時，當面指著二人的鼻子叱罵他們亂黨謀逆，大笑三聲後，竟不肯與他們為伍，直接拔劍自刎，為沈玠殉了葬。

當時有人譏諷，滿朝文武無男兒，反倒一個無根的閹人最有種。

姜雪寧終於想起，自己之前盤算誰能為自己所用時，到底漏掉了什麼。

——漏掉了鄭保啊。

如果她沒記錯，鄭保現在表面上是個在坤寧宮伺候的小太監，可其實已被現在的掌印太監王新義看中，想收為徒弟。他之所以會跟了沈玠，正是因為有一年他跪在坤寧宮外受罰時，被經過的沈玠看見，為他求了情，讓皇后饒過他。他從此便只對沈玠一人忠心耿耿，直到山窮水盡也未有背叛。

如果，這一世不是沈玠，而是她救了鄭保呢？

但問題也來了。

沈玠是臨淄王，說話有用；她眼下不過是一個伴讀，怎麼救？

第四十九章　禍端

去找燕臨？

勇毅侯府出事在即，他又已經從周寅之那邊知道了消息，暗中做準備還來不及，現在不知在哪裡。且不說他現在進宮合適不合適，等他來都要一段時間，天知道那會兒沈玠是不是已經入宮將鄭保救下了，那還有她什麼事兒？

可眼下她沒什麼地位，連皇后的面都沒見過，在宮中現在也不認識幾個人，不說出面救人，連更迂回的手段都施展不出。

姜雪寧站在眾人後面，已暗覺頭大。

前面停住腳步的眾人也是有些露怯。

引路的小宮女顯然也沒想到會遇到這種情況。

眼前這條路是去慈寧宮最近的路，她們這些在宮裡伺候久的都見過這種宮女太監被罰的情況，一般低著頭不看也就走過去了，可帶著這一大幫伴讀，大家都有些害怕的模樣。

還是蕭姝皺了皺眉，不想剛進宮就沾什麼晦氣，只對那宮女道：「大家都是剛入宮來，不大敢看這種場面，我們還是換條路走吧。」

宮女這才鬆了口氣說：「蕭大小姐說得是。」她退了回來，一擺手，重新給眾人引了另一個方向的宮道。「請諸位伴讀這邊走。」

姜雪寧面上沒有表情，心裡卻有些焦灼，可一時半會兒也想不出辦法來，是以，雖然覺得機不可失、失不再來，卻不得不跟上其他人的腳步，從另一條宮道離開。

臨轉向時，她回頭望了一眼。

鄭保依舊跪在坤寧宮前面，脊背挺得筆直，一點也不像是宮中習慣了躬身垂首的太監們那般折下身體，低垂的清秀眉眼卻偏有幾分堅毅，分明聽到有人來，手上的動作也沒停下半分，仍舊咬著牙關，一巴掌一巴掌往自己臉上甩。

❀

因為中途繞了遠道，所以眾人到得慈寧宮門前的時間比原本預想晚了些，宮門口一名看著有些資歷的嬤嬤在外頭等著，瞧見她們便問：「怎麼這時候才到？長公主殿下都已經先到了，在裡面陪太后娘娘說話。」

小宮女嚇得一抖，姜雪寧卻是忽然心頭一動。

蕭姝看了那小宮女一眼，主動開口：「經過坤寧宮時繞了道，這才來晚，徐嬤嬤勿怪。」

徐嬤嬤這才沒責怪小宮女。

在宮裡做事，話聽一半就能猜著點東西，繞路必定有繞路的原因，且發話的是蕭姝，徐嬤嬤當然不會再多問，一張原本嚴肅凝重的臉上甚至還露出笑容來，道：「原來如此，那便請諸位伴讀都進來吧。大小姐也是，可有一陣子沒入宮看過了，太后娘娘聽說您選上伴讀，都念叨了幾回。」

畢竟是老妖婆身邊伺候的嬤嬤，說不準還是看著蕭姝長大的，自然熟稔且態度和善。

姜雪寧見了，心底輕嗤一聲。

她人雖然到了這裡，可心其實還記掛著鄭保，只想著機會就在眼前，自己卻可能因為要來給老妖婆請安錯過，新仇舊恨那本帳上索性又給這對姑侄記了一筆。

慈寧宮雖是歷代太后的寢宮，一向不過於奢靡，可到本朝太后就變了個樣。番邦和各州府的進貢，有許多好的都送到了慈寧宮中，說是沈琅孝順，都給蕭太后賞玩，是以如今的慈寧宮看著十分華麗。

跟著徐嬤嬤走進宮門，姜雪寧就看見雕花缸裡養著的睡蓮和錦鯉，上臺階、進正殿，上下雕梁金磚，左右金玉滿堂，連地上鋪的都是海上波斯國進貢來的上好絨毯。

沈芷衣回宮後又換了一身淺粉的宮裝，此刻來到慈寧宮，正依偎在蕭太后身邊陪她說話：「您是沒看到，謝先生可厲害可厲害了……」

鄭皇后有些尷尬地坐在旁邊。

徐嬤嬤走上前說：「太后娘娘，皇后娘娘，人來了。」

剛說得眉飛色舞的沈芷衣一聽，立刻就停下了話，轉頭看去。

以蕭姝為首，包括姜雪寧在內，八位被選入宮的伴讀，進了殿都不敢輕易抬起頭來看一眼，在徐嬤嬤話音落地後便齊齊躬身下拜：「臣女等拜見太后娘娘，皇后娘娘。」

眾人的禮儀都被蘇尚儀嚴格教導過，且她們初次拜見後宮最重要的兩個女人也不敢馬虎，所以幾乎都挑不出任何錯來。

一般來講，行禮完便會叫起身，可沒想到，上首傳來的那道含著笑意的聲音，竟完全沒搭理其他人，而是直接對著下方的蕭姝道：「姝兒來了，快起來讓姑母看看。」

所有人一怔。

蕭姝心下嘆口氣，卻不好說什麼，起身便掛起笑容，喚了一聲：「姑母。」走上前去。

蕭太后今年四十五六的年紀，為先皇育有兩子一女，長子是如今的皇帝沈琅，次子是如今的臨淄王沈玠，么女便是樂陽長公主沈芷衣。

宮裡過得如意的女人保養都很得當，所以她看上去並不如何顯老，眼角雖有細紋，可也有著有閱歷的女人才有的韻致，嘴角含笑時彷彿還能看見年輕時的模樣。她只拉了蕭姝的手道：「小沒良心的，上回入宮也不知道來拜見姑母。」

蕭姝道：「上回入宮乃是為芷衣遴選伴讀，若那時來拜見姑母，只怕要被人詬病說阿姝是憑姑母才能留在宮中。阿姝被人汙蔑不打緊，若連累旁人覺得姑母徇私，便是阿姝的過錯了。如今既已留在宮中伴讀，往後來看姑母自然方便，定好生賠罪。」

蕭太后便叫她也坐在自己身邊，仔細將她一番打量，越發滿意道：「我跟妳父親說，想把妳留在宮中長住，他卻偏說這般不成規矩，鬧得芷衣這丫頭連個同齡的玩伴都沒有，還要往宮外頭找伴讀進來，麻煩！折騰來折騰去，妳不還住在了宮中？且在那仰止齋住著，也沒哀家這慈寧宮舒坦，真是……」

殿上還跪著的其餘諸位伴讀聽了這話，都低著頭不敢抬起。

姜雪寧對老妖婆很瞭解，哪裡不知道她是在說她們這幫伴讀除了蕭姝之外，其實都沒必要進來，也沒辦法與蕭姝相比。

只是如今她不是皇后，也懟不了她。

姑侄倆在上面旁若無人地話起家常，沈芷衣看了看母后，又忍不住看了看下面還跪著的姜雪寧，有心想要說話，卻又熟知母后的脾性，知道她是想給這幫伴讀一個下馬威，是以不好開口。

端正跪著的姿勢很耗力氣，姜雪寧才保持著那姿勢一會兒，便覺得膝蓋疼，心裡又把老妖婆罵了一千遍。

還好鄭皇后是個仁善心腸，見下面的姑娘年紀都不大，身形開始不穩搖晃起來，猶豫了一下，還是一笑，假裝不經意地開口：「蕭大姑娘來，總算見著母后開心些了。不過您聊著高興，這幫小姑娘都還在下面跪著呢，看著看著就要倒了。」

正同蕭姝說話的蕭太后停了下來。

她眉眼底下凝著點多年執掌後宮的威儀，聞言掃了下面一眼，目光又落回鄭皇后身上，似笑非笑道：「妳倒會做好人。」

鄭皇后臉色頓時一變，起身便要告罪。

蕭太后卻向她一擺手，笑了一聲，又朝下面道：「皇后心最仁善，見不得誰受苦，她都發話了，妳們還跪著，倒顯得哀家不厚道。起來吧。」

「謝太后、皇后娘娘。」

眾人聽著這意思都有點心驚，戰戰兢兢謝禮後才重新起身，規規矩矩地肅立在下方。

姜雪寧趁機看了鄭皇后一眼。

這也是個可憐人。嫁給沈琅後，沒當兩年皇后不說，當皇后的時候被蕭太后壓著，也沒有半點威嚴。沈琅駕崩後沈玠繼位，鄭皇后這個皇嫂就被封了太上皇后，遷居長寧宮，膝下無子無女，孤苦過了。

沈芷衣見姜雪寧站起來了，略略安心，嘟嘴撒嬌：「母后您總是這樣嚇人，她們可都是回頭要陪我一起玩一起讀書的，個個膽子都不大，您給她們嚇出病來，誰陪我玩？」

蕭太后無奈道：「一時忘了叫她們起身罷了，怎就成了嚇人？」

沈芷衣輕哼：「我還不知道母后嗎？」

蕭太后便笑了起來，忽然想起什麼似的，又將目光投下去，竟開口道：「記得蘇尚儀說，新來的伴讀中有個很討妳的喜歡，是叫姜雪寧吧？站出來讓哀家看看。」

姜雪寧聽到前半句時，心裡便咯噔一下，果然後面真的叫到了她的名字。雖然她一萬個不想暴露在老妖婆面前，可依舊不得不站了出來，一副乖順模樣，再次行禮：「臣女姜雪寧，見過太后。」

蕭太后打量著她，只是看著看著眉頭就皺了起來，道：「豔冶太過，失之輕浮，不夠端莊。」

「……」

姜雪寧心裡現在就一個想法：謝危趕緊謀反，把這老妖婆剁吧剁吧扔去餵狗！本宮生來就長這般好看，吃妳家大米了不成？只是心裡這麼想，話卻不敢這麼說。小命要緊。

她也算知道蕭太后脾性，萬萬不能跟她抬槓，不然往後有好果子吃，是以忍了一時之氣，低眉斂目道：「臣女幼時命格有劫，父母因而將臣女送入田莊窮養長大，四年前才接回京城，是以文墨粗淺，禮儀不通，舉止輕浮。今日得見太后娘娘，心甚惶恐，手足無措，往後定嚴加約束自己，為長公主殿下伴讀，必不敢有絲毫懈怠。」

蕭太后頓時一怔，倒沒料著她竟說出這番話來，有些刮目相看。「長相輕浮，說話卻很穩重。」

只是看這般穠豔長相，始終覺著不舒服。

她隨意一擺手，玩笑似地道：「罷了，站回去吧。聽說妳還是勇毅侯府那位小世子心尖上的人兒，那一家子老小可看哀家不順眼，若再為難妳，少不得怎麼議論呢。」

勇毅侯府燕氏與定國公府蕭氏，二十多年前還曾聯姻，如今卻似乎老死不相往來，甚至有些相互仇視。

眾人都聽聞過風聲，卻不知緣由。

可沒想今日竟在蕭太后這裡明明白白地聽說，一時都有些心驚。

姜雪寧身處漩渦之中，卻是隱隱嗅出了幾分不祥的味道。

先是蕭姝當眾說燕臨送她琴的事，如今又是蕭太后玩笑般說起蕭氏與燕氏的關係，倒像是已經不將勇毅侯府放在眼底的模樣。

她默不作聲地退了回去站定。

這時外頭有宮人通傳，說內務府的劉公公來了。

蕭太后一抬手便叫人進來問：「又是什麼事？」

那劉公公生得肥頭大耳，很是阿諛諂媚的模樣，進來行禮時腰差點彎到地上，只將手中的錦盒高舉過頭頂，用那尖細的嗓音道：「太后娘娘前兒說打碎了柄玉如意，聖上今日聽說，這不記掛您嗎？特意吩咐了奴把去年青海進貢的玉如意找了給您送來。」

青海進貢的玉如意？

等等……

姜雪寧眼皮忽然一跳，心裡已是叫了一聲：這件事都讓她遇上！

「皇帝還是這麼有孝心，東西呈上來我瞧瞧。」

蕭太后的眉眼已舒展開幾分，只一抬手，劉公公立刻躬身向前，巴巴將玉如意送到了蕭太后手底下。

玉如意由紅玉製成，通體赤紅，唯獨如意頭上是一片雪白，正好雕刻成一片祥瑞雲紋，算得上是獨具匠心，難得一見的珍貴。

蕭太后拿到手裡，便十分喜歡。

只是她剛道了一聲「不錯」，將這柄玉如意翻過來看時，神情忽然一怔，原本的笑容瞬間凝固在臉上，兩隻眼睛死死地盯著玉如意柄的背面，臉色驟然變得鐵青。

因為那柄玉如意背後，赫然刻著兩行篆字——

三百義童，慘死何辜？

庸帝無德，敢稱天子！

「大膽！」

蕭太后勃然大怒。

旁人都還不知發生什麼，她已劈手將這柄玉如意摔下去，砸了個粉碎。

那碎掉的紅玉就落在姜雪寧腳邊，她動都不敢亂動一下，頭皮一炸麻。

就是這件事，開啟了勇毅侯府遭難的禍端……

第五十章　搶機緣

先前蕭太后對眾人雖然是一副愛答不理的態度，眾人對她也是心甚惶恐，可與此刻滿面霜寒的盛怒相比，卻是小巫見大巫。

誰也沒想到一柄玉如意獻上來，蕭太后好端端竟然發了火。

下面的諸位伴讀不知發生了什麼時，惶然不安不敢作聲。

那端著玉如意來進獻的劉公公只覺得背脊骨一涼，想也不想立刻跪了下去，大喊一聲：「太后娘娘息怒，太后娘娘息怒啊！」

他人就在臺階前，蕭太后一腳踹了過去，抬手便喚來左右，大喝一聲：「來人，將此逆黨拿下！給哀家發落去慎刑司好生拷問！」

劉公公面色頓時大變。

他雖然過來獻上玉如意，卻完全不知那玉如意背後有怎樣的玄機，聽得蕭太后這一聲冷喝，已是嚇得三魂出竅、七魄離體，一顆腦袋連忙往地上撞個不停，哭叫起來：「冤枉，奴冤枉啊！奴只是奉命來獻玉如意而已，卻不知何處惹怒了太后娘娘，還請太后娘娘饒恕，奴冤枉啊——」

沈芷衣與蕭姝就坐在蕭太后旁邊，方才只隱約瞥見那玉如意背後有字跡，卻沒有看清楚到底是什麼，乍然遇到此番變故，更不敢開口詢問。

鄭皇后也是嚇了一跳。她知道蕭太后脾氣雖然向來算不上好，有其刻薄之處，可若這般反應必然是出了大事，且口稱劉公公為「逆黨」，便猜事情小不了。

玉如意雖然摔碎了，卻有幾塊碎玉較大。

鄭皇后暫未插嘴，只從殿上走了下去，撿起其中一塊碎玉來看，才看到上面「義童」二字便臉色大變，竟不比蕭太后好到哪裡去。

左右已經上來將那劉公公制住。

鄭皇后看了一眼下面還戰戰兢兢站著的那些伴讀的女孩兒，只強行壓下心中的震駭，對她們道：「妳們先退下吧。」

蕭太后鐵青著臉色，這一回倒是沒有多說什麼。

眾人想也知道茲事體大，絕不是她們這些新入宮的伴讀應當知道的，一聽鄭皇后發話，連忙躬身告退。

蕭姝也從座中起身，對蕭太后行禮拜別。

沈芷衣還怔怔地坐在那，蕭姝走時連忙拉了她一把，將她一起帶出慈寧宮。

姜雪寧從慈寧宮走出來時，被外頭夾著點初冬寒意的風一吹，才覺察出自己背後竟然出了一身的冷汗。

這就是上一世牽連甚廣的如意案了。

內務府選送進獻給蕭太后的玉如意背後竟然刻有大逆不道之言，且直指本朝天子。事情一出，立時引起一番腥風血雨。宮裡面伺候的許多人被株連九族，前朝的世家大族也有捲入其中的，抄家滅族不在話下。勇毅侯府出事明面上雖然與此案無關，可兩件事實在是相距甚近，讓人不得不懷疑。

想到勇毅侯府，想到燕臨，又想起上一世種種前因後果，她忽然之間心亂如麻，使勁握了握自己掩在袖中的手掌，才勉強冷靜下來。

該來的總是要來。越是這種時候越不能自亂陣腳，越要在亂局之中做好自己應該做的事情，焉知杯水車薪不能救水火、濟危難？

沈芷衣被蕭姝拉著出來還有些一頭霧水，愣愣地問一句：「這是出什麼事了？」

蕭姝低垂著目光沒有說話。

沈芷衣抬眸一掃就看見站在眾人邊緣的姜雪寧，走過去關切：「寧寧，妳沒事吧，臉色這樣蒼白？」

姜雪寧想起了那先前還跪在坤寧宮門口的鄭保，動念間目光微微閃爍一下，心道「除此之外也別無他法」，於是勉強擠出一絲笑容來，神情間卻有些害怕悽惶模樣，低聲道：「有些嚇著我了。」

沈芷衣其實也嚇住了。可她心想自己是長公主，是承諾過要護著姜雪寧的人，所以立時擺出一副在宮裡這都是尋常小場面的模樣，拉了她的手道：「沒事、沒事，這不還有本公主在嗎？」

她的手掌捧著姜雪寧那纖細的手指，發覺她指尖竟是冰涼一片。

姜雪寧只望著她不說話，但那濃長的眼睫在一雙好看的眸子上輕輕顫動，像是雪原上被利箭射中倒下去的小鹿一般煽情脆弱，手指也攥住了沈芷衣的手。

在這樣的一瞬間，沈芷衣能強烈感覺到，眼前這個曾掛著一臉燦爛笑容在她眼角畫上櫻花粉瓣的朋友，是如此迫切地需要她、依賴她。

本來從慈寧宮出來便該各回宮中。

沈芷衣所住的鳴鳳宮與仰止齋本在不同的兩個方向，所以當在慈寧宮門口分別，各走各的。

可現在她覺得自己不能就這麼走了。

沈芷衣反握住姜雪寧的手，彎起唇角，竟跟沒事兒人似地揚起明媚的笑容，拉著她便往仰止齋的方向去，只道：「看妳膽子小的，本公主陪妳一道回去。」說完還對其他人道：「走吧。」

眾人於是都跟上她們的腳步。

一路上沈芷衣都在跟姜雪寧講些宮中的趣聞樂事，自己講著講著有時候卡殼了還要叫上蕭姝與陳淑儀來接。

蕭姝還好，一直不動聲色。

陳淑儀卻是已與姜雪寧結仇，可是樂陽長公主發話，她又不好拒絕，不得已之下只能僵著一張臉給姜雪寧講笑話。

姜雪寧只覺得若非今日事情重大，她都要笑出聲來。

然而此時卻是連自己都要唾棄自己。

上一世哄臭男人也就罷了，好歹沒向香香軟軟的女兒家下手，沒料著重活一世，自己是越來越沒底線，越來越下作。

沈芷衣對此還渾然不覺。

一行人往仰止齋的方向走。來時她們是繞開坤寧宮的方向走的，可回去的時候一是眾人都沒留意，二是沈芷衣與姜雪寧走在前面，所以很自然地走了最近的那條會從坤寧宮旁邊經過的路。

早在遠遠能看見坤寧宮宮牆的時候，姜雪寧一顆心就已經提了起來，暗自祈禱千萬要趕上。

轉過宮牆拐角時，心幾乎跳到嗓子眼。

前方的宮道上一片寂靜，先前曾聽到的巴掌聲已經沒有了。

這一刻，姜雪寧幾乎以為自己已經錯失了機會。

還好，下一刻當她轉上宮道時，便看見了那長身跪在宮門口的身影。

鄭保還在！

只是還不等她為此鬆一口氣，露出些許笑容，一抬起眼，就看見前方不遠處同樣停步在宮門前的另一道身影。

蟒袍華服，腰繫玉帶，身形頎長、面容儒雅，不是臨淄王沈玠又是何人？此刻他正望著長跪不起的鄭保，抬首就要對宮門口侍立的宮人說些什麼。

姜雪寧眼皮一跳，可不敢讓沈玠就這樣開口將鄭保救下，急中生智，故意左腳絆了右腳踩了自己裙角一下，行走之中的身體頓時失去平衡，「呀」地低低驚叫了一聲，已是摔得跪坐在地。

她反應不大，走在她旁邊還在給她講笑話的沈芷衣卻是慌了神，叫嚷起來：「寧寧！」

前方宮門處正打算問問這小太監為何受罰的沈玠，聽見聲音，立時循聲轉頭望去，一眼就看見了那邊的伴讀，更是迅速認出摔倒的姜雪寧。

被這一打岔，正常人都會忘記自己原本要做什麼，沈玠也一樣。他連忙朝著她們走過去，但又因還有別的伴讀在場，不好走太近，只溫言道：「這宮中的長道雖然年深日久，可年前才修整過，姜二姑娘怎的這般不小心？」

眾位伴讀上一次入宮時也曾偶遇過沈玠，知道他身分，見他走近紛紛躬身行禮：「見過臨淄王殿下。」

姜雪寧見他走過來心便定下大半。

想他們上一世是至親至疏的夫妻，她死勉強也算為沈玠殉了葬，這一世搶他一個機緣又怎麼了？就當是沈玠給自己的勞碌錢和賠命錢吧。

反正他是臨淄王，將來當皇帝也不缺一個鄭保，可她很缺啊。

這麼想著，姜雪寧多少將那搶人機緣的愧疚消除了幾分，迅速措辭：「回殿下，剛才去拜見過太后娘娘，鳳威深重，心神恍惚之下這才絆著自己，讓您見笑了。」

蕭姝靜靜地看著她，沈芷衣則是親自扶她起來，聽見她這話也向沈玠嘟嘴道：「王兄你剛才是不在，母后可嚇人了。」

沈玠性情雖然謙遜溫和，可生在宮廷之中，耳濡目染，只聽她們這話便知道慈寧宮那邊該是出了事，於是眉頭輕輕一蹙，問道：「怎麼了？」

沈芷衣便道：「就一玉如意，哎也不知道怎麼說……」

她有心想理順一下講，但不知從何講起，說得一片混亂，沈玠聽了個一頭霧水。末了還是蕭姝言簡意賅地道：「內務府劉公公奉聖上之命送了一柄青海進貢的玉如意，但那如意背後好像刻有什麼大逆不道之言，惹怒了姑母，眼下皇后娘娘也在慈寧宮中，正處置此事。」

沈玠不由抬眸看了她一眼。

沈芷衣聽蕭姝說得這般簡潔，便連忙點頭道：「對，就是這樣，王兄去看看吧。」

沈玠原本也是要去給蕭太后請安的，略一沉吟便道：「我去看看。」說這話時，那小太監的事早被他拋到腦後。

他抬步要往慈寧宮的方向去，只是從眾位伴讀旁邊經過時，瞥見剛摔了一跤站起來的姜雪寧正低頭撫著膝蓋，便沒忍住笑了一聲，打趣道：「平地走路也能摔，姜二姑娘可要好生看路才是，不然欠本王那一頓賠罪酒還沒請便破了相，可不知回頭有誰心疼呢。」

姜雪寧一怔，一時沒反應過來「賠罪酒」是什麼，直到沈玠轉身離開，她才想起是自己剛重生回來時生了誤會，給了沈玠一耳光後，曾說過改日請酒賠罪。

話自然是客套話，但沒料沈玠還記著。

眾位伴讀見沈玠過來只搭理姜雪寧，眼神已是有些異樣，待聽得這「賠罪酒」三字，更不住打量她。

蕭姝就站在沈芷衣旁邊，一張平靜的臉上也是露出些許的怔忡，回眸再看姜雪寧時，眼神已深了幾許。

姜雪寧掃一眼便已將眾人的反應收入眼底，心中暗暗叫苦。

她有心想解釋自己與沈玠其實沒什麼曖昧，可這位臨淄王殿下說完話就已經走遠了，哪裡有她解釋的時間？且難道要她說自己曾給過沈玠一巴掌，這賠罪酒賠的就是一巴掌，傳出去不找死嗎？

沈芷衣好奇問道：「賠罪酒？」

姜雪寧苦笑道：「往日不懂事在坊市間胡混時，與臨淄王殿下有些誤會。」

沈芷衣還想追問是什麼誤會，但這時姜雪寧的目光已經投向前方，落到了那宮門口跪著的太監鄭保身上，神情幾番變幻，彷彿忍不住般流露出幾分惻然。

沈芷衣便自然地順著她目光望去，見不過是個跪在宮門前的小太監，也沒在意，倒是奇怪她為何這般反應，於是道：「宮中有人受罰是尋常，想必是犯了什麼錯罰跪罷了。」

姜雪寧低低道：「來時便見他跪在這裡……」

她聲音本就細弱，又是故意做出愁苦惶然的姿態，便是原本只有三分假假的同情與害怕，也演出了真真切切十分感同身受的恐懼。

畢竟先前慈寧宮中的一幕才剛發生不久。蕭太后一見她們便讓她們跪著，也不叫起，給了她們一個大大的下馬威，膽子不大的的確會被嚇住。

沈芷衣都還沒忘記呢，此刻一見姜雪寧神情，又見那小太監跪在旁邊，自然而然地便猜她是看見這小太監受罰，想起了方才慈寧宮中的經歷，勾起了對這一座深宮的恐懼，覺著自己與這小太監一般，深陷於動輒得咎的危險之中。

她心裡忍不住埋怨母后太過嚴厲，又忍不住埋怨皇嫂早不罰人晚不罰人偏偏挑在這時候，若嚇著寧寧可怎麼辦？

當下便抬了眉，天之嬌女的威儀回到身上。

沈芷衣直接對侍立在坤寧宮前的一名女官問：「這太監犯了什麼錯？」

女官忙躬身行禮，便要回答：「他名叫鄭保，今日伺候時心神不定也不知——」

「不想聽！」

話雖是沈芷衣問的，可打斷的也是她，一副不大耐煩的姿態，一擺手便直接下了令。

「人都已經罰了也跪了這麼久，差不多得了，饒了他吧。回頭皇嫂問起，便說是本公主的意思。」

樂陽長公主在宮中本來就受寵，聖上為了她，翰林院的先生都請來給她上課，還篩選了伴讀，女官在皇后身邊伺候，對此自然一清二楚，聽她發話，哪敢有半分反駁，當即便道「是」，然後吩咐左右：「快，把人扶起來，別在這裡礙著殿下的眼，嚇著人。」

兩旁的小太監立刻上前把人給扶了起來。

鄭保在這宮道上跪了已經有些時候，雙膝早已痠麻，剛起身時差點重新跪下去，一張原本清秀的臉上更是指痕交錯，唯有那一雙眼眸點漆似地透著亮。

他抬首便看了姜雪寧一眼。

然而出乎意料的是，映入他眼底的似乎並不是與方才聽見的聲音一般忸怩畏縮的臉，而是一雙在柔弱下藏著冷靜的眼，此刻也正靜靜地望著他。

分明花一般嬌豔的外表，卻使他覺得裡面長滿荊棘。

姜雪寧眼睫一顫，輕輕垂下眸光，重新抬起時已向著沈芷衣一笑：「殿下真好。」

沈芷衣一張臉再次通紅。

她咳嗽了一聲，偏做出一副鎮定自若模樣，輕哼道：「那可不！」

第五十一章　義童塚

氣氛有一種奇異的微妙。

眾人也不知是不是感覺出什麼，目光在沈芷衣與姜雪寧之間逡巡，可能是覺得樂陽長公主對姜雪寧太好了些。

那名叫鄭保的太監已謝恩退下。

姜雪寧心裡面一樁大事卸下，雖然還不知道後續如何，可原本緊繃的身體總算是放鬆幾分。

若用上一世尤芳吟的話來講，她這叫什麼呢？

想起來，該叫「戲精」吧。

旁的不行，演戲裝可憐的本事她倒是一流。

可想想其實也沒那麼差。

她固然是利用了沈芷衣才達成目的，可從另一種意義上來講，也算是為沈芷衣結下一樁善緣吧？

算不得作惡，算不得作惡。

姜雪寧心裡告誡了自己幾句，便道一聲：「我們走吧。」

沈芷衣自無二話。

她回鳴鳳宮雖然不與這幫伴讀一個方向，可竟是拉著姜雪寧的手，一路陪她走回仰止齋，還進去廳中坐著，與她們說了好一會兒的話才離開。

蕭姝在整個過程中都顯得有些沉默。

沈芷衣走時，她看了好幾眼，似乎有話想說，但看了看廳中坐著的其他人，又沒有說出口，直到見沈芷衣起身離開，才默不作聲地跟了上去。

姜雪寧轉頭看見，便猜蕭姝是有話要單獨對沈芷衣說，或許與今日、與慈寧宮和蕭太后有些關係。

但誰也不好追上去聽。

蕭姝剛一離開，廳內便奇異地安靜下來，眾人妳看看我、我看看妳，誰也沒開口說話。

過去好一會兒，方妙才心有餘悸地拍了拍胸口，吐出一路回來便提著的那口氣來，悠悠嘆道：「剛進宮就撞見這種事，可差點沒把我給嚇死。」

其餘眾人也深以為然地點點頭，都道：「也不知那玉如意有什麼不對……」

姜雪寧自然知道玉如意有什麼問題，但此刻只閉口不言。畢竟她當時站在下面，不該知道。

姚蓉蓉一臉害怕，但她與旁人不同，在害怕之餘還有幾分掩不住的好奇，猶豫再三，竟是壓低了聲音，怯生生地開口：「方才皇后娘娘撿起那塊碎玉時，正好在我旁邊，我、我瞥見了兩字。只是……只是，『義童』是什麼意思呀？」

「義童！」

正不住皺著眉頭掐著手指給自己算吉凶的方妙，聽見這兩字手都抖了一下，竟不由自主地驚呼一聲，近乎用一種驚恐的眼神望著姚蓉蓉，連聲音都有些扭曲。

「妳竟然看見了這兩字？」

姚蓉蓉徹底被方妙這反應嚇住了。「看、看見了……」

年紀最小也不諳世事的周寶櫻最是一頭霧水，問：「這兩個字怎麼了？」

✿

初冬的午後，天上的日頭為陰霾的雲層遮蔽，白塔寺的碑林邊緣已是落葉滿地，枯瘦的樹枝在冷風裡輕顫。

潮音亭內高懸著一口黃銅大鐘。

旁邊是一座矮矮的石臺，臺上置一琴桌、一茶案，另有一只蓮花香爐擱在角落，裡面端端擺著的一枚香篆才燃了小半。

然而下一刻，便被人含怒掃落，倒塌下去。

哐噹！蓮花香爐摔在下方臺階上，順著一級一級的臺階往下跳躍，爐中慘白的香灰大半傾撒出來，偶爾綴在幾片躺在地上的枯葉之上，竟是觸目驚心。

劍書眼皮止不住地跳，將腦袋壓下來，竟有些不敢抬頭看。

只聽得往日那道溫然寬厚的聲音已如冰冷凝，是謝危盛怒之下反倒變得無比平靜的一句：「誰讓做的？」

劍書道：「屬下得知消息的時候令已經下了，問他們，只說是金陵那邊來的消息，且言語之間對屬下頗為不耐煩，像是有些防備。屬下佯裝離開後在那邊蹲了半個時辰，看見一頂轎子從樂安坊的方向來，下來一人，五十多歲年紀，形容枯瘦，留一撮山羊胡，穿一身灰衣，如果屬下沒有看錯，很像是教首身邊的公儀先生。」

不在宮中、不謀公幹時，謝危習慣穿白。渾無矯飾的白衣。

這讓他看起來更與世間紛擾無關，不沾紅塵俗世半點因果。

同樣一身白衣，穿在旁人身上或許就是販夫走卒，穿在他身上卻始終有一種難以掩飾的高曠。

只是，此刻這高曠中亦不免生出幾分酷烈。

他又問：「定非那邊呢？」

劍書垂下眼簾，聲音低了些：「得知此事後，刀琴特命人去仔細檢閱了定非公子最近一個月來送到京城的密信，其中並無一句提到今日之事。」

謝危便笑一聲：「我心不改，焉知人心亦如是？」

劍書一時沒聽明白這話，想說在金陵時，定非公子對先生言聽計從，便是先生上京之後，亦時不時密信通報教中的消息，在教中明顯是站在先生這邊的。

可才剛要開口，自己方才說的話便從腦海裡過了一遍。

公儀丞向來在教首身邊，甚少離開金陵。如何他人都已經到了京城，同在金陵的定非公子還渾然不覺，未給他們半點消息？

想到這裡，劍書心中已是凜然。「先生的意思是……」

謝危那雪白的袖袍上沾了幾點香灰，他抬了手指輕輕一撫，非但沒有擦去，反而使這點點香灰化開，染汙得更多。

平日清遠的眉眼，暗藏凜冽。他唇線拉直，神情間竟顯出隱隱懾人的危險，令人看了膽寒。

「公儀丞既然來了，便是奉了教首之命，這是嫌我久無動靜，防著我呢。」

劍書想起教中那複雜的情況，也不由皺了眉說：「先生在宮中一番經營，都尚未動手。如今公儀先生一來卻發號施令，渾然枉顧您先前的安排，還膽大包天，貿然以如意刻字興風作浪，他們失敗了倒不要緊，若因此牽連到先生的身上……」

畢竟涉事之人全都是先生在宮中的耳目，這完全是將先生置於險境！

謝危沉默，只抬眼看向前方那一片碑林。

落葉鋪了滿地，碑林中每一塊碑都是六尺高、一尺寬，與尋常的石碑十分迥異，上面刻著的也不是什麼佛家偈語，而是一個又一個平平無奇的名字。

更往後索性連名字都沒有刻，只有一塊塊空白的石碑立在漫山的蕭瑟之中。

「如今的朝局如箭在弦，一觸即發。牽連了我倒不要緊，只恐此事為有心人利用，害到別的無辜之人身上。」

他緩緩地閉了閉眼，想起教中人事，再睜開時，沉黑若寒潭的眸底已是一片肅殺的寂然，甚至透出一分陰鷙。

「毀我謀劃。成事不足，敗事有餘！」

劍書早看教中那幫人不順眼了，這時開口便想說什麼，只是眼角餘光一晃，瞥見後山上來了人，是一名身披袈裟、慈眉善目的老和尚，於是才要出口的話便吞了回去。

那老和尚便是白塔寺的住持方丈，法號忘塵，向佛之人都尊稱一聲「忘塵大師」，今日謝危約了他講經論道。

他自遠處走來，到得潮音亭前時，已看見階前狼藉的香灰，腳步便一停。

謝危人立亭上，先前分明肅殺與冷沉，轉過身來時卻已不見，唇角略略一彎已和煦似春風拂面，青山遠淡，只道：「適才劍書莽撞，打翻了香爐，還望大師勿怪。」

劍書：「……」

忘塵大師合十為禮，只寬厚道：「阿彌陀佛，無妨的。」

仰止齋中，稍微有些心思的人一聽就知道，方妙既然對姚蓉蓉說出的這兩個字有如此大的反應，必然是知道點什麼，於是都追問起來。

方妙道：「聽見『義童』二字，妳們什麼都想不起來嗎？」

眾人有些迷惑，姜雪寧則不做聲。

還是陳淑儀反應快，眼皮一跳，忽然道：「妳指的，莫非是……義童塚？」

此言一出，頓時有人「啊」了一聲，顯然也是想起來了。

只是此事已是二十年前的舊事，她們中大多數人也不過對此有所耳聞，知道有這麼個地方，發生過點什麼事罷了，卻不清楚當年具體是什麼情況。

周寶櫻就更為懵懂了，連問：「什麼？什麼事呀？」

方妙看了陳淑儀一眼，才道：「是二十年前平南王逆黨聯合天教亂黨犯上謀反的時候……」

平南王本是先皇的兄弟，十分驍勇善戰，在朝中頗受擁戴。

可架不住先皇娶了蕭太后，蕭太后的兄長是定國公蕭遠，背後是整個蕭氏一族。且彼時蕭遠還娶了隔壁勇毅侯的姐姐，也就是燕臨的姑母為妻，大乾朝兩大最顯赫的家族便由姻親與先皇連為一體，共同支持先皇，先皇豈有失敗之理？

所以最終皇位更迭時，是先皇取勝。

先皇登基後，便將平南王遠派去了封地。

孰料平南王並不甘心，暗中養兵，竟與在百姓間流傳甚廣、吸引了許多信眾的天教勾結，勢力越發壯大。

二十年前平南王便與天教教首一道揮兵北上，直取京城，重兵圍了整座皇宮。

先皇彼時正在上林苑行獵，因此避過一劫，被上林苑精兵護著一路向北遠逃。

然而當時還是皇后的蕭太后與當時還是太子的沈琅卻還留在宮中。

「說來這事也奇，平南王的精兵與天教的亂黨殺進宮來，卻沒見著太后娘娘與聖上的蹤跡，所以懷疑是宮中有密道，讓他們逃竄出宮。」方妙說到這裡時，聲音頓了頓，神情間已浮現一絲隱隱的恐懼。「但叛軍已然圍城，太后娘娘與聖上若此時從宮中逃出，必要經過各處城門才能出城，是以叛軍立刻派重兵把守城門，一個人也不許出。平南王對先皇恨之入骨，不找到太子殿下不肯甘休，便派人在京中挨家挨戶地搜，凡家中有四歲以上、十二歲以下或高過三尺的男童，全都抓了起來……」

眾人聽到這裡簡直不寒而慄。

姜雪寧已覺得有些反胃。

方妙的聲音有些艱澀，然而冥冥中有一股力量推著她往下講，彷彿這件事該當讓許多人知道一般：「當時京中已經有許多百姓風聞戰禍提前逃出，可京中依然有不少戶人家，所以抓起來的男童足足有三百多人。太子殿下當年大約八歲，平南王抓了宮中曾伺候過殿下的宮人來辨認，但三百餘男童中無一個是太子。平南王於是大怒。京中已圍成鐵桶，他不信人還能插翅飛了，便傳令全城，若有人藏匿太子，最好早早交出，否則便將那抓起來的三百餘男童盡數屠戮。」

周寶櫻以前該是從未聽說過此事，一雙眼睛已經瞪圓了，輕聲追問：「後、後來呢？」

方妙臉色有些發白，只道：「後來定國公與勇毅侯援兵急退叛軍，重新打開緊閉的城門入京時，只看見一片屍首堆積成山，全疊在宮門口。下了三天的大雪把人都凍到了一起，血凝成堅冰，拿了鐵釬都鑿不動，鑿一塊下來興許還連著人的皮肉，便不敢再動。等雪化成水，人都爛了……」

「嘔！」

先前一直在旁聽著沒說話的姚惜終於忍不住，捂著嘴從屋內奔了出去。其他人的面色也都十分難看。

方妙自己胃裡其實也一片翻湧，想起今日慈寧宮裡的場面，越發戰戰兢兢。「再後來，這三百餘孩童都被先皇下旨厚葬，立碑於白塔寺，乃是為救太子而死的『義童』，於是白塔寺碑林又稱『義童塚』。聽說當時定國公府年僅七歲的小世子也在其中……」

算起來，那該是蕭姝兄長。只是論其出身，比如今的蕭姝還不知高出多少。畢竟定非世子除了是蕭氏之子外，其生母還是勇毅侯燕牧的姐姐，乃是前所未有，由兩大世族共同孕育的血脈。

清遠伯府雖然沒落，可這一樁尤月也是有所耳聞，難免出來顯擺：「說起來，當年的燕夫人喪子後傷心欲絕，便與定國公和離，回了勇毅侯府，不久病逝。燕氏與蕭氏似乎也是這件事後，才沒有往來的。」

姚蓉蓉頓時「啊」了一聲，十分驚訝的模樣說：「這麼說，蕭大姑娘竟是繼室所出？」

砰！

她話音剛落，廳前那扇半掩著的門被人一把推開，撞到牆上，震得一聲巨響，嚇得所有人回頭看去。

竟是蕭姝立在門口，面上是前所未有的疾言厲色，只寒聲道：「都在胡說什麼！」

第五十二章　峨眉

大家關起門來說話，連宮女都遣走了，姚蓉蓉哪裡想到自己不過是忽然提了一嘴，就正好被去而復返的蕭姝聽見，一時又慌又亂，面紅耳赤。

甭管蕭姝是不是繼室所出，都是她招惹不起的，她立刻從座中站起身來，畏畏縮縮地低下頭來道歉：「我等並非有意……」

蕭姝冷笑：「我母親雖是繼室，卻也由父親明媒正娶進門，沒什麼不能說的。只是這皇宮禁內，妳們倒是吃了熊心豹子膽，知道點不清不楚的事便什麼都敢議論，怕是嫌一顆腦袋在脖子上好端端地長了太久，活膩味了吧？」

眾人面色頓時微變。

姜雪寧冷眼旁觀。

蕭姝只道：「須知妳們今日所言，若被我揭發，一個也落不著好果子吃。明日要學《詩經》還要跟著謝先生學琴，有這作死的功夫，何不去溫溫書、練練琴？也省得明日奉宸殿裡先生問起來丟臉。」

眾人想起今日慈寧宮裡那一番情狀，都還心有餘悸。

先前聊起來，那是講的人入迷，聽的人也入迷，沒反應過來。這會兒被蕭姝拿話一點，全都嚇出一身冷汗，更不用說見她眉目冷凝沒有半點笑意，也恐得罪了她，真被告到太后或者宮裡去，所以全都唯唯諾諾地應是。

姜雪寧自然沒什麼話說。眾人作鳥獸散，她便也跟著離開。

內務府進獻玉如意的事情到底是怎麼發展，仰止齋這裡是半點也不知，只是隱約聽見外面有些打殺的動靜。

到得晚間大家坐在一起用飯，誰都不敢多言一句，氣氛尷尬而微妙。

唯有蕭姝氣定神閒，跟個沒事兒人似的，用過飯還去沏了茶問旁人要不要一起喝。只是這當口，誰敢？

也就素日與她交好的陳淑儀、姚惜二人，和一個只愛吃、少根筋的周寶櫻，留下來與她一道用茶。

姜雪寧自然是離開的那個。

回到房中，她在書案前點上一盞燈，取出一卷《詩經》來，想為明日上學提前做些準備。畢竟上一世她學業方面慘不忍睹，這一世卻要老老實實在謝危眼皮子底下待半年，想糊弄過去只怕沒那麼容易。

可想是一回事，做是另一回事。

書就放在眼前，被旁邊的燈明晃晃地照著，然而每個字落在書上都跟滿地爬的螞蟻似的，攪得她心煩意亂，竟是一個字也看不進去。

一時想到勇毅侯府遭難的事，一時又想到玉如意背後那大逆不道的讖語，末了又是方妙說的那三百義童塚的種種，全在腦海裡面交錯閃動。

姜雪寧只覺得頭疼欲裂，把書扔了躺到床榻上想睡，可又睡不著，睜著眼睛愣是熬到了半夜，也不知什麼時辰才睡過去。

可日有所思，夜有所夢。夢裡面竟是一片血、一片雪，刀劍落下，三百個孩童驚恐絕望的哭聲與慘號，響在紛飛飄揚的大雪裡，摻進淒冷嗚咽的北風中，傳得很遠很遠……

她一晃神再看，謝危立那片屍山上注視著她。

次日起來，姜雪寧眼下青黑一片。

端水進來伺候她梳洗的宮女都嚇了一跳。

她卻默不作聲，對著妝鏡，蘸了脂粉，一點一點仔細地把眼周的憔悴都遮了，待從屋內走出去時，又是容光煥發，讓人看不出破綻。

今日是正式上學，上午是兩堂課。

卯正到辰正是第一堂，一共一個時辰，跟著翰林院侍講趙彥宏學《詩經》；辰正二刻到巳正二刻是第二堂，也是一個時辰，跟著太子少師謝危學琴。

所以早上先來的是趙彥宏。

這位先生是四、五十歲的年紀，在翰林院中算是治學那一派，對朝堂政局並不如何深入，可卻是學了一身趨炎附勢的好本事。

姜雪寧早知他與其他兩位先生一般看不起女子，可今日真正跟著他讀了一回書才知道：原來就算連看不起女子，也是要分等級的。

《詩經》分為《風》、《雅》、《頌》三部，第一課學的便是《國風‧周南》裡的名篇〈關雎〉，要求熟讀成誦。可趙彥宏光是教她們讀，說這首詩大體是圍繞什麼而寫，卻偏不給眾人解釋具體每一句詩是什麼意思，因而只能死記硬背。

眾人雖然都是遴選上來的伴讀，可也不是每個人這方面的學識都十分優秀，也有參差不齊的地方。所以姜雪寧斗膽問了「參差荇菜，左右芼之」裡那個「芼」字是什麼意思。

豈料趙彥宏臉色一變，竟責斥她：「昨日開學講演時便交代過了要回去溫書，如今學堂上豈是妳能隨便問的？這都不知道讀什麼書！」

姜雪寧一口氣梗住，上不去下不來，心裡只罵：師者傳道、授業、解惑，本宮若什麼都知道，便先砍了你的狗頭，還他媽要你做什麼！

只是尊師重道，畢竟是壓在頭上的一道梁，她最終什麼都沒說坐了下來。

若僅僅是這般倒也罷了，畢竟或許這狗屁的趙彥宏就是這德性，對誰都這樣。

可誰想到在抽人背誦詩文的時候，他叫了蕭姝起來，聽她背誦完之後，大加讚嘆，竟殷勤地主動問道：「這最後一小節裡『左右芼之』一句裡的『芼』字，向來比較生僻，但若想理解它的意思，只需與前面的連起來想……」

蕭姝冷淡道：「先生，我知道。」

趙彥宏愣了一愣，有些尷尬，下一刻便遮掩了過去：「哦、哦，知道便好，知道便好。不愧是蕭氏貴女，學識實在過人，有妳為長公主殿下伴讀，老朽便可放心了。」

眾人都覺一言難盡。

坐在前排正中的沈芷衣更是皺起了眉頭。

姜雪寧朝前面看了一眼便知道，這趙彥宏迂腐酸儒一個，只怕用不著她去打小報告，在沈芷衣那邊也掛上名了，只是不知沈芷衣是不是能忍他。

課還沒講到辰正，趙彥宏便停了下來，坐到一旁喝茶去了，只叫她們自己看書。等旁邊的銅漏報過時，他便擺好架勢受了大家行的禮，把案上的書一捲，大搖大擺地出去了。

謝危來時跟他撞個正著。

趙彥宏吃了一驚：「謝大人辰正二刻的課，怎這般早就來了？」

謝危今日心情頗壞，外頭風大，所以披了件天青的鶴氅，斜抱著一張裝在玄黑琴囊裡的琴，在奉宸殿的臺階下站定，聽趙彥宏這般說，眉頭便暗自一皺，只是這般細微的神情不易被人察覺。

他淡聲笑道：「初次講學教琴，不敢懈怠，為防萬一，多做準備，所以來得早些。」

「原來如此。」趙彥宏實覺得他小題大做，連特意編的那本書都沒什麼必要，可謝危畢竟是官高一級壓死人，遠不是他們這樣的閒職能比，所以只道：「謝先生果然一絲不苟，老朽慚愧，如此便不誤您時辰了。」

他拱手拜別，謝危抱著琴不好還禮，只向著他略一欠身。

這時兩人一個從臺階上下來，一個從臺階下上去。

姜雪寧坐的位置本就靠近殿門，幾乎將這一番對話聽了個正著，原本因為上一堂課結束才放鬆下來的身體，頓時又僵硬起來。

隨即一道陰影落在她書案上。

是謝危款步從殿外走進來，從她書案旁邊經過。

她不敢轉頭，直到瞥見一角深青的衣袂從身邊劃過，她才悄悄抬起頭來，朝上方看去。

謝危走到殿上站定，也不說話，只低眉垂眼將先前抱著的那張琴擱在琴桌上，去了琴囊後，信手撫動琴弦，試過了音，才緩緩放下手掌，略略壓住琴弦，抹去那弦顫的尾音。

試音的兩聲，渾如山泉擊石，又彷彿澗底風湧，聽了竟讓人心神為之一輕。

撫琴的人如何先說不說，琴定是極好的琴。

姜雪寧定睛打量那琴，只見琴身暗紅近黑，漆色極重，隱有流水祥雲般的紋路，看著不舊，即便看不到琴腹上陰刻的琴名，她也一眼辨認出這是謝危自己斫的琴裡最常用的一張，喚作「峨眉」。

心於是沒忍住一緊。

她於琴之一道，實在沒有半點天賦，既不懂得彈，也不懂得聽，平日的機靈勁兒一到了學琴的時候便全散了個乾淨，活像塊榆木疙瘩，上一世學琴的時候差點沒被虐哭，還好後來翹課成癮，也沒人追究她。

姜雪寧認得的琴不多，謝危這張算其中之一。

那是一日雪後，整座皇宮的紅牆綠瓦都被銀雪蓋住，她同張遮從坤寧宮外的長道上走過，遠遠就聽見前面奉宸殿的偏殿裡傳來隱約的琴聲，於是駐足。

但那琴聲沒多久便停歇，不一會兒謝危抱琴自偏殿出來，從他們前方那條道上經過，一轉頭瞧見她同張遮站在一起，看了她一眼，又看了張遮一眼，也沒說什麼，逕自往乾清宮去了。

張遮說，那張琴名為「峨眉」。

姜雪寧好奇問他：「典出何處？」

張遮說不知。

姜雪寧想想說：「峨眉山北雪極目，方丈海中冰作壺？」

張遮還是搖首。

直到後來謝危焚琴謀反，姜雪寧才想起，還有一生僻少人知的詩，曰：「一振高名滿帝都，歸時還弄峨眉月。」

謝危上一世最終是當皇帝了？還是去弄那峨眉月了？

她想想有些困惑。

但仔細琢磨，冒天下之大不韙的事情做了這麼多，又造下那許多殺孽，若是最終不當皇帝，下場恐怕不會好到哪裡去吧。

第五十三章　學琴

因還沒到上課的時辰，謝危試過琴音後邊坐到了一旁去，也不對她們說一個字。

按理說，此刻本是兩門課之間的休息時間，眾人可隨意走動休息。

但謝危坐在那邊便自有一種奇異的威懾力，讓人不敢高聲喧譁，甚至不敢隨意走動，個個都十分乖覺地待在自己的位置上，唯恐給他留下不好的印象。

如此一來，滿殿清淨，倒有一股難得的靜氣。

直到那兩刻休息的時間過去，謝危才重新起身，站到殿上。

這一刻下面包括樂陽長公主在內的九位學生全都站了起來，向他躬身一拜：「學生等拜見謝先生。」

謝危擺手道：「不必多禮。」

高處的書案上擱著一把戒尺，他垂眸看了一眼，隨意拿起來把玩，叫眾人都坐下後，便道：「今日要學的是琴。謝某知道，諸位小姐，包括長公主殿下在內，大多對此已有瞭解。不過眼下既然都跟了謝某學琴，便請大家將往日所學都忘個乾淨，權當自己並沒有學過，從頭來過，重新開始。」

姜雪寧看見他拿戒尺便覺得手指頭疼，再一聽謝危這話，只覺與上一世沒什麼差別。

上一世她剛聽見這番話時心裡是歡喜的，心想從頭學起的話，自己未必就比那些大家閨秀差了。

然而現實是殘酷的。

有時候，不得不承認，老天爺很公平，既然已給了她過人的好相貌，便不會再給她優渥舒心的家境，和琴棋書畫樣樣都行的好天賦。

「古人云，天有五星，地有五行，世有五音。所以傳說，最早時，神農氏削桐為琴、繩絲為弦，只有宮、商、角、徵、羽五音，上合五星，下應五行，奏為聖音。後來周文王囚於羑里，思念其子伯邑考，加了一根線，稱作文弦；武王伐紂，又加一弦，是為武弦，從此合稱為『文武七弦琴』。」

謝危手持戒尺負在身後，信步從殿上走下來，目光則從下方眾人的面上掠過。

「學琴不易，逆水行舟，有時其難更甚於讀書。說學琴三年小成、五年中成、七年大成者，乃以『術』論。然則學琴是『道』，有了『道』方稱得上有成。不過爾等年歲不大，區區半年時間實也學不著什麼，若能得皮毛，略通其術，也算不差，是以今日謝某便從『坐』與『指』講起。」

他是在文淵閣為皇帝、為滿朝文武講慣了書的，教這一幫小姑娘實在有些殺雞用牛刀的意思，似先前那位翰林院的趙先生便不大耐煩，可他卻是步態從容、言語平和，既不高高在上，也沒看她們不起，站在奉宸殿裡為眼前這些小姑娘講課，倒和站在文淵閣裡為九五之尊講學時沒有區別。

眾人先前都見過趙彥宏為她們講課時那不耐煩的姿態，一想謝危乃是在前朝為皇帝、為文武百官做經筵日講的帝師，便是都聽聞謝先生素有聖人遺風，可心裡面也難免擔憂他與那趙先生一般疾言厲色。

此刻聽他這般寬厚，都不由放下心來，膽子略大些的、與謝危熟悉些的，如沈芷衣，更是試探地舉起了小手問：「那謝先生學了多少年的琴，現在算什麼境界呀？」

謝危回眸看了她一眼，笑道：「我自四歲起學琴，如今勉強算摸著門檻吧。」

眾人不由咋舌。

沈芷衣更是扳著手指幫他算了算，嘴巴都不由張大了。「那得學了有二十多年，這才小成……」

謝危道：「我算愚鈍的，長公主殿下若天資聰慧有靈性，便未必需要這麼久。」

他停步時正好在姜雪寧面前。

姜雪寧聽見他說「愚鈍」兩個字，便沒忍住抬頭看了他一眼——姓謝的若算「愚鈍」，這天底下還有聰明人嗎？

然而謝危面上卻沒有任何旁人故意自謙時的那種怡然得色，相反，是認真且低沉的。

她於是意識到，謝居安竟是真的覺得自己愚鈍，於琴之一道，二十多年只能算小有所成。

因著今日要學琴，眾人的琴都端端地擺在桌上。

姜雪寧的琴也不例外，那一張「蕉庵」就擺在她面前。

謝危一低眸，目光從她身上掠過，自然地落在這張琴上，也不知是不是認了出來，多看了片刻，才重新抬眸用審視的眼神注視著姜雪寧。

姜雪寧背後汗毛登時倒豎。

好在謝危似乎只是因為這張琴多看她一眼，並未有多說什麼的意思，很快便從她面前踱步轉身，回到殿上。

這才正式開始教琴。

先學的是坐。

這對眾人來說都算不上是難事，畢竟前幾日入宮遴選時，都已經跟著蘇尚儀學過了「行走坐臥」，彈琴時的坐姿雖與蘇尚儀教的坐姿略有不同，可萬變不離其宗，總歸是身不能搖，頭不能動，目不別視，耳不別聞，坐有規法。

姜雪寧上一世好歹是經歷過宮廷洗禮的人，之前在蘇尚儀那邊就已經大展過風頭，此刻在謝危面前，自然更不敢有半分的馬虎。

謝危一個個看下來，都點了頭，末了停步在她面前，倒難得有些刮目相看之感，道：

「不錯。」

姜雪寧聽見這兩個字，表面鎮定，心裡已恨不得以頭搶地。

謝危原是覺得她好才誇了一句，怎料誇完之後再看，她一張臉上竟莫名有些心虛，神情勉強，坐在那張蕉庵古琴前，跟坐在針氈上似的。

怕成這樣？他雖不知自己怎麼就成了洪水猛獸，可也只當是自己嚇著她了，並未多想。

直到接下來學指法。

謝危從右手八法教起，準備循序漸進、由易而難，所以先講的是抹、挑、勾、剔，由他先給眾人示範過一遍，再教她們有樣學樣跟著來。

當中有一些世家小姐早就學過，自然一遍就會。

奉宸殿內於是響起了簡單斷續的琴音。

然而……

總是有那麼一道，或是急了，或是慢了，有時短促，有時長顫，中間或許還夾雜著手指不小心碰到另根琴弦時的雜音。

謝危的眉頭頓時就皺了起來。

原本一道琴音混在這眾多並不整齊的斷續聲音中並不明顯，可他學琴多年，造詣頗深，早練出了一副好耳朵，聽這一道琴音只覺如鈍劍斬美玉、鏽刀割錦緞，突兀難聽，刺耳至極。

他聽了有四五聲之後，終是有些不能忍，向著那琴音的來處看去。

不是姜雪寧又是何人？

人坐在那張琴後，看姿態倒是副撫琴的姿態，尤其她有一張遠勝旁人的臉，嬌豔明媚，加之十指纖纖，往琴弦上一搭便是賞心悅目。

然而那手指落到琴上，卻渾無章法，怎麼看怎麼像是雞爪子。

落指更不知輕重，輕的時候像是吹棉花，重的時候活像是能把琴弦摳斷。

謝危端看那幾根琴弦在她手指底下顫動、吟呻，只覺一口氣堵在心口，眼皮都跟著跳了起來。

坐得那般有架勢，卻彈成這鬼樣，難怪方才誇她一句她要心虛了。

姜雪寧還不知自己已被謝危盯上，只是覺得一雙手不聽使喚，上胭脂水粉的時候穩穩當當，一落到琴弦上就失了準頭，摸不著輕重。

想來其實不奇怪。別的女兒家年紀小時都學了女紅，唯獨她在那年紀，還在鄉野間撒開腳丫子跑，河裡摸魚有她，上樹捉蟬有她，拴著別人家的雞鴨出去遛彎兒也有她……從來沒學過什麼精細雅致東西，對琴更沒什麼興趣。

琴曲好聽歸好聽，但也就是如此了，哪裡聽得出什麼子丑寅卯來？

這一雙手，這一顆心，要她學琴，可不要了她小命？

姜雪寧是越彈越覺得自己的琴音和旁人不一樣，也就越心虛，偶然間一抬頭，謝危已經站在她面前。

她手一抖，差點沒把琴弦挑斷。

謝危居高臨下看著她問：「沒學過？」

姜雪寧覺著自己渾身都僵硬了，戰戰兢兢回：「先生不是說權當自己沒學過，從頭開始，重新來過嗎？」

謝危眼皮又跳了跳。

姜雪寧於是覺得脖子後面冒寒氣。

謝危忍住了沒發作，再看一眼她手底下壓著的琴，只道：「妳且坐著，別糟蹋這琴了。」果然是看出琴的來歷了！

姜雪寧心底頓時哀叫一聲，暗道自己早該想到的。姓謝的好琴成癖，燕臨說尋張好琴去上學必能討得他歡心，卻不知好琴並非人人能彈，若是人配不上琴，只怕非但不能討好謝危，反而惹他嫌惡。

如今便是她配不上琴啊。

謝危同她說這兩句話雖是已壓低了聲音，可奉宸殿就這麼大點地方，旁人焉能聽不見？

一時周遭練琴的聲音都小了些，眾人微妙且異樣的眼光都落到她身上。

姜雪寧聽謝危叫她「且坐」，便不敢再伸手碰琴，又琢磨既是自己配不上琴，那換一張自己配得上的，也就不算糟蹋了吧？於是期期艾艾道：「謝、謝先生……」

謝危見她乖乖不碰那琴了，腦袋裡剛才繃起來的那根弦總算鬆下去兩分，剛要轉身走開，聽見她聲音，不由一停。

姜雪寧心提到了嗓子眼，鼓起勇氣道：「要不我換一張劣琴？」

「……」

謝危那沉沉的戒尺壓在掌心裡，修長的手指握得不由緊了兩分，重新看向她時，眼角都微微抽了一抽，目光也沉下來。

還當她是乖覺，沒料著，半點不去想自己如何能配得上琴，反要換一張劣琴來配自己！

他冷了臉，只執了那戒尺，往殿門外一指，道：「妳先出去。」

姜雪寧愣住了。

她順著謝危所指的方向看去，腦袋裡「轟」的一聲，完全一片空白，人跟失了魂魄似的。

縱然是腹內有一萬句困惑、一萬句不甘，可對著謝危，竟是一句也說不出來，一時眼眶都紅了，直到起身從殿內走出去站在外頭廊柱邊上，她也沒想明白自己到底是什麼地方又開罪他，竟要被他罰出來站著，丟盡顏面。便是上一世，她也沒受過這樣的委屈。

姜雪寧昨夜就沒有睡好，憂心著勇毅侯府的事，今早跟著謝危學琴更是繃緊了神經，唯恐惹他生氣，此刻站在廊下，真是越想越生氣。

沒了上一世的尤芳吟就罷了，為了勇毅侯府的事情用周寅之也罷了，重生回來還要被謝危提溜在眼皮子底下，可這一世她又沒做什麼真正的壞事，憑什麼待她如此嚴苛？

原本是三分的委屈，想著想著就成了十分。

姜雪寧也不知是哪個地方被戳著了，前世今生所有的愁苦一股腦兒冒了出來，眼底一熱，那眼淚珠子便啪嗒啪嗒往下掉。

她舉袖擦了想忍，可眼淚卻是越擦越多，根本不聽她使喚。

謝危說的原是「妳先出去」，只打算先同其他人講上幾句交代她們練習，再出來單拎她說話，可誰料交代的話才說了一半，就聽見外頭傳來隱約的哽咽聲，他轉身向殿外一看，頓時一僵。

那顏色明媚的少女今日穿了一襲雪青的彈墨裙，身形纖細，立在廊下柱旁，跟受了天大委屈似的，一面哭還一面擦眼淚，真讓人看得又好氣又好笑。

只是當年回京路上遇襲，摔得滿身是泥，似乎也沒見她哭過啊。

謝危瞧著她，覺著有些遭罪，抬手輕輕一壓眉心，不由把聲音放軟了幾分：「別哭了，進來吧。」

姜雪寧的哽咽聲頓時一停。

她覺著自己哭其實本跟謝危沒什麼關係，只是由著這麼一樁小委屈勾出了更大的委屈，心裡只想著姓謝的鐵石心腸，怕是要讓自己在外頭站上一個時辰，誰料著他忽然叫自己進去？驚訝之餘，也生出幾分猝不及防的錯愕。

姜雪寧的神情變得古怪了幾分，心電急轉間，腦海裡已迅速掠過一個念頭：不是吧，謝危竟然吃這套？

她有些不敢相信。

然而仔細回想回想，上一世她曾在謝危面前哭過嗎？

沒有的。

一次也沒有。

姜雪寧心念一動，眼淚止住片刻後，竟重又哽咽。

當真是想哭就哭，說來就來。

只是這回是看著真，實則假了。

果不其然，謝危又露出些許頭疼的神情，對她道：「原也不是想罰妳，回來坐下吧。」

奏效了！

姜雪寧心底差點笑出聲來。

誰能想到謝危的死穴竟然在這裡？

她只道知道了對付謝危的法子，想這人兩世威風，終究要犯到自己手裡，不由快意至極，但面上依舊委屈模樣，低低「哦」了一聲，從殿外走進來，回到自己的位置上坐下。

謝危看了她一眼，淡淡道：「待會兒下學，妳單獨留下。」

姜雪寧：「……」

是我太年輕，高興得太早。

第五十四章 開小灶

曾經，姜雪寧想過孔聖人的十八般做法；如今，她忍不住開始琢磨自己的十八般做法。

眾人先前看她異樣的眼神裡，忽然多了幾分同情。

畢竟嫉妒歸嫉妒、瞧不起歸瞧不起，誰也沒想到不過是彈琴差了些，居然會被先生留堂。甭管謝先生看上去有多溫和，對當學生的來說，這種事都稱得上是「噩耗」，委實可怕了些。

所以，在接下來的時間裡，每個人都以姜雪寧為前車之鑒，就算是先前神態輕鬆的沈芷衣，也打起十分的精神認真練琴，唯恐下一個被先生留下的就是自己。

姜雪寧寂然無言。

一整個時辰，她就坐在自己的位置上，也不敢碰那琴。

下學時，眾人都起身向謝危行禮道別。

姜雪寧不由將目光投向了其他人。

似蕭姝這種不顯山不露水的，只是看了她一眼。

似尤月這種明擺著與她有過節的，則是從鼻子裡輕哼一聲，頗為幸災樂禍。

方妙則是萬般憐惜地看著她，遞給她一個愛莫能助的眼神。

姜雪寧知道其他人都靠不住，但依舊試圖抓住最後一根救命稻草，忍不住在沈芷衣經過時喊了一聲：「長公主殿下……」

沈芷衣走過來握了握她的手，語重心長道：「謝先生人很好，妳要努力。」

姜雪寧：「……」

沈芷衣還鼓勵地朝她點了點頭、握了握拳，才從殿中走了出去。

有點絕望。

人都走乾淨了，伺候的宮人們也都散了大半。

外面的天光照著窗紙，亮得發白。

謝危將那張峨眉裝入琴囊中，斜抱在懷，從殿上走下來，只看她一眼，道：「跟著。」

姜雪寧心裡哇涼哇涼的，抬步就要跟上，但沒想到才邁出一步，謝危的腳步就停了下來。

他眼簾低垂，殿門口的光有一半落在他眼睫與瞳孔中，越顯得深處沉暗。他提醒了一句：「琴。」

姜雪寧這才反應過來，返身小心地把今日基本沒怎麼碰過的那張蕉庵抱起來。

謝危出了殿，徑直往偏殿去。

畢竟他與其他先生還是有些區別的，且這些年總在宮中主持經筵日講，這一回宮裡便將奉宸殿的偏殿專門為他闢了出來，做休憩之用。

姜雪寧離那偏殿越近，眼皮跳得越急。

到得偏殿門口，有個小太監倚在門廊下伺候，一見謝危過來連忙站直了身體，滿臉掛笑地湊上來：「少師大人辛苦了，這是下學了吧？內務府有前陣子福建送來的秋茶，奴給您沏上？」

謝危淡淡地「嗯」了一聲，那太監便要下去隔壁茶房沏茶，只是退走時也不由好奇地看了姜雪寧一眼，似乎在奇怪謝少師為什麼會帶個姑娘來這裡。

謝危進了偏殿，姜雪寧的腳步卻在殿門口停住，好像裡頭是什麼龍潭虎穴，不敢邁進去。

謝危頭也不回道：「進來。」

姜雪寧心一橫，心想好歹如今是在皇宮大內，謝危就算是暗地裡再有本事，也不至於光天化日就殺人滅口，於是一腳踏了進去。

一股暖融融的氣息頓時撲面而來，她不由怔了一怔。

偏殿比起正殿小了不少，格局也沒有那麼開闊，但除了開著的那扇門和向東的一扇窗之外，別處門窗都緊閉，還置了燒銀炭的暖爐。

原本冰冷的地磚上鋪著厚厚的絨毯，踩上去時安靜無聲。

高高的書架充當了隔斷，上頭堆滿各種古籍。

從書架旁邊繞過去便見一張書案、一張琴桌，東北角上更有一張長長的木臺，上頭擺著好幾塊長形的木料，另有繩墨、鉋子、刻刀之類的工具擱在旁邊。

謝危將自己的琴掛起來，然後轉身對姜雪寧一指那張空置的琴桌，自己在靠窗暖炕的一側坐下，搭下眼簾道：「聽說寧二姑娘昨日在坤寧宮門口救了個叫鄭保的小太監。」

姜雪寧剛將琴放下，聽見這話差點嚇跪。

她本以為謝危單獨留自己下來，是真的要指點她彈琴，哪裡料到剛進得這偏殿，他開口就是這樣一句，讓她頓時渾身汗毛都豎了起來。

那日救鄭保本就眾目睽睽，便是她想要否認都無法抵賴，更何況現在是被謝危當面問起。

這可是將來要謀反的人，必然在宮中有自己的耳目。

若在謝危面前裝瘋賣傻，那是找死。

姜雪寧強迫自己鎮定下來，訥訥回道：「是。」

謝危眸底的思量浮了上來，對她道：「司禮監的掌印太監王新義乃是聖上身邊的紅人，鄭保雖在後宮中做事，是坤寧宮裡一個不起眼的管事太監，可王新義暗地裡一直對他青眼有加，算鄭保半個師父，又因鄭保忠誠且十分有孝心，王新義近來頗想找機會提拔他。寧二姑娘這善心一發，倒是巧得很。」

姜雪寧萬萬沒想到謝危竟然知道。

自己心底最隱密的籌謀根本還沒放上一日，轉天便被人挑破，實在讓她心驚膽顫。

她下意識就要撒謊否認，可抬起頭來對上謝危那清明瞭然的目光，彷彿全將她看透了似的，一時方才湧出的膽子全滅了個乾淨，只覺喉嚨乾澀，說不出話。

謝危平靜地瞧著她問：「妳是知道這一點，有意要救他嗎？」

姜雪寧不敢承認。

畢竟上一回入宮的時候謝危已經警告過她，要她乖乖待在他眼皮子底下別搞事，也別惹他生氣。

可當著謝危的面她又不敢撒謊，因為撒謊的下場更慘。

頃刻間心思千迴百轉，關鍵時刻，姜雪寧一下想起了先前在奉宸殿正殿中那門對付謝危的絕招，於是拉平了唇角、搭下眉眼，竟然嘴一癟把頭埋下。

傷心事太多，只消一想就能哭出來。

她重新抬眸時眼眶發紅，眼底蓄了淚，像平湖漲潮似地就要滿溢出來，委屈巴巴地開口：「宮裡的事情那麼多，什麼王新義王舊義，我不過一個才入宮沒幾天的，怎麼可能知道那麼多？」

「……」

謝危看著她不說話。

姜雪寧覺得他這反應有些不對，跟自己先前所想的不大一樣，心頭不由有些打鼓，但戲都已經演出來了，難不成還能收回？

她硬著頭皮繼續假哭：「更何況，一開始也不是我想要救那個叫什麼鄭保的小太監，是我們回去路過時看見臨淄王殿下站他面前似乎要救，只是後來一打岔，殿下將此事忘了。我看那小太監可憐，才向長公主殿下說了一句，真正發話救人的是長公主殿下才對。謝先生上回口口聲聲說想要信我，可如今樁樁件件哪裡像是想要信我的樣子？騙人！」

少女正當韶華，容貌昳麗，五官精緻明媚之餘，甚至有點冷冷的、靡豔的張揚，然而哭時把眉眼都垂下，一副伏低做小的姿態，倒裝得可憐，有那麼點刻在骨子裡的狡猾與小壞。

她一面哭還一面假作不經意地看他神情，黑白分明的眼珠子像潤澤的琉璃，流轉間有點勾人。

謝危於是忍不住想，自己看上去像是特別吃這一套的人嗎？

姜雪寧一開始哭是覺得謝危吃這套，想著也許能靠這個蒙混過關，孰料謝危就用這種若有所思的目光望著她，彷彿不為所動。

她越哭，心裡越沒底。

正好此時門外一聲輕叩，是那小太監端茶進來道：「少師大人，茶。」

她的哽咽聲於是一停。

那小太監端了兩盞茶來，一盞擱在謝危手邊的炕桌上，一盞擱在姜雪寧面前的琴桌旁，也不知有沒有聽見這偏殿裡之前發生了什麼，更不抬頭多看一眼，放好茶盞便躬身退出去。

謝危端起茶盞來，揭開茶蓋，聽著哭聲停了，只一挑眉問：「不哭了？」

姜雪寧：「……」

這時候她要再看不出謝危其實不吃這一套，那可真是弱智了。

她老實認了：「忽然覺得好像也沒那麼傷心。」

謝危「哦」了一聲，姿態怡然地飲了口茶，似笑非笑地看她道：「看不出來，學琴不怎樣，裝哭倒很強。」

姜雪寧氣悶：「這不怕您責罰嗎……」

謝危道：「不做虧心事，也怕鬼敲門？」

姜雪寧低聲嘟囔：「不許人家鬼走錯門嗎？」

謝危不說話了，看著她。

姜雪寧立刻把頭埋下去，不敢再抬槓。「謝先生說得都對，當鬼多厲害，怎麼可能不認識門呢？」

謝危：「……」

他放下茶盞，重新問她：「妳救鄭保是為什麼？」

姜雪寧面上乖覺，腦筋卻已經飛速運轉起來。

說真話肯定死翹翹。

可要全說假話，只怕謝危不肯信。

於是，她立刻有了個折中的主意，也強行將心裡的抵觸與防禦卸下去，讓此刻的自己看上去更弱勢也更誠懇，道：「雪寧初到宮中，無依無靠，先生與燕臨、長公主殿下一意要我入宮，因此出盡風頭，其他伴讀自然視我如仇敵，若還沒個人照應，若遇著慈寧宮裡那事兒，步步兇險，他日怎麼死的都不知道。我怕，所以回來時從坤寧宮路過，才想到若能救下個小太監，也許將來有用。」

謝危聞言沉默。

姜雪寧的聲音小了下去，為自己辯解：「我心思是不純，可旁人也沒給我做個好人的機會。先生見著我做了什麼，只知責怪我，卻從不設身處地為我想。」

慈寧宮中出了什麼事，事後的牽連又有多大，沒有人比謝危更清楚，此刻聽得姜雪寧提起，他目光變幻，末了問她：「妳心裡委屈？」

姜雪寧點頭應道：「委屈。」

謝危便又不言語了。

姜雪寧一顆心在狂跳，抬眸起來時微有畏懼，卻還藏了幾分希冀，竟試探著問道：「那、那鄭保真的那麼厲害，以後會被那什麼王新義提拔嗎？」這模樣倒像是原來不知道鄭保有這麼厲害，而是剛才從他口中得知一般。

謝危忍不住想去分辨真假，只是掀了眼簾起來，見她兩手搭在膝上循規蹈矩地坐在那琴桌後，濃長深黑的眼睫潤濕，雪白的面頰上還掛著先前沒擦乾的淚痕，終究轉過心念，道一聲：「罷了。」

他對她道：「王新義有此打算，不過宮裡的事情瞬息萬變，今日看好一人明日也許就一敗塗地。在宮中，有些經營不是壞事，可若一不小心牽扯進爭鬥裡，未必不禍及自身。我既受燕臨之託，又得令尊之請，所以提點妳幾分，妳自己小心行事，萬莫行差踏錯。」

「行差踏錯」四個字意味深長。

姜雪寧情知他指的絕不是施恩於鄭保以求宮內有人照應這麼簡單，只怕也是在警告她，不要想通過鄭保去告發他有反心的打算，哪裡還敢不乖覺？

她斂眸道：「是，謝先生提點。」

謝危便道：「琴，妳再試一遍，我看看。」

姜雪寧滿腹心思都還在與謝危這一番「智鬥」上，哪裡料著他連話鋒都不轉一下，直接就說琴的事，因而怔然了半晌才反應過來。

鬧了半天，還是要給她開小灶啊。

她還以為，說過鄭保的事情就會放她走了。

蕉庵就擺在琴桌上。

姜雪寧想死。

謝危見她不動，輕輕蹙了眉，道：「我下午也沒事，妳若不彈，便在這裡耗著。」

誰願意跟你在這裡耗著啊！簡直比跟閻王爺待著還可怕！

姜雪寧兩相權衡之下，終究是求生欲蓋過一身不多的骨氣，深吸一口氣，坐直了身子，落指弦上，磕磕絆絆地彈了一小段謝危教的《仙翁操》。

此曲又名《調弦入弄》，乃是初學琴的人大多知道的開指小曲，主要用於練習指法。

姜雪寧在殿中雖沒碰琴，卻著意把這一小節的開指小曲記了記，此刻彈出來，調和指法雖都不準，可竟沒什麼大錯。

謝危看她手指，只道：「繼續彈。」

姜雪寧也不敢多說什麼，一口氣提在心口，兩手十指重新抬起來時，繃得越發緊了，這次才一下指，頭一個調便重了。

謝危於是起了身，走到她琴桌前來近看。

只是他越看，姜雪寧錯得越多，彈得連第一遍也不如。

謝危知道她怕自己，可這是無解之事，且於琴之一事上，他總心無旁騖，便道：「此曲通篇相應，每一句的句末都是一散一按，妳弦按得太緊，彈時要放得再鬆些。」

姜雪寧嘗試放鬆，又彈了一遍。

謝危只道一聲「朽木難雕」，見她右手雖然看似鬆了，可左手五指還蜷著，且指法也不對，便皺了眉，略略向前傾身，伸出手去。

姜雪寧手指細得削蔥根似的，透明的指甲下是淡淡的粉，便是指法不準，壓在琴弦上也煞是好看。

學琴時玉鐲與手鏈都摘了下來，謝危本是要教她正確的指法，可一靠近一垂眸，卻看見那細細一截皓腕露出，當年用力劃出的那一道取血用的傷痕如同一條陳舊的荊棘，爬在雪白的肌膚上，儘管淡了卻依舊有些猙獰刺目。

他剛探出的手指，一時頓住。

姜雪寧剛才一遍彈完，自覺比第一遍好上不少，心裡正想自己有了進步，該得個誇獎，可沒想到謝危一句「朽木難雕」就把她打了回來，更沒想到他忽然朝著自己伸出手來。

這一瞬，她整個人頭皮都麻了。

再一看謝危的目光，不偏不倚正落在她腕間那道疤上，也不知為什麼忽然怕得厲害，唯恐被他碰到，倉促之間連忙站起身來。

哐噹！

她本來坐在琴桌前，驟然起身又急，一下撞著前面桌沿，絆著身後錦凳，頓時桌傾几倒，連帶著她整個人都驚叫一聲朝後面仰去。

謝危一看立刻伸出手來。

他天青的鶴氅，袖袍寬大，兜了風似的，從姜雪寧眼前劃過。

然後……

穩穩地抱住那張蕉庵古琴。

「咚」的一聲，琴桌摔下去，錦凳也倒下去，姜雪寧一屁股摔在那一片厚厚的絨毯裡，有點疼，目光也有些呆滯。

那張蕉庵安然落在謝危手掌之中。

他抱琴而立，也看著她。

安靜。

除了安靜，還是安靜。

謝危：「……」

似乎是有什麼地方不對？

姜雪寧：「……」

不，好像沒有什麼毛病。

第五十五章　否認

那琴桌頗重，但謝危腳尖一勾便將其帶了起來，而後將手中的蕉庵端端正正地放了回去，這時才看向姜雪寧，似乎在想要不要扶她一把。

姜雪寧哪敢讓他扶，她摔得既不算很重也不算很痛，在看見謝危將琴放下時，連忙一骨碌撐著那厚厚的絨毯起了身來，道：「是雪寧莽撞，還好琴沒事。」

謝危看她一眼，點了點頭：「是。」

姜雪寧：「……」

居然還回答「是」！

她摔了一跤雖然是自己的錯，照理怪不到謝危身上，可丟了這麼大個人，難免心中有氣，這時便暗想：張遮上輩子沒成親一是因著被姚惜毀了名譽，二是因為運氣不好遇到她。謝危這樣的上輩子也沒成家，除了醉心佛道之外，只怕是因為這讓人著惱的德性吧。

謝危也不知有沒有看出她心中的不滿，只一指那琴道：「彈琴須要靜心，心無雜念。妳遇事本不莽撞，卻有莽撞之舉，越想彈好越彈不好。正所謂『欲速則不達』，所以今日也不教妳學琴了，學亦無用，妳在這琴前坐下來吧。」

姜雪寧依言坐下問：「那學什麼？」

謝危已返身走到那長桌前，手裡拿起了一塊已經鋸好的木料，回道：「不學。」

姜雪寧愣住。

謝危淡淡道：「妳靜坐琴前，什麼時候心靜下來了，什麼時候學琴。」

心靜？學琴不就是「技」上的事嗎？與心靜不靜有什麼關係？

姜雪寧只覺是謝危故意找法子來折騰自己，人坐在那兒，心非但沒靜，反而更躁了。

但謝危也不搭理她。

上一回斫了快三年的琴因在層霄樓遇襲毀於一旦，令他悶了好一陣子，如今又重新開始選木斫琴，打算同時斫兩張琴，如此總不至於太倒楣，兩張琴都遇到意外。

所以他此刻反復地比較著眼前這幾塊木料，想挑出兩塊最好的來用。

姜雪寧坐在那琴後，一開始還滿腦子的念頭亂轉，可想多了又覺得光是想本身都很無聊。

坐在這裡，無所事事，實在煎熬。

她眼皮漸漸有些打架，不得已把目光放到謝危身上，看他挑選木料，拿著繩墨尺量，在那邊比劃，透著種嚴謹到苛刻的感覺，不像是一朝帝王師，反倒像是屠沽市井裡吹毛求疵的匠人。

而且……

這人盯著那幾塊木料，拿起這塊放下，拿起那塊也放下，半天都沒選出來，好像很難做決定似的。

姜雪寧看著看著，嘴角便不由一抽：沒看出來，人不咋樣，毛病還不少。

下學時辰本就接近中午，偏殿的窗也是開著的。

謝危思量半天，選好木料後，抬頭看一眼，略估時辰，竟是要過午了，想想也不好讓姜雪寧餓著肚子在這裡學琴，便想開口放她走。

但沒料，一轉頭眼角餘光忽然瞥見一道白影。

竟是一隻雪團似的小貓，也不知從哪裡來的，更不知何時來的。

牠巴掌大小，眼珠子墨藍，渾身奶氣，正蹲在窗沿上，朝殿內張望，一副躍躍欲試就要跳進來看個究竟的模樣，還「喵嗚」地低低叫了一聲。

謝危眼皮登時跳了一下，身形微僵，不動聲色地往後先退了一步。

原本昏昏欲睡的姜雪寧，聽見這聲音卻是清醒了幾分，抬起頭來循聲望去，眼底不由綻出燦燦的驚喜。「呀，哪裡來的小貓，好乖！」

她起身想去抱那隻貓，可站起來才想起自己正在端坐靜心，不由停下來向謝危看去。

謝危卻是皺了眉，根本沒有搭理她眼神的意思，揚聲便喚：「來人。」

殿外伺候的小太監立刻應聲進來：「少師大人有何吩咐？」

謝危眼底凝了霜色，手指一動，便要去指窗沿上那雪團似的小貓，可要指著時又收回了手，道：「不知是哪一宮的貓溜出來到了這裡，抱走去問問。奉宸殿乃讀書清淨之地，往後別讓這些小東西進來攪擾。」

小太監頓時有些戰戰兢兢，連忙道了一聲「是」，然後快步上前將那小貓抱了下來，道：「奴這就著人去問問，往後定嚴加查看，不讓這些小東西進到殿裡。」

姜雪寧微微張大了嘴，眼看著那小太監把貓抱走，心裡原本就對謝危不滿，此刻更添三分，轉頭便想暗暗用目光宣洩自己的憤怒。

只是一轉頭卻忽然有些奇怪——謝危一開始離窗沿有那麼遠嗎？

小太監將那貓兒從窗沿上抱下來退出殿外時，謝危不經意般放下了手中的墨線，轉身走到另一側的書案前拿起一份邸報來看，全程與那隻貓的距離都超過一丈。

姜雪寧忽然便覺得說不出的古怪，一個前所未有的大膽念頭，從她腦海裡冒了出來。

上一世，她也養貓。

有一回她抱了隻胖胖的花貓去逛御花園，撞見沈玠帶著一干大臣們從御花園裡走過，正在談論朝野中的事，自然停下來見禮。

但沒想，她彎身時，花貓竟然跳了出去，一跳就跳到了謝危的腳邊上，還伸出那肉乎乎的爪子去抓謝危那垂下來的緇衣衣袂，像是平時跳起來抓蝴蝶一般，憨態可掬。

她頓時被逗笑了，結果一抬起頭來看到謝危黑了臉，目光從她的貓身上移到了她身上，往後退開了一步。

姜雪寧那時是皇后，可不怕他，只當他是同別的朝臣一般厭惡她結黨營私，所以連帶著她的貓也嫌棄，便也沒給好臉色，彎腰把貓兒抱了起來，圈在懷裡，對著那貓兒涼涼地道：「瞧你，貪玩也不看看撲的是誰，還好咱們太師大人寬宏大量，不然回頭扒了你的皮！」說完她轉頭就走，連謝危的表情都沒多看一眼。

雖然覺得這個猜測放在謝危身上，實在有點天方夜譚般不可思議，可假如……謝危那時的確不是厭惡她呢？

「……」

小太監已將貓抱了出去，姜雪寧卻注視著謝危，眼底劃過幾分慧黠的思考，但在謝危的目光轉回到她身上之前，這種思考便立刻消失了個乾淨，好像她剛才什麼也沒考慮過一樣。

「謝先生？」

謝危依舊站得離那窗沿遠遠的，這時才道：「時辰不早了，妳還是不靜，學琴是水磨工夫，今日便先回去吧。」

姜雪寧心道總算完了，立刻行禮道別。

可沒想到，她剛打算退出去，才走到門口，就聽謝危在門裡淡淡地補一句：「明日下午妳再來。」

「哐」的一聲，她腳底一滑，絆在門檻上，好險沒摔下去，好不容易站穩，卻是氣得七竅生煙，末了只能暗暗磨牙，一字一頓道：「謝先生抬舉厚愛，學生明日再來！」

從奉宸殿裡出來，她才意識到自己氣昏了頭，連琴都沒有抱回來，本想要回頭去拿，但一想到謝危興許還在殿裡沒離開，便立刻打消這念頭。

反正她回去也不練琴，琴放在謝危那兒，還省去她來回搬動的功夫，於是兩手空空地往回走。

奉宸殿到仰止齋也就那麼幾步路，道中倒沒多少宮人經過。

只是走著走著，竟聽見一番笑鬧聲，其中幾道有些耳熟。

姜雪寧腳步頓時一停，往前一看，不由微微一愣。

仰止齋外頭朱紅的宮牆下，立著一名身穿天水藍長袍的少年，身形頎長而挺拔，縱然此刻沒有躍馬馳騁，朗眉星目間也自帶幾分飛揚熾烈。

只是一錯眼看到她時，眸底竟黯了一黯。

燕臨忘了自己正在說什麼，也忘了接下來想說什麼，連站在他身邊和面前的許多人都像消失似的，滿心滿眼只有前方那道倩影。

沈芷衣和蕭姝等人是今日去坤寧宮那邊請安時遇到燕臨他們的，因為她們要回仰止齋，而他們一幫世家貴子要去奉宸殿找謝先生，所以同路，走到這裡才要告別。

沈芷衣同燕臨從小認識，算玩伴。她正想說寧寧今日被謝先生留了堂，說不準燕臨去偏殿能遇上，結果話說到一半，就見燕臨的目光越過眾人，朝她們後面望了過去，於是跟著轉頭一看。

瞧見姜雪寧時，她驚喜極了，忙招手喊她：「寧寧，妳可算是出來了，我們擔心死妳了！」

若是平時，姜雪寧本該被沈芷衣逗笑的，說不準想著沈芷衣先前握著她手叫她好好跟謝危學的事兒，還要腹誹她的擔心不值錢。

可現在卻是一點也笑不出來，她默不作聲地走了過去。

蕭姝、姚惜等人都在，目光俱在她與燕臨之間逡巡。

同燕臨走在一起的還有幾位面生的少年，華服在身，料想都是能被皇帝點進宮裡聽經筵日講的尊貴身分。

其中有個看著特別小，才十四五歲模樣，站得離燕臨最近。

他先是看見燕臨向姜雪寧那邊看，又聽著沈芷衣喚了一聲「寧寧」，便一拍手，恍然大悟似的，朝燕臨笑道：「這就是姜家那位二姑娘嗎？燕臨哥哥往日總藏著不讓我們見，今日可算是見到了。」話裡話外竟也是知道燕臨與姜雪寧的關係。

眾人都瞭然而揶揄地笑起來，唯獨燕臨沒有笑。

分明見著她是這樣歡喜，可延平王一句話，便將他拉入無底的深淵，讓他覺得眼前的少女分明站在面前，卻好像天邊的雲一樣遙遠。

一襲藍袍的少年，肅然一張尚顯青澀的臉，只道：「延平王殿下勿要玩笑，我與姜二姑娘不過玩伴，私底下也就罷了，若胡言亂語傳到家父耳中，累我一頓打罵是輕，壞了二姑娘清名是重，還請殿下慎言。」

年紀不大的延平王頓時愣住。

沈芷衣都沒反應過來。

旁邊的蕭姝更是眉梢一動，抬眼看著燕臨，有些詫異。

尤月等人卻是驚訝過後，頓時變作幸災樂禍。鬧半天，人家燕世子不當她是回事兒啊！

燕臨卻望著姜雪寧，那目光極其認真，彷彿看一眼便少一眼似的，要將她往心上刻。

分明有個地方破了開，在淌血，可他卻彎起唇來，向她笑說：「延平王殿下年少，言語無忌，還望姜二姑娘勿怪。」

「……」

這一瞬，姜雪寧眼底發潮。

她要慌忙埋下頭，才能掩蓋自己的狼狽。

旁人看不懂，可她哪裡能不知道？

勇毅侯府危在旦夕，燕臨既已知曉，又真心愛重她，便不會再由著往日的少年心性，也不會再巴不得讓全天下都知道他喜歡她。

相反的，他要撇清與她的一切關係。

不願讓她受牽連，也不願壞了她的名聲，便如張遮主動向姚府退親一般。

她垂在身側的手指悄然握緊，強將淚意逼了回去，也望著少年，有心想要回答什麼，可當著這許多人，卻是一句話也說不出來，更不敢說。

第五十六章　目的不純

沈芷衣是知道燕臨與姜雪寧關係的，畢竟當初遴選伴讀的時候，燕臨專程找她說過，還被她逮住機會調侃了好一陣子，如今他竟然直接撇清與寧寧的關係？

她見著二人的神情，困惑之餘更生出幾分無來由的憤怒，很為姜雪寧抱不平，上前一步便要發作：「燕臨，你什麼——」

「長公主殿下。」

燕臨已經夠難受了，姜雪寧生怕沈芷衣再說出什麼讓他難堪的話，忙伸手輕輕地拉住她，唇角一彎，寬慰似地笑了起來。

「延平王殿下年少，隨便開個玩笑，不打緊的。」

「可我要說的不是……」

不是延平王啊。

沈芷衣被她一拉就停了下來，剛想要分辯，回轉眼來卻在姜雪寧那一雙看似平靜的眼眸裡看出幾分懇切的請求。

雖然無論如何都想不明白為什麼，可滿腹的質問也無法再說出口，畢竟人家之間發生了什麼她不知道，當下便把臉一板，順著姜雪寧方才的話，朝延平王訓道：「以後再胡說八道，看我怎麼去皇兄那邊告你！」

「……」

延平王簡直目瞪口呆。直到沈芷衣拉著姜雪寧帶眾人一道離開，他也沒明白自己不過說了一句話，並不是開玩笑，怎麼就忽然被罵了個狗血淋頭。

可樂陽長公主向來霸道，他還不敢還嘴，眼見著人走了才嘟囔一聲：「真是，搞什麼啊，跟我有什麼關係？」

燕臨並不說話，垂了眸便往前走。

與他同行的幾人倒沒怎麼察覺出他的異樣。雖然都覺得燕臨最近沉默的時候似乎有些多，但看起來比以往更為穩重，隱隱褪去了少年的青澀，有一種漸知世事的成熟，所以都只當他是冠禮將行有所改變，並未多想。

延平王雖然困惑燕臨同姜雪寧的關係，可當著其他人的面也不好多問，只好垂著頭悶著臉，與他們一道去奉宸殿。

謝危這會兒還在偏殿裡盯著窗沿上那小白貓踩過的地方，兩道長眉微微擰著，彷彿在想什麼棘手的事情。

不過眾人通傳後進來時，他已面色如常。

手指間輕綳著一根墨線，他轉頭一眼就看見站在延平王旁邊的燕臨，只問：「怎麼都來了？」

眾人都不說話。

有誰站在後面踹了延平王一腳。

延平王立時沒站穩，往前踉蹌幾步，一下露在謝危的視線之中，鬧了個大紅臉，有些靦腆地開口：「是、是學生前幾日聽先生講了策論，回去之後家父要學生以『進學』為題作論，學生這兩日秉燭懸梁，勉強湊了一篇出來，卻不知好壞，想……想請先生掌掌眼，再、再拿回家給父親看。」

後頭眾人都竊竊地笑起來，延平王惱怒道：「笑什麼！今天笑明天就輪到你們！」

燕臨也略略地一彎唇。只是笑完了，那種黯然非但沒散去，反而浸得更深。

他本也該同延平王這般，帶著點年少不知事的莽撞，然而如今不能了。

謝危一聽就知道延平王這是怕寫得不好回家挨罵，是以也笑了一聲，倒是寬厚模樣道：「延平王殿下這幾個月來功課都很不錯，同齡人中學業也是首屈一指，便是寫得尚有不足之處，想必令尊也不會計較。不過殿下既然已親自來請，謝某也好奇殿下近來的長進。只是這奉宸殿乃是長公主殿下進學之所，你們許多人在這兒卻是不便，還是轉去文淵閣再看吧。」

眾人都道「是」。延平王也立刻面露喜色，連連道：「有勞先生。」

謝危隨手放下指間繃著的墨線，只道自己還要在偏殿中略做收拾再走，讓眾人先去文淵閣，他隨後過去。

眾人便嬉嬉鬧鬧地先走了，只是他們走到門口時，謝危卻喚了一聲：「我選斫琴的木材，有幾塊已經不用了，可否請燕世子留步，幫忙搬一下？」

燕臨一怔，腳步頓時停下，下意識回一句：「願為先生效勞。」

眾人回頭看了一眼也沒多想，跟燕臨打了聲招呼便離開。

可留下來的燕臨重新走入殿中時卻忽然想：小太監就在殿門外立著，聽說這一次謝先生斫琴的木材乃是內務府專門幫忙挑的，剩下不用的返還內務府，讓小太監去是最合適，怎麼偏要他幫忙搬？

謝危卻不動聲色，一指那長桌角落裡兩塊櫸木道：「這兩塊是不用的，有勞燕世子了。」

燕臨便走上前去，不過從那張琴桌旁經過時，一眼就認出了擺在上面的那張蕉庵，正是他送給姜雪寧的琴，心頭驀地一疼，連腳步都滯了一滯。

謝危的目光也落琴桌上，只道：「寧……姜二姑娘雖有些頑劣調皮，學業也不如何出眾，不過在我面前還算乖覺，也算肯忍性讀書，方才學了琴才從此地離開。燕世子對此，可稍稍放寬心了。」

那時他還不知勇毅侯府將要出事。

所以想到寧寧要入宮伴讀，心裡歡喜，又怕她過不了遴選，特意在一日文淵閣日講結束後悄悄求了謝先生，請謝先生多加照拂。

可如今……

是他一力將寧寧送入這修羅場，接下來的日子卻未必有能力再庇佑她。

燕臨看到這張琴只覺得心底難受，可聽了謝危這般話又有些高興，一時也難分辨舌尖蔓開的是甜還是苦，於是低笑道：「若能這麼輕易便放寬心，便簡單了。」

他上前要去搬那兩塊櫸木，謝危看著少年有些沉默的背影，搭下眼簾，眸底竟有些恍惚的幽暗，良久後，開口時卻是尋常模樣：「今日早朝沒見令尊，聽人說是病了，不要緊吧？」

燕臨再一次覺出了古怪，但依舊回道：「前些天下雨，父親又貪杯喝了不少，往年在戰場上留下的舊傷復發，傷口有些疼，所以沒上朝罷了，倒是沒有大礙。」

謝危便點了點頭道：「世子心裡有事。」

燕臨心頭微凜，卻一時摸不準他是什麼意思。

謝危卻是拾起一旁的琴囊，將姜雪寧丟在這裡的那張蕉庵套上，與他那張峨眉一道掛在了偏殿的東牆。

他背對著，燕臨看不見他神情，只能聽見他平靜之下微微流淌著波瀾的聲音：「師者，傳道、授業、解惑。謝某少時學琴笨拙，幸賴名師悉心教誨，至今不敢忘先生所誨，『水滴石穿，聚沙成塔』，二十三載方有小成。燕世子性極聰穎，固然一點即透，不過聖人都不免有惑，世子有惑也在所難免。若信得過，往後也如延平王殿下一般來找我便是。」

「……」

燕臨瞳孔微縮，凝眸望著他。

謝危轉過身來，只淡淡朝他一笑，道：「走吧，他們該等久了。」

❀

別過燕臨等人，姜雪寧她們就回了仰止齋。

沈芷衣少不得拉了她去屋裡坐下，單獨問她同燕臨是怎麼回事。

姜雪寧自是一句也說不出。

沈芷衣看她這模樣真是乾著急，頗有幾分恨鐵不成鋼，可終究是半天也撬不出一句話來，只能道：「妳現在不想說沒關係，等妳想說了一定要告訴我。若燕臨欺負了妳，本公主必定叫他好看！」

姜雪寧無奈，只能謝過她的好意，好說歹說，頗費了一番口舌才把沈芷衣給送走。

偏她走時還鬧脾氣，在姜雪寧屋裡坐了一會兒，見她這裡擺設簡單，出了門便教訓那些伺候的宮女：「妳們是怎麼伺候的？這屋裡暖炕不燒，花瓶不插，錦凳太硬，連點入眼的擺設都沒有，哪裡像是女兒家的閨閣？都給本公主報上去，統統換上新的！告訴那幫看人下菜的，下回本宮來見著若還這麼寒酸，叫他們吃不完兜著走！」

宮女們嚇了個戰戰兢兢。

這話傳到管事女官、太監和頂上內務府那邊，更是焦頭爛額，大呼冤枉。誰不知道姜二姑娘是長公主殿下欽點入宮伴讀的紅人，虧待誰也不敢虧待了她啊。

只是她們是來入宮伴讀又不是入宮享福，待遇太好真的說不過去，歷朝歷代也沒有把伴讀供起來的先例。

長公主這一發話，差點沒把他們給愁死。

但到得申時初刻，源源不斷的新東西便如流水似的從內務府送過來，管事太監一張臉笑得跟抹了蜜似的，只對姜雪寧道：「長公主殿下發話，給姜二姑娘屋裡置辦置辦，奴等也不敢馬虎，一應擺設連著被褥都換上了頂好的，您瞧瞧？」

仰止齋裡，眾人正議論今日遇著燕臨的事兒。

如果兩人關係親近，且燕臨將要行冠禮，那不久後便可談婚論嫁，關係上也沒必要太過遮掩，調侃一兩句更算不上什麼。所有人忌憚著姜雪寧三分，便是因為猜姜府與勇毅侯府的姻親該是暗中定下來了。

可沒想到燕臨竟然親口否認，這可跟大家一開始知道的不一樣。

大多數人從來都是見不得別人好，更願意落井下石而非雪中送炭，更何況是對姜雪寧這樣扎眼又扎心的。

眾人私底下喝茶說話都難免有些風涼，甚至有些人明擺著露出點幸災樂禍的譏誚。

可根本還沒高興上兩個時辰，內務府便來專為姜雪寧一人置辦種種物件，加上管事太監那巴結討好的態度，便又給她們臉上甩了個大嘴巴子。奚落的話都還沒說完，就全被打得閉了嘴，一個個心裡泛著酸、眼底藏著妒，眼睜睜看著那一干人等在姜雪寧房中忙碌起來。

姜雪寧猜也能猜到這幫人聚起來不會說自己什麼好話，可燕臨撇清與自己的關係，勇毅侯府出事在即，都是她意料中的事，上一世也不是沒有經歷過比這更糟糕的困局，是以比起上一世剛陷入這般局面時的惶恐惴惶，倒多了幾分處變不驚的鎮定淡然。

上一世沒了燕臨，她搭上了沈玠。

這一世沒了燕臨，她還有沈芷衣。

她也不知自己怎麼就與皇族交上了這麼深的緣分，可眼下要甩開也難，便索性坦然地接受這份喜歡，記在心裡。

宮人們在她房裡布置，她坐在一旁看無聊，那幫宮人也不自在，她索性從自己屋裡出來，順著仰止齋外面的宮道走。

走沒兩步就能瞧見坤寧宮上燦燦的琉璃瓦，她於是想起了鄭保。

只有沈芷衣是不夠的。上層的人看不見底層的齷齪骯髒，所以下面若有個人是再好不過。

只是不知，上一世救他的是沈玠，這一世救他的是自己，鄭保是否還會做出與上一世一般的選擇？

心念轉動間，姜雪寧的腳步已然停下。

她不好再往前走。

畢竟一個新入宮的伴讀，如今又出了慈寧宮那件事，宮中所有人走路都低著頭，她若到處亂走惹了事，誰也救不了。

所以她轉身便欲返回。

可沒想到剛轉身就看見前面坤寧宮的方向上，一名穿著藏藍太監服飾的人走了過來，站起來時身形竟也頗高，面皮白淨，眉眼秀氣，臉上雖還有些傷痕未消，可比起昨日跪在那邊受罰時已好了不少。

姜雪寧一眼就認出來了，但還未來得及開口，鄭保已先一步開口道：「鄭保見過姜二姑娘，昨日多謝姑娘出言相救。」

他該是年紀不大時就入了宮，所以聲線略帶一點細細的柔和，見著姜雪寧時眸光微動，一雙眼像是被春陽照著融了雪的湖泊，暖意融融。

姜雪寧知道，這個人是細緻的。

上一世他也算是沈玠的左膀右臂，沈玠能想到的細節他能想到，沈玠若有遺漏，問他必然知曉，可他卻從來不在人前顯露自己的本事，只是默默做事。

因此，少有人注意到他。

她也是身為皇后，才知道沈玠最信任誰；也是見過鄭保的選擇，才知道這人柔和的外表下有怎樣一腔烈性熱血，認定一件事便肯為之豁出性命。

沈玠救他，是純粹的善意。

可她救他，並非如此。

姜雪寧不知他是專程來找自己還是偶然經過遇到了自己，但也不重要，她凝望他半晌，只道：「可我出言救你，目的並不單純。」

鄭保一怔。

他本是記掛著受人恩惠，該來謝恩。宮中雪中送炭之人實在太少，以至於他昨夜躺在那窄窄硬硬的床上，竟輾轉反側，難以入眠。

可萬萬沒想到，眼前姑娘竟這般回答。

第五十七章　心上人

鄭保家境不好，父母為補貼家用，在他年少時便將他送入宮中做了太監。

宮裡像他一樣的人還不少。

有時候他也想過，為什麼偏偏是自己，而不是兄長，或者別的什麼人。

可每每這般想時，另一道聲音總會在他心間響起：若非生計所迫，憐愛骨肉的父母，怎會將自己的親兒子送進宮中做個閹人？

不入宮，他或許早已餓死或病死了。

於是那蔓生的諸般怨氣，便會漸漸消滅下去。

鄭保由此成為一個在宮裡難得平和的人。

這裡有太多人心傾軋、勾心鬥角，大多源自一顆不平、不甘之心，想要出人頭地，想要做那人上人。

可他不想。

他在宮裡面不爭不搶，安心做好自己的事，也從不摻和什麼爾虞我詐，只待年歲到了被放出宮去，回家見著家人笑靨相對，為他溫粥沏茶。

然而昨日……

皇后娘娘鍾愛的那只建盞並不是他打碎的，而是他聽從女官吩咐，從高閣上拿出匣子來打開時，就已經碎在裡面了。

此物乃是皇后娘娘自母家帶來的，常做睹物思人之用，本在他管轄的範圍內。一朝拿出來要看，竟然碎裂。

皇后娘娘大怒之下處罰他，實在是再正常不過的事情，鄭保甘心受罰。

只是跪在坤寧宮的宮門前，被所有往來的宮人和太監用異樣的眼神看著時，他也會忍不住想：那建盞好端端地放在匣子裡，怎會打碎？

而往日與他交好的太監，無一人站出來為他說話。

縱然是已經見慣了宮中人明哲保身的寒涼，亦不免有幾分齒冷。

姜雪寧便是這時候出現的。

一道嬌柔的嗓音，聽著有那麼一點故意，像極了後宮中那些假作柔弱的嬪妃，有些膽小有些畏縮。

鄭保當時想，大約是哪家的嬌小姐。

可誰料到，就是這位「嬌小姐」簡簡單單的一句話，使得他免受坤寧宮嚴苛的懲罰。

明面上救他的自然是樂陽長公主。

可凡在宮中待過兩年的，誰都能看出來，真正救了他的是姜雪寧。

樂陽長公主的恩情固然要記在心中，可更該謝的是這位姜二姑娘。

分明是素不相識，不過從旁路過，連他昔日所識的朋友都不敢在這種時候為他求情，卻有這樣萍水相逢的陌生人開口相救。

鄭保覺得，那是黑暗罅隙裡透進來的一線天光。

儘管暖意僅有一絲，可流徙於寒冬中的旅人，卻願憑藉著這一絲的暖意，相信世間的善和好，相信豔陽的春日不久便會到來。

他實是懷著一種無來由的歡喜來的。

可這位當日救了他的姜二姑娘，竟然告訴他：我救你，目的不純。

鄭保有一瞬間的茫然，差點沒反應過來，待真正意識到姜雪寧說了什麼，心底便像是有什麼輕飄飄地墜落下去。

他怔怔望著姜雪寧說不出話來。

姜雪寧卻問他：「你失望嗎？」

失望？或許算不上吧，但總歸有那麼一點無法否認的落寞，畢竟他以為這位姑娘同宮裡其他人都不一樣。

鄭保慢慢道：「您使我有些困惑。」

姜雪寧也說不清那瞬間自己為何會將那句話脫口而出，大約還是覺得，自己不配吧？

她莞爾問：「那你是來報恩的嗎？」

鄭保道：「原本如此打算。」

姜雪寧眉梢微微一挑：「現在呢？」

大約是因她的神情太過輕鬆，不自覺讓人跟著放鬆下來，鄭保覺著自己沉沉的心緒也莫名輕快了許多，凝望著姜雪寧時，才發現她用一種很認真的眼神看著他。

是他見過的眼神。

與救他那一日如出一轍，在嬌豔的表象下暗藏荊棘。

於是有剎那的恍惚：哪裡一樣呢？宮裡人人恨不得把厚厚的面具在臉上糊一層又一層，讓人看不清自己才好，但眼前這位姑娘卻是實實在在，如此坦然地說，救他是另有目的。

若宮內人人都如此坦蕩，哪來那些骯髒汙穢？

他忽然忍不住地笑起來，眼眸彎彎像是兩芽新月，只道：「您救了我後，若是不說，的確目的不純；可既宣之於口，目的便很純粹。」

姜雪寧點點頭道：「這倒也是。我想施恩於你，讓你為我所用。」

鄭保一怔，道：「您很坦蕩。」

姜雪寧只咕噥一聲：「那是你沒見過我虛偽的時候。」

但這話聲音壓得低。

她又續道：「畢竟聽說鄭管事是個老實的好人，若有一腔忠心，也該交付給值得的人才是。我嘛，便是救了你，騙你說是好心救你，往後你發現我不是這麼個好人，那豈不是搬起石頭來砸自己的腳？你放心，我只在宮中待半年，老老實實也不做什麼壞事害人，只是怕有一日處境不好孤立無援，所以想提前找個人照應，萬一遇著什麼事也不至於措手不及。不知道鄭管事願不願相幫？」

鄭保習慣了宮裡人說話時說一半、藏一半，動輒「只可意會不可言傳」，已經許久沒有聽過這樣直白的言語，以至於聽完這話後，他竟忍不住左右看了看附近有沒有旁人。

只是看完卻覺出一種怪異的悲哀。

入宮這許多年，他到底是被這座皇宮給馴化了，以至於儘管沒有害人之心，也恐隔牆有耳。

眼前這位姜二姑娘固然是在樂陽長公主面前說得上話，甚得殿下青睞，可宮中一朝尊榮一朝受辱的事情實不鮮見，未雨綢繆又有什麼錯呢？

況且，無論是出於何種目的，對方都是救了他，鄭保發現自己竟難以說出拒絕的話，又或是他的心告訴他，他不想拒絕。

西斜的餘暉從陰翳的雲層間瀉出來，照在朱紅的宮牆上，又折出一抹紅意，暈染在他清秀且猶帶著傷痕的臉頰上，連眉眼都沾著暖意，宛如被融化了似的。

姜雪寧忽然發現這年輕的太監長得極好。

鄭保思慮片刻回道：「您是我的恩人，若確非想要害人，鄭保又有何事不能相幫呢？」

「竟然答應了。」雖然是意料中的事情，可沒想會如此容易，她眼角眉梢染上了幾分喜色，末了又反應過來：「我救你時目的不純，可不是什麼好人，這也能算是你的恩人嗎？」

鄭保卻注視著她笑說：「有些事該是論跡不論心。若是論心，世上焉有好人？」

——若是論心，世上焉有好人？

姜雪寧聞言，竟是慢慢怔住了。

這一刻，鄭保覺得她面上的神情有些落寞，彷彿陷入什麼不可逃離的回憶之中，末了唇邊竟暈出一抹笑來，於是那落寞的盡處便生出幾許明媚，甚至有一點與有榮焉似的驕傲。

她篤定地向他道：「有的。」

鄭保愣住：「誰？」

姜雪寧莫名地高興起來，揹著手往前走了兩步，才又停步，回轉身時面上是燦燦的笑容，只道：「往後有機會帶你見見。」

天光已暗下來，壓著厚重的紫禁城。

可少女行走在宮道上的步伐卻顯得輕快。

鄭保望著她漸漸遠去的背影，不知為何跟著笑了起來，忽然便想：這般小女兒的情態，該是她的心上人吧？

意外輕鬆地搞定了鄭保，姜雪寧回到仰止齋時心情很不錯。

房間也重新布置過了，走進去一看只覺滿眼香軟錦繡，花瓶換上了汝窯白瓷，圓桌換成了紫檀雕漆，書案上普通的宣紙也換了一刀上好的白鹿紙，真稱得上無一處不精緻，簡直比她在府裡的閨房要好。

「長公主殿下若是個男人就好了。」姜雪寧把自己往那軟軟的床榻上一扔，枕著那蠶絲繡面的軟枕，舒服地喟嘆一聲。「輔佐她當皇帝，我當皇后，也是極好的……」

當然，也就是這麼一想罷了。

有張遮在，她誰也不喜歡。

晚間，仰止齋眾人用過飯後，都聚在流水閣，一道溫習今日學過的功課，也順道看看明日先生要教的書。

姜雪寧雖與大部分人不對盤，這種場合卻是要在的。

因為像蕭姝、陳淑儀等人學識都是上佳，偶爾會為旁人答疑解惑，雖然她與她們都有點小過節，可學問無關恩仇，能多聽一點便賺一點，何樂而不為？

所以時辰一到，她也早早地拿著書到了。

不過這時還有少數幾個人沒到，眾人並沒有聊讀書和學問的事，而是相互笑鬧。

姚惜再一次成為眾人的焦點。

周寶櫻是所有人當中最活潑最敢鬧的，上前去就抓住了姚惜的手，使勁兒地搖晃：「姚惜姐姐妳就說嘛，我們今早可都看到了，妳把一封信交給宮人，本來好好的，可發現被我們瞧見就紅了臉。快說快說，是不是如意郎君的事有了眉目？」

姜雪寧剛翻開書的手指，忽然頓住。

姚惜被她們鬧得忸怩起來，跺腳道：「煩人，妳們淨來鬧我！」

尤月卻是掩唇笑，打趣道：「那張遮都已經識時務地主動來退親，姚惜姐姐順水推舟還省了力氣，往後什麼好親事找不著，哪裡有不成的道理？」

眾人都跟著點頭。

但沒想到姚惜卻看了尤月一眼，搖了搖頭說：「不是。」

尤月沒反應過來：「不是？」

眾人一時安靜，都有些詫異地看著姚惜。

姚惜那白嫩的臉頰上，一抹薄紅漸漸變作緋紅，微微咬了咬唇，垂眸時帶著萬般羞怯，道：「我改變主意了。他說想退就想退，哪有那麼容易的事？定了親再退，人家還不知怎麼非議我呢。他出身不好無妨，家有寡母也無妨，反正我什麼都有，不需他多費心。」

第五十八章　草書

眾人可都沒想到姚惜竟然說出這番話來，唯有蕭姝、陳淑儀這兩個與她交好的，似乎早就知道一般，面上沒有什麼驚訝。

尤月卻是瞪圓了眼睛不敢相信自己的耳朵，甚至有些沒忍住地驚呼出聲：「不會吧，姚惜姐姐怎麼忽然看得上張遮了？」

上一回入宮時，姚惜對她和張遮這門親事是什麼樣的態度，眾人可都還記得清清楚楚，怎麼人家一退婚，姚惜的態度反而變了？眾人都覺得有些納罕。

自早上那封信著人送出去後，姚惜一顆心就從未有過如此忐忑的時候，既有些擔心張遮的反應，又有一種無法忽視的期待。

期待張遮會為她的選擇驚喜。

畢竟明知他近來前程困頓、寸步難行還願意嫁給他的姑娘，這世上絕對不多，但凡是個正常男子，收到她的回覆之後，都會為之感動吧？

若是前幾天聽見尤月說出這樣一句話，她必定是萬分同意的，可如今聽來卻覺得十分刺耳。

她將來就要嫁給張遮，尤月諷刺張遮算怎麼回事？

姚惜兩道秀眉輕輕顰蹙起來，看了尤月一眼，聲音冷淡下來：「張遮沒什麼不好的。」

「……」

尤月頓時語塞。再笨的人看了姚惜這態度都知道自己剛才恐怕是說錯話了，只好訕訕地賠笑：「是，是。」

然而閉上嘴時，看姚惜的神情卻不免有些一言難盡。在姚惜轉過目光沒看見時，她甚至沒忍住輕撇了嘴角。見過出爾反爾的，也見過自己說了話轉臉就不認的，可出爾反爾、轉臉不認得這麼徹底，卻還是頭回見，不嫌自己臉疼嗎？早先也不知是誰把張遮貶損一通，說得一文不值，如今倒有臉責斥她來了。

尤月眼底閃過一絲不屑。

姜雪寧冷眼旁觀，將這一絲不屑收入眼底，只平靜地想到，原來這幫抱團的人之間也不是那麼緊密，內裡也有齟齬。

她該為這一點發現笑出聲來的，可看著姚惜那含羞帶怯與眾人說話的神態，唇邊跟掛了鉛塊似的，沉得彎不出半分弧度。

她忽然有點恨起張遮，也恨起自己來。

上一世怎就鬼迷心竅，偏要騙張遮，自己要當個好人呢？

這一天晚上，姜雪寧在流水閣坐了許久，可旁人讀了什麼、問了什麼，又答了什麼，她卻是一個字也沒聽進去。

次日早起，心情陰鬱，但還要去奉宸殿上課。

一共五門功課，四位先生，昨日學過《詩經》和琴，今日上午要學的是「書」一門的《十八帖》和「禮」一門的《禮記》，謝危要教的「文」則與算學一起放到明日上午。

姜雪寧一干人等照舊提前一刻到。

按理說樂陽長公主沈芷衣會稍微遲些，但也會趕在上課之前到，可沒想到，直到教書法的翰林院侍讀學士王久從殿門外走進來了，沈芷衣仍不見人影。

「長公主殿下怎麼還沒來？」

「書法可也是第一堂課，今天不來不大好吧……」

「沒宮人去通傳嗎？」

眾人都低聲議論起來。

侍讀學士王久是四十多歲年紀，留了一把硬硬的黑鬚，峨冠博帶，倒是有幾分飄逸的斯文儒雅，眼看著快到上課的時辰，往下一掃見第一排中間的位置沒人，便問了一句：「長公主殿下沒來嗎，怎麼回事？」

眾人盡皆搖頭。

王久眉頭便皺起來，輕輕地哼了一聲：「長公主殿下素受聖上與太后寵愛，這麼早的時辰起不來也是正常，不想來也正常，不來便不來吧。」

眾人噤聲，聽出這位王先生是不大高興了，一時都不敢說話。

姜雪寧坐在角落，聞言卻站了起來，向王久躬身一拜，不卑不亢道：「此次進學乃是長公主殿下一意向聖上求來的，能得諸位先生親臨教誨，殿下也很高興，昨日便與我等一般，早早來到殿中，恪守先生們所定下的規矩，並不是什麼不能吃苦的人。想必今日早課遲到，是事出有因，還望先生大量，暫毋怪罪。」

樂陽長公主沈芷衣的受寵和驕縱，在宮中都不是新鮮事。

別說是王久，就是在場的諸位伴讀，都下意識地以為沈芷衣對待這一次上學，該很隨意。且她貴為長公主，想來就來、想走就走也沒人敢說話，因此聽了王久的話，都沒覺得有什麼不對。

可姜雪寧出來說這話，措辭雖是委婉，態度也甚謙卑，看似只是在為沈芷衣解釋，可一旦這話對著王久說，意思就有點微妙了。

玩弄文字的人，向來是一句話能猜出十種意思。

縱然她似乎並未有頂撞之意，可聽的人心中總是不快。

王久的目光頓時落到姜雪寧身上，一下想起來昨日在翰林院中聽教她們詩文的同僚趙彥昌說過的話：這些伴讀的小女子中，有一個坐角落裡的格外不聽話，是戶部侍郎姜伯游家的二姑娘姜雪寧，是個刺兒頭。

他原沒放在心上，沒想到他還沒上課才說了一句話，姜雪寧就來找上茬兒了。

王久道：「我不過隨口一句，妳的意思是我冤枉了長公主？」

姜雪寧上一世雖不怎麼去上課，卻清楚地知道往日在宮中嬌慣長大的樂陽長公主，竟是從來沒有逃過一堂課，乃是認認真真想學習的。

這王久分明是對沈芷衣有偏見，先入為主。

所以她才想站起來分辨一二，自認為已經十分委婉、注意語氣，卻沒料想先生的反應如此之大，便微微蹙眉，解釋道：「學生並無此意。」

王久冷了臉道：「並無此意？」

他忍不住要教訓這小女子一番，也正好拿她立威，樹一樹自己先生的威嚴。

沒料想，他話音剛落，外頭便有一名小太監急匆匆跑來。

「慈寧宮太后娘娘有話，特吩咐奴來告先生。」小太監在殿門外躬身一禮，看額頭上還有些細汗。「前些天宮裡出了點事，太后娘娘與皇后娘娘正清查內務府，東西六宮各宮主位都叫了去，長公主殿下此刻也在那邊，正陪著聖上說話，今日本該來上課，可事急在身實在走不了，特命奴來向先生告罪，還望先生海涵。」

「啊……」

王久一聽這太后、皇后甚至是聖上的名頭，臉色便變了好幾變。

這一時哪裡還有先前對著姜雪寧時的倨傲？他兩手一抱，向虛空裡遙遙一拱，只道：「聖上、太后與皇后娘娘在上，長公主殿下既有事在身一時走不了，缺一堂課也無妨，下官改日擇空為長公主殿下補上便是，還請公公轉告聖上，請聖上放心。」

那小太監應了聲「是」，又行過禮，便又匆匆退走了，彷彿有些心驚膽顫的不安。

姜雪寧一聽見剛才來人說「清查內務府」幾個字，心頭便是猛地一跳，想起玉如意一案，再一聯想那小太監的神情，便知宮裡這幾日腥風血雨怕是少不了。那勇毅侯府……

王久卻是沒注意到這麼多。

他剛想訓斥姜雪寧就被慈寧宮那邊來告，多少有些下不了臺。只是越是如此，他越有些惱羞。

那太監走後，王久看見姜雪寧還站在角落，也沒給什麼好臉色，道：「天底下誰家學堂這般沒規矩，先生說話學生都能駁斥了？便是歷朝歷代教皇子，皇子也得對先生執師禮。姜大人雖與王某是同僚，可醜話說在前頭，堂上妳若再敢出言頂撞，我可不會顧著與令尊同僚之間的面子。妳坐下吧。」

姜雪寧斂了眸，掩住差點射出去的眼刀，當下並未發作，只道：「多謝先生。」說完便規規矩矩地坐下。

有了她的前車之鑒，眾人都看出王久面相雖然儒雅，但內裡是個不好相與的人，上課時都格外恭敬、格外老實。

他教的是書法，所以開學頭一課是先看眾人的書法基礎，看旁人時都還覺得不錯，只是走到姜雪寧面前一看便皺了眉，只道：「小女兒家寫字該求秀美飄逸或端莊婉靜，往後改學簪花小楷是上佳，再不濟趙孟頫、王羲之，學柳顏也不差。草書狂放陽剛，恣如江海橫流，於男子而言更合適，女兒家學草書難免顯得放肆不羈，殊為不服管教。往後這草書妳不要學了，一筆一畫從楷書寫起。」

姜雪寧學的是行草。

她上一世的行草乃是沈玠教的。

當時兩人新婚燕爾，男人誰能不愛顏色好？她又擅長投人所好，所以剛當上臨淄王妃那一陣子，假模假樣愛好起書法來，逼著自己練了好久的楷書，但種種的字體書體學來學去，都覺著自己被框在牢籠裡，怎麼寫怎麼不得勁兒。

直到某一日，沈玠突發奇想同她說，何不試試草書？

從此便一發不可收拾。

或行雲流水，或狂放恣意，筆走處思緒如飛，長日下來，雖然依舊不入得大家的眼，可偶爾有那麼幾個字寫來卻見靈性。

沈玠一開始還很高興，可有一日見了她寫的一行「飄飄何所似，天地一沙鷗」後，沉默了好久，也莫名地看了她好一會兒。

那目光教她有些心慌，也不知自己是哪裡寫岔了，便問他：「是又寫得不好嗎？」

沈玠眨了眨眼說：「沒有，很好。」

姜雪寧當時懵懂，雖然聽他說很好，可見著他並不像很高興的模樣，便再也不學這個。

時間一久，這事便漸漸淡忘。

可有時候看見下面進貢來的字畫上那些恣意的草書，她偶爾也會想起那時候。

只是沈玠都當了皇帝，她更不敢去問。

唯有十分偶然的一日，她同蕭定非提起，那什麼話都敢說、什麼事都敢做的假少爺竟樂得撫掌大笑，戲謔地看著她說：「我的娘娘啊，有一句叫『見字如見人』。縱然寫得不好，或者妳自己不覺，但也是能看出幾分真來的。」

第五十九章　操作一下

蕭定非口無遮攔，自打回京後便是京中首屈一指的紈褲公子哥兒，鬥雞走狗、縱馬賭錢，無一不會也無一不精，只把定國公蕭遠氣得暈頭轉向，見了在宮中當皇貴妃的蕭姝還故意要拿「哥哥」的尊卑壓她一壓，成日裡往蕭氏的死對頭姜雪寧的跟前兒湊，一族老小直斥他忤逆，卻偏偏拿他沒辦法。

朝野上下都只當他大難不死，能活就是老天開眼。長在屠沽市井，難道還指望他成大器？是以文武百官對他都有一種難得的寬容，皇族於心有愧，更不敢為難他，倒使得此人越發恣意倡狂。

只是姜雪寧有時候竟覺得與此人脾性相投，縱然他輕浮放蕩，可怎麼看也比朝堂上那一幫口蜜腹劍的人順眼，莫名能同他玩到一塊兒去。

旁人也曾開玩笑說，皇后娘娘寵信蕭定非，大約是與這紈褲同病相憐。畢竟雖是家中嫡出，卻都因變故流落在外，怎能不惺惺相惜？

連姜雪寧自己也無法否認，在一開始不知道真相時，她的確難免有這樣的想法，至於後來，便是純粹地覺得和不遮掩的人相處起來更舒坦了。

見字如見人。便是寫得再不好，也能看出幾分真性。

她的真性是什麼呢？

難道那時候沈玠就已經看出來了嗎？可那時候她都還沒看清自己……

那一幅剛寫就的行草鋪在面前，姜雪寧抬頭看了看站在她書案前面容嚴肅的王久，有心要辯駁自己就喜歡草書，且喜歡什麼樣的字體書體，難道不該全看個人喜好嗎？

可轉念一想，自己也不過在這宮中待半年。學個楷書就當怡情養性，何苦又跟先生鬧得不快，回頭來還不是給自己找麻煩。等出了宮，她想寫什麼就寫什麼，誰還管得著不成？

是以她迅速淡定了下來，向王久垂首道：「先生教訓的是，學生謹記。」

王久這才滿意地點了點頭，道：「總算有點做學生的樣子。」

他轉身走回殿上，叫眾人翻開《十八帖》裡的第一帖，先做講解，再讓眾人嘗試臨摹。若忽略他規矩極嚴，容不得學生在堂上提問半句、質詢半句，倒也不失為一位循規蹈矩的好先生。

到得辰正，王久便收拾東西下了學。

他一走，所有人立馬鬆了口氣。

方妙都沒忍住向姜雪寧看了一眼，心有餘悸道：「真是嚇死我了，還以為姜二姑娘要跟前日對趙先生一樣，這王先生也是個疾言厲色不好惹的，還好沒有，還好沒有！」

姜雪寧心道，自己昨日也不過就是問了趙彥宏一個「芼」字作何解罷了，無論如何都跟

「頂撞」二字沾不上邊，不過是那姓趙的看人下菜碟，自以為是地端著一副為人師的尊貴罷了。

拋開立場籌謀，謝危的學識遠見不知高出姓趙的幾山去，卻是虛懷若谷，從未因旁人質詢兩句便翻臉，涵養高下可見一斑。

她心裡不很痛快，因而只友善地回了方妙一笑，並未接話。

只是陳淑儀自開學那一日起便與姜雪寧起了齟齬，至今還記得兩人於謝危教的那一門「文」上的爭執，結果上學這兩日來卻是見姜雪寧處處受氣，心裡不免快意。

畢竟像謝危這樣的是少數，教其他功課的先生們還不是循規蹈矩、恪守禮法？

她便接過了方妙的話頭，笑道：「翰林院這位侍讀學士王先生可不是尋常的士林清貴，祖上乃是揚州出了名的大鹽商，後來賺夠了錢，一家子都棄商從官，到得王先生這一輩，家中已有三位進士。如今的兩淮鹽運使王獻乃是他堂兄，在朝中可不是什麼孤立無援的窮翰林，自然不至於見了誰都阿諛奉承。像什麼戶部侍郎，人家也未必就怕了。」

在座人中，父親是戶部侍郎的唯姜雪寧一個，眾人誰聽不出這是拿話刺她？一時都轉眸去看姜雪寧。

倒是尤月，聽見「兩淮鹽運使」裡一個「鹽」字微微一怔，想起自己此次入宮前吩咐下面人去查證的事，起了幾分心思，反而忘了在這時候落井下石奚落姜雪寧。

姜雪寧也沒關注其他人，只輕嗤了一聲，道：「妳看我不慣直說就是，這麼拐彎抹角反而令人看不起，知道的說妳陳淑儀是陳大學士的掌上明珠，不知道的怕要以為那兩淮鹽運使王獻是妳爹呢。」

陳淑儀面色一變：「妳──」

姜雪寧在鄉野間長大，自小一副伶牙俐齒，論吵架還真沒輸給誰過，不同人吵那是她大度。

只是有時候不吵吧，旁人還真以為她好相與。

她笑起來說：「陳姑娘若真有那閒心，不如去翻翻歷代兩淮鹽運使的名冊，看看哪個是在任上得了善終的？畢竟是人人想要染指的肥缺，又事涉官私鹽道，不是抄家就是殺頭，至輕也是丟官流徙。幫人家吹都不知道挑個好的，還當妳有多大見識。」

陳淑儀畢竟在閨閣之中長大，家教甚嚴，從未在市井鄉野裡廝混，似這般辛辣嘲諷之言更是從未聽聞過，如今乍然被姜雪寧一股腦兒甩到臉上，整個人都險些炸了，但想要回嘴，一時又措不好辭，面上紅一陣白一陣，只覺萬般難堪，忍無可忍終於霍然起身，一雙眼睛瞪視著姜雪寧，秀氣的手掌高高揚起，五指緊繃，竟是已氣昏了頭，要向著姜雪寧打去。

周寶櫻正在旁邊悄悄偷吃帶到殿中的零嘴，看她們爭執起來，也沒聽明白說的到底是什麼，一抬眸見涵養甚好的陳淑儀竟要動手，嚇得蜜餞噎在喉嚨裡。

膽子小些的如姚蓉蓉，更是驚呼一聲。

姜雪寧見著她這陣仗，卻是巋然不動，戲謔地一挑眉。

只是沒料想，正當陳淑儀這一巴掌將落而未落之際，外頭就遠遠傳來整齊的見禮聲：

「拜見長公主殿下，給殿下請安。」

沈芷衣來了！

陳淑儀那一巴掌舉在半空中，是無論如何也落不下去了，根本還沒來得及收起，就已經看見沈芷衣那少見的有些凝重的身影出現在殿門外，整個人腦海裡頓時「轟」的一聲，一片空白。

沈芷衣才從慈寧宮來，畢竟也是在宮裡長大的，已經能隱隱嗅出那腥風血雨的前奏，所以心情並不算好。

她一走進來就看見陳淑儀那向姜雪寧高舉的巴掌，一時都沒反應過來，怔怔問了一句：

「這是在幹什麼？」

陳淑儀立時收了手想要解釋：「殿下，我剛才只是……」

姜雪寧心底卻是長嘆一聲。

長公主來得太早了些，這一耳光都還沒打下來呢，效果上不免差了許多，讓她要賣慘都沒太大的說服力，否則必要陳淑儀站著來跪著走。

學誰不好，學及時雨宋江？

她腹誹了一句，架勢卻是一點也不含糊，嘴角往下一拉，眼簾一垂，便啪嗒啪嗒掉眼淚，委委屈屈地向沈芷衣哭訴：「長公主殿下，陳淑儀說我就罷了，她還想要打我！」

沈芷衣瞬間冷了臉，皺眉看向陳淑儀問：「妳什麼意思！」

陳淑儀：？？？

所有人：？？？？？

是誰說得人無法還口啊！這種一言不合就掉眼淚裝哭賣慘打小報告，又到底是什麼操作？

陳淑儀也是從小到大就沒受過這麼大的刺激，又因與姜雪寧有齟齬在先，這口氣無論如何也忍不下去，一時被氣昏了頭，怒極之下才揚起手。就算是沈芷衣不出現，這一巴掌也未必就真的落下去。

畢竟大家同為長公主的伴讀，吵兩句還能說是口角，誰先動上手那就是誰理虧了，她沒必要與姜雪寧這麼一番折騰。

但樂陽長公主不早不晚，偏偏在這個當口出現。太尷尬了，簡直讓人百口莫辯。

陳淑儀像是被人一盆涼水從頭潑到腳似的，渾身都寒透了，連忙躬身向沈芷衣一禮：「長公主殿下容稟，是臣女與姜二姑娘一言不合爭執起來，姜二姑娘口齒伶俐，臣女說不過她，一時氣昏了頭，是臣女的過錯，還望長公主殿下寬宏大量，饒恕臣女此次無禮。」

陳淑儀聲音有些輕顫，顯然也是畏懼的。

沒了剛才的火氣，她輕而易舉就冷靜下來，知道現在發生的這件事有多嚴重，更知道沈芷衣原本就是偏心姜雪寧一些，自己此刻無論如何都不能狡辯，最好是在澄清的同時低頭認錯，忍過此時，將來再找機會慢慢計較。

姜雪寧心底嗤了一聲，暗道她趨炎附勢慫得倒是很快，先前那誰也不看在眼底的囂張，到了身分比她更尊貴的人面前，又剩下多少？

本來相安無事，陳淑儀先撩先賤！

反正梁子都結下了，她不想對方這麼簡單地敷衍過去，非要氣死她，讓她心裡更膈應不可。

於是，一副淒淒慘慘切切模樣，姜雪寧抬起了朦朧的淚眼，望著陳淑儀，身子還輕微地顫抖起來，彷彿不敢相信她竟說出這般顛倒黑白的話。

「陳姐姐的意思，竟、竟是我欺負了妳不成？我，我……」

話說到一半便說不下去了，她咬了唇瓣，睜大眼睛，好像第一次認識陳淑儀，還流露出幾分逼真的不忿與痛心。

整個奉宸殿內安靜得什麼聲音也聽不見。

周寶櫻目瞪口呆，裝著蜜餞的紙袋從手裡滑落下來，掉到地上。

尤月更是後腦杓發涼，慶幸自己剛才走神了一下，沒跟著陳淑儀一起譏諷姜雪寧，不然現在……

方妙也一臉呆滯。想過這位姜二姑娘是厲害的，可沒想到「厲害」到這個程度。

連蕭姝都用一種震驚的眼神看著姜雪寧，彷彿從來沒有真正認識過她一般，再一回想起她當日不由分說將尤月按進魚缸裡的情形，只覺遙遠得像作夢。那凜冽冷酷的架勢，和現在這個柔弱可憐、楚楚動人的，是同一個人？

沈芷衣卻是抬步走到姜雪寧的身邊，猶豫了一下，還是輕輕伸出手去搭住了姜雪寧的肩。

姜雪寧感覺到，便要回轉頭來，繼續賣慘。

然而當她轉過眸的瞬間，卻對上一雙不同尋常的眼——沈芷衣看她的眼神，不再是以前那般總充滿著一種憧憬似的甜美，裡面竟有些黯然、有些悔愧，欲言又止、欲說還休，末了偏朝她綻開一個安撫的笑。

這一剎那，姜雪寧想到的竟是昨日燕臨看她的眼神，熬煎裡藏著隱忍，於是心底便狠狠地一抽。

沈芷衣是從慈寧宮回來的，而慈寧宮正在清查內務府的事，是玉如意一案終究要牽扯到勇毅侯府上了嗎？

若非如此，沈芷衣不會這樣看她。

這念頭一冒出來，與陳淑儀這一點意氣之爭，忽然都變得不重要起來。

但沈芷衣卻沒準備就這樣甘休。

她終究是記得姜雪寧一開始並不打算入宮，是燕臨來找她，而她也想她入宮，是以才前後一番折騰，將她強留下來。

想這宮中她有什麼好為難的呢？一則有燕臨護著，二則有她撐腰，便是有些骯髒汙穢事，也不至於就害到她的頭上。

可今日慈寧宮中隱隱嗅出的腥風血雨讓她知道，是自己錯了，也讓她忽然有些明白，昨日燕臨為什麼要當眾撇清與寧寧的關係。

換作是她，也要如此的。

可不知道時是為寧寧不平，甚至憤怒，知道之後卻是埋怨自己也心疼寧寧。

也許往後，再沒有燕臨能護著她，那便只剩下自己了。

再如何天真嬌縱，沈芷衣也是宮裡長大的孩子，不至於看不出寧寧神情間帶了幾分戲謔的做作，該是故意演戲氣陳淑儀。可方才所見，陳淑儀的放肆卻非作偽，更不用說她知道寧寧絕不是一個會主動陷害旁人的人。

能提筆為她點了眼角舊疤，覆上粉瓣，說出那番話的姜雪寧，絕不是壞人。

沈芷衣輕輕抬起眼睫，注視著陳淑儀，並無動怒模樣，可平靜卻比動怒更讓人心底發寒，只一字一句清晰說道：「妳的解釋，我都不想聽。妳身為臣女，被遴選入宮當我的伴讀，且妳我也算有相識的舊誼，我不好拂了陳大學士的面子，讓妳入宮來又被攆出去。只是妳，還有妳們，都要知道，姜家二姑娘姜雪寧，乃是本宮親自點了要進宮來的。往後，對她無禮，便等同對本宮無禮。以前是妳們不知道，可本宮今日說了，誰要再犯，休怪本宮不顧及情面。」

眾人全沒想到，沈芷衣竟會說出這樣重的一番話來，一時全部噤若寒蟬。

姜雪寧卻從沈芷衣這番話中確認了什麼似的，有些恍惚起來。

陳淑儀也完全不明白沈芷衣的態度怎會忽然這般嚴肅，話雖說得極難聽，是一個巴掌一個巴掌往她臉上扇，可她實在也不敢駁斥什麼，唯恐禍到己身，只能埋了頭，戰戰兢兢應：「是。」

沈芷衣又道：「妳既已知道自己無禮，又這般容易氣昏頭，便把《禮記》與《般若心經》各抄十遍，一則長長記性，二則靜靜心思，別到了奉宸殿這種讀書的地方，還總想著別的亂七八糟的事。」

陳淑儀心中有怨，面色都青了。

她強憋住一口氣，再次躬身道：「謝長公主殿下寬宏大量，淑儀從今往後定謹言慎行，不敢再犯。」

沈芷衣這才轉過目光來，不再搭理她，反而來到姜雪寧的書案前，半蹲了身，兩隻手掌交疊在書案上，尖尖的下頜則擱在自己的手掌上，只露出個戴著珠翠步搖的好看腦袋來，眨眨眼望著她說：「寧寧現在不生氣了吧？」

姜雪寧原本就是裝得更多。

她上輩子更多的氣都受過了，哪能忍不了這個？

只是看了沈芷衣這般小心翼翼待她的模樣，心裡一時歡喜一時悲愁，只勉強擠出個難看的笑容，上前把她拉起來。「堂堂公主殿下，這像什麼樣？」

沈芷衣不敢告訴她慈寧宮裡面的事兒，只盼哄著她開心：「這不逗妳嗎？怕妳不高興。」

姜雪寧隱約能猜著她的目的，是以破涕為笑，咕噥道：「被殿下這般在意著、寵信著，便是有一千一萬的苦都化了，哪裡能不高興？」

沈芷衣這才跟著她笑起來。

殿中場面一時有種暖意融融的和樂。

可這和樂都是她們的，其他人在旁邊看著，根本插不進去。

陳淑儀一張臉上神情變幻。

蕭姝的目光卻是從殿中所有人的面上劃過，心裡只莫名地想到，陳淑儀平日也算是少言少出錯的謹慎人，心氣雖不免高了些，卻也算是個拎得清的，可一朝到了宮中這般頗受拘束的地方遇著衝突，也不免失了常性，發作出來。而這位姜二姑娘入宮之後，看似跋扈糊塗，可竟沒出過什麼真正的昏招，對宮中的生活並未表現出任何的不適和惶恐，入宮時是什麼樣，現在似乎還是那樣，竟令人有些不敢小覷。

這場面沒持續多久，辰正二刻，教《禮記》的國史館總纂張重冷著一張臉，胳膊下夾著數本薄薄的書，從外面走了進來。

眾人包括沈芷衣在內，於是都回到自己的位置。

「學生們見過張先生。」

張重國字臉，兩道眉毛粗濃，可一雙眼睛卻偏細，皺起眉頭時便會自然而然地給人一種刻薄不好相處之感，此刻掃一眼眾人，竟沒好臉色。

他手一抬，將帶來的那幾本書交給旁邊的小太監，道：「我來本是教禮，並非什麼緊要的學目。可讀史多年，只知這世上是沒有規矩不成方圓，周朝禮樂崩壞乃有春秋之亂。初時我等幾位先生說，教的是公主與達官貴人家的小姐，本是將這一門定為學習《女誡》，只是謝少師說諸位伴讀都是知書達理，該學的早學過了，不必多此一舉，不妨教些家國大義，是以才改為《禮記》。然則以老朽近日來在翰林院中的聽聞，這奉宸殿雖是進學之所，卻有人不知尊卑上下，連女子溫柔端方的賢淑都不能示於人前，實在深覺荒謬又深覺身負重任，是以今日擅改課目，先為諸位伴讀好生講一講《女誡》，待《女誡》學完，再與大家細講《禮記》。」

小太監將書一一呈到眾人桌上。

姜雪寧低頭一看，那封皮上赫然寫著醒目的兩個大字——女誡，一時也說不上是為什麼，膈應到了極點，便是方才與陳淑儀鬧了一樁也沒這麼噁心。

就連一旁蕭姝見了此書，都不由微微色變。

其他人則是面面相覷。

唯有陳淑儀終於露出個舒展了眉頭的神情，甚至還慢慢點了點頭，似對張重這一番話十分贊同。

張重是個規矩極嚴的人，既做了決定，根本不管下面人包括長公主在內是什麼表情，畢竟長公主將來也要嫁人，聽一聽總是沒錯的。

他自顧自翻開了書頁，叫眾人先看第一篇〈卑弱〉，只道：「古時候，女嬰出生數月後，都不能睡床榻，而是使其躺在床下，以紡錘玩樂，給以磚瓦，齋告先祖。這是為了表明其出身之卑弱，地位之低下。紡錘和磚瓦則意在使其明白，她們當盡心勞作，從事耕織，且幫夫君準備酒食祭祀。所以，為女子，當勤勞恭敬，忍讓忍辱，常懷畏懼……」

整個殿內一片安靜，沈芷衣的面色也有些陰晴不定。

姜雪寧坐在後面角落，聽見這番話卻是不由自主地想起上一世自己與蕭氏一族鬥狠時，前朝那些雪片似飛來力勸皇帝廢后的奏摺。她曾在沈玠病中偷偷翻出來看過，上頭一字一句，皆是婦德女禍，與張重此刻之言的意思，重合了個七七八八。

女嬰生下來連睡床都不配？哪裡來的狗屁道理！

張重還板著一張臉在上頭講，姜雪寧卻是霍然起身，直接把面前的書案一推。

吱嘎！哐啷！

書案四腳一下從大殿光滑的地面上重重磨過，發出刺耳難聽的聲響，書案上累著的書本與筆墨全都倒塌滾落下來，一片亂響，驚得所有人回頭望向她。

張重立刻皺起了眉頭看她：「怎麼回事？」

姜雪寧道：「先生，我噁心。」

張重也知道這是個刺兒頭，聽見這話臉色都變了：「妳罵誰！」

姜雪寧一臉茫然：「真是奇怪，我說我犯噁心，先生怎能說我罵人呢？許是我昨日沒注意吃壞了肚子，也可能是今日聞了什麼不乾不淨臭氣熏天的東西，若在這殿中嘔出來，只怕攪擾了先生講學，所以今日請恕雪寧失禮，先退了。」

她說得客氣，然而唇邊的笑容是怎麼看怎麼嘲諷，半點沒有客氣的樣子，轉身從這殿中離開時，連禮都沒行一個。

所有人都驚呆了。

見過翹課的，可逃得這麼理直氣壯、膽大妄為的，可真就見過這一個！

張重更是沒想到這姜雪寧非但不服管教，竟還張嘴撒謊，當著他的面從他課上離開，一張原本就黑的臉頓時氣成了豬肝，抬起手來指著她背影不住地顫抖，只厲聲道：「好、好，好一個不服管教的丫頭！這般頑劣任性之徒，若也配留在奉宸殿中，我張重索性連這學也不必教了，屆時且叫人來看看，是妳厲害還是我厲害！」

姜雪寧腳步早就遠了，聽他在背後叫囂，連頭都懶得轉一下。

上輩子這老頭的課她都沒去上過，倒不知他脾氣這樣爆，可料想也是個翻不出什麼浪來的。畢竟她上一世從一開始就沒上過課，也沒見這老頭有本事治她，她想著便冷笑了一聲。

只是此刻還沒過辰時，想在這宮中走走，宮內上下只怕正為著那玉如意一案暗地裡潮湧；想要回房去睡覺吧，又覺著一個人待著無聊。

姜雪寧一琢磨，乾脆轉過方向去了偏殿。

謝危昨日叫她下學後下午去學琴，反正如今她有空，不如去看謝危在不在，若在便早早將今日的份學了，也省得下午還要去受折磨。

奉宸殿的偏殿就在正殿旁邊，轉過拐角就到。

她一看，外頭竟然沒人。

上一次來時守在外面的小太監並不在，那兩扇門也拉上了緊緊地閉合著，裡面沒半點聲音傳出來。想來謝危這時辰不在，而小太監似乎是專門伺候他的，自然也不在。

姜雪寧撇了撇嘴，嘆口氣便準備走。

只是剛要抬了腳步邁下臺階時，廊下的花盆旁邊忽然傳來「喵嗚」一聲叫喚，讓她的腳步頓時停下。

這叫聲聽著耳熟。

姜雪寧循聲到那花盆邊角上一看，裡頭那窄窄的縫隙間竟然團著一隻巴掌大的小白貓，兩個軟軟的肉爪子正按著一塊不知哪來的魚肉，伸著粉嫩的小舌頭去舔了吃，再吞進嘴裡。

「是你呀！」

她一下認出這正是那回蹲在謝危窗沿上被那小太監抱走的小貓，驚喜不已。

太久沒抱過貓，手有點癢。

姜雪寧蹲下來看了牠一會兒，越看越覺得可愛，於是沒有忍住，輕輕伸出手去，將這小團子抱了，擱在自己膝蓋上，就在這偏殿的臺階上坐下來。

那小貓竟也不怕生，魚肉吃進肚裡後，牠略略舔了舔爪子上柔順的白毛。姜雪寧纖細的手指輕輕扶著牠那顆小小的腦袋，牠便十分受用地眯起眼睛，一副慵懶的姿態窩在她的袖間。

姜雪寧這時只覺得什麼煩惱都沒了。

偏殿靜寂無人，天光灑落臺階，穿著一身雪青衣裙的少女懶懶地坐在臺階上，輕撫著一隻同樣懶洋洋的小白貓。

隱隱能聽見正殿那邊傳來張重講學的聲音，姜雪寧都當沒聽見。

只是坐在這臺階上擼了一會兒貓之後，她忽然聽見宮牆另一面傳來急促的腳步聲，還有一名太監壓低的嗓音：「那奴晚些時候再來請少師大人……」

謝危！

姜雪寧一怔，那腳步聲已到了宮門口。

她下意識地飛速將原本擱在膝上的小貓兩手抱了藏進寬大的袖中，略做整理遮了個嚴實，然後抬頭盯著宮門。

謝危果然出現在那裡。

他顯然沒料著偏殿前面會有人，一抬眼看見姜雪寧，面上那如霜的冷寒尚未來得及收起，尚顯森然的目光便落到了她的身上。

姜雪寧一怔，背後汗毛都差點豎起來。

只是下一刻他便收斂了，讓這一陣令人膽寒的森然快速消失，彷彿一剎那的錯覺，眨眼沒了蹤影。

重新出現在姜雪寧面前的，又是那個毫無破綻的謝危。

他看了還坐在臺階上的姜雪寧一眼，又向著正殿的方向看了一眼，兩道清雋的長眉便不由蹙了起來，走上前來站住腳，問：「我是叫妳下午來，這時辰張先生還在講學，妳不聽課，坐這裡成何體統？」

姜雪寧袖裡抱著貓，不敢亂動，只是見了謝危若不起身行禮難免惹他懷疑，因而動作放得十分小心，慢慢地站了起來，依舊讓寬大的兩袖遮著雙手，欠身道：「見過謝先生。張先生的課我不想聽，心裡便想若能來這裡先上謝先生的課，謝先生又正好在的話，正好將下午的琴學了，也省得再來一趟。」

她心裡罵自己鬼迷心竅，剛才最好的選擇分明是一把將貓扔出去，權當與自己沒關係。

可現在後悔已經晚了，是以一面說話，一面還在心裡祈禱：小貓小貓乖乖聽話，大魔王就在眼前，可千萬不要在這時候叫喚，不然他立刻變臉把你煮來吃了！

謝危聽她這般說辭，眉頭不僅沒鬆開，反而皺得更深，只道：「張先生尚未下學，妳出現在這裡必是早退或翹課。不上張先生的課卻來上我的課，若讓張先生聽了又該做何猜想？枉我昨日見了燕臨，還同他說妳懂事聽話不用擔心，未料妳頑劣成性不知悔改。」

姜雪寧聽得噎住。

儘管上一世與謝危也很不愉快，她對此人又恨又怕，卻下意識很自然地認為他同別的先生是不一樣的，且對她們這些女學生也並不與別的先生一般輕視，然而謝危眼下竟疾言厲色，不分青紅皂白便出言責斥，還將燕臨抬了出來。

這是她一塊柔軟的痛處。

更不用說今日還從沈芷衣那番不一般的態度裡察覺到了些許不祥的蛛絲馬跡。

她一下就直直地看著他，眼眶發紅，然而並不是掉眼淚，而是懷了一種前所未有的不平與憤怒，胸口起伏間，只覺一股意氣激蕩，無論如何都壓不下去。

以至於在謝危冷臉抬步從旁走過的時候，她惡向膽邊生，原本藏在袖中的那貓兒直接被她抱了出來。她冷凝著一張臉，逕自往謝危的面前遞去。

「喵嗚！」

小貓原在她袖中慵慵懶懶昏昏欲睡，乍然被她舉起來，嚇得背脊骨上的毛都聳立起來，十分適時地驚慌一叫。

謝危是才得了慈寧宮那邊來的密報，剛回來又見姜雪寧翹課，自然不大能裝出一副好臉色，甩了袖便要上臺階進偏殿，哪裡料到姜雪寧袖裡藏著乾坤。

在那一團小貓湊到他面前時，他瞳孔劇烈收縮，眸底晦暗如潮，面色鐵青，整個人手背上起了一串雞皮疙瘩，立時後撤一步，舉袖便將姜雪寧的手拂開。

姜雪寧怕傷了小貓，抱得本來就輕，被拂開之後，小貓受了驚，一下便從她手中掙脫開去，跳到地上，見著閻王爺似的，一溜煙順著宮牆跑遠了。

原地只留下姜雪寧與謝危面對面站著。

姜雪寧臉上沒表情，謝危臉上也沒表情。

第六十一章 犯錯

四目相對。

姜雪寧出奇平靜。

她本就不是什麼好脾氣的人，忍耐與怨怒一旦達到某個臨界點，又為方才謝危言語中某一句刺耳的話所激，便如被落下的一點火星點燃，重重地炸開，做出以前想做而不敢做的非常之事。

這是一種報復。

但也僅僅是一種報復。

謝危看起來同樣平靜，然而這樣的平靜對他來說只是一種表象。

姜雪寧那一張面無表情的臉孔倒映進他眸底，頃刻間揉碎成晦暗的風雲，起伏在一片危險的浪潮中，滾出一片山雨欲來似的沉怒。

明明沒有碰著那隻貓，可此時此刻，卻有一股惡寒順著他方才碰著那隻貓的寬大袖袍爬上來，爬到他的手臂，攀到他的指尖，留下令人悚然的戰慄。

過度的緊繃，讓僵直的五指都發麻。

謝危竭力想要將這種感覺驅散，也竭力地想要將此刻翻湧在胸臆中的沉怒壓下去，因為他的理智一直告訴他，憤怒於人而言是最無用的一種情緒。

可他越想壓抑，那浪潮越在心間翻湧。

他終究少見地沒有忍耐住，注視著她，一字一句慢慢說道：「寧二，妳是覺得我心太軟，太好說話嗎？」

不是他在人前稱的「姜二姑娘」，也不是他獨在人後用的「寧二姑娘」，而是這樣直接、生硬到甚至帶了幾分冷刻的「寧二」。

姜雪寧嗅到了那濃得遮不住的危險味道。

她同樣是緊繃著身體，在他話音出口的剎那，腳底下寒氣便直往背脊骨上竄，幾乎是下意識地往後退了一步。

可她忘了，此時此刻她正站在偏殿的臺階上。

那腳步往後一挪，便絆住了上一級臺階。

姜雪寧身形不穩，幾乎立刻要往後倒去，然而一隻手恰在此刻伸了出來，用力抓住她的胳膊，平日只執文墨的五指修長極了，卻藏著三分酷烈之感，將她往他面前拽了過來。

距離迅速拉近，她險些一個趔趄，迫不得已地向他傾身。

那抓住她胳膊的手掌有如鐵鉗一般用力，甚至讓她感覺到了隱隱的痛楚，而心有餘悸抬起頭來時，只看見謝危那青筋隱伏的脖頸，凝滯不動且線條緊繃的喉結，還有那拉平了唇線的薄唇，以及……一雙冷寂陰鷙的眼！

這與謝危平日顯於人前的姿態，儼然判若兩人。

姜雪寧頭皮發了麻。

便是上一世見著他持長弓帶人封鎖宮門，冷眼注視著亂黨屠戮皇族時，他也未有過這般可怕的神態。

她想要退避，然而已為對方緊緊鉗制。

她應該叫喊，然而喉嚨裡發不出半點聲音。

他近乎居高臨下地俯視著她，佇立的身形仿若巍峨的山嶽，有一種沉凝的厚重，只道：「妳很聰明，也很嬌縱，自妳上次進宮，我便警告過妳，不要惹我生氣。」

姜雪寧於是一聲冷笑：「我是嬌縱，畢竟一如謝少師所言，頑劣不知悔改。竟不知少師大人對我也是一再容忍呢。」

謝危道：「我訓妳不該？」

姜雪寧抬眸同他對視：「尊師重道，自然是先生教什麼，學生學什麼；先生說什麼，學生是什麼。謝先生壓我斥我誤會我，都是應該。」

謝危望著她不說話。

姜雪寧卻覺得那一股戾氣非但沒消下去，反而在她心底瘋狂滋長，讓她的言語越發尖銳：「只是沒想到，堂堂一朝少師，竟然怕貓，當真稀罕。」

謝危的臉沉了下來。

她卻一動不動地續道：「昨日見少師大人對那小貓退避三舍，心裡不過有此猜測，可胸有韜略的謝少師怎會怕區區一小貓呢？這猜測無論如何也太過荒謬，以至於連我自己都不敢相信。未料今日隨意一試，竟證明這荒謬猜測屬實。原來完人也有所畏，原來聖人也有所懼。」

在今日之前，謝危是所有人眼中的完人，甚至是半個聖人，天下間少有能令他色變之事，重生而來的姜雪寧更因深知他底細而誠惶誠恐。然而今日之後，才知上一世滿朝文武都畏之怯之的謝危，竟怕這世間小小一隻柔軟堪憐的貓兒，於是始知——世上終無完人，聖人也不過肉體凡胎。

這讓她一時脫去了舊日的恐懼與忌憚，以一種前所未有的針鋒相對姿態與他對峙。

謝危眼底神光變幻。

若是他想，值此宮中風雲暗湧之際，順勢借機除去一個入宮伴讀的小姑娘，實在再容易不過。然而他終究不是隨意遷怒之人，還是慢慢地放開了自己的手，也鬆開那緊緊鉗制著她胳膊的五指。

「完人確有所畏，聖人確有所懼，然而謝某既不是完人，更不是聖人。」

他寬大的袖袍垂了下去。

指尖依舊痙攣似地發麻。

沒有起伏的聲線，沉而緩，落在她身上的目光卻彷彿有重量。

「姜雪寧，妳該記著，有的人不願碰某些東西，未必全出於畏懼，也可能是他痛恨、憎惡至極。」

痛恨、憎惡至極——那重量山嶽滄海似地壓下來，姜雪寧竟一下覺得有些喘不過氣，抬眸望著他。

謝危在世人眼中毫無瑕疵的一張臉，覆了一層陰影，低垂的眼簾遮住那一片晦暗難明，彷彿廟堂上那高高立著的神像，有一種近乎麻木的完美。

她忽然覺得自己犯了錯。

謝危卻已斂眸轉身，只平淡道：「今後妳不用來學琴了。」

第六十二章 魔高一丈

謝危進了偏殿。

姜雪寧那張蕉庵還同他的峨眉一道掛在牆上。

他看見便想起來，欲讓姜雪寧將這琴一併帶走，不成想轉過頭來，竟見姜雪寧兩眼微紅地看著他，一跺腳，賭氣似地下了臺階，留給他一道背影，逕自往奉宸殿外去了。

話便沒能說出口。

偏殿裡靜悄悄的。

昨日焚過的香已經冷了，徒留一爐沒有餘溫的殘灰。

謝危坐下來。

有一會兒之後那股氣漸漸消下去，他才想自己不該生氣的。

她年歲不大，雖有些精怪頑劣之處，可還有些小女孩兒心性，那模樣不過一時同他使性子罷了。

而自己竟失了常性。

是近日出的事太多太亂，攪得他心神不寧嗎？

他慢慢擰了眉，抬起手指，用力壓了壓眉心。

❀

姜雪寧一路回去，卻是覺得心底一股意氣難平。

謝危同她說那句話時，她覺著自己或許是沒留神傷了人，觸著人逆鱗，有一瞬間的內疚。可謝危下一句話讓她走，讓她不用學琴，所有的委屈便一股腦兒湧上來。

她於是將那一股內疚全拋了，固執地覺得自己沒錯。

「不學便不學，以為我稀罕不成！」

用力踩著宮道上那緊緊鋪實的石板，姜雪寧向著仰止齋走去，忍不住地咬牙。

可話雖這麼說，實則深感憋屈。

她固然是想離謝危遠一點，也怵著琴這一道，可自己不想學和謝危不讓她學，是完全不同的兩件事，無論如何心裡是一股氣攢上了，越往下壓氣得越深。

回到自己房裡，左看那花瓶裡剛插上的樹枝是歪的，右看那書案後才掛起的名畫是醜的，有心想要砸點東西撒氣，可這屋內種種擺設盡是沈芷衣著人為她布置的，無論如何她也沒捨得下手。

末了，只能抓了棋盤上一盒棋子。

黑白子俱是石子磨成，姜雪寧撿起來就一顆顆朝牆上扔，扔得一顆比一顆用力，直打得那牆篤篤作響。

「還當你姓謝的是什麼好東西，原來與那些酸儒一丘之貉！」

她不去上學自有自己不願上學的理由，平心而論，姜雪寧覺得自己還是很能忍的，便是那教《詩經》的趙彥宏偏心，教書法的王久看不起她想寫草書，她也沒翻臉不學，而是把這些細枝末節忘掉，仍聽他們講學。

可張重不一樣。

她聽不得這人站在殿上胡說八道，講些令人作嘔的言辭。

姜雪寧本以為謝危不同凡俗。

儘管上一世此人確有謀逆屠戮等等驚人血腥之所為，可恰是如此才證明他並非一個循規蹈矩之人，該能明白她不願上那張重之學的因由。

可她才說了自己不願上學，謝危連緣由都不問，便說她頑劣不知悔改。

如此獨斷剛愎，同那幾位惹人厭惡的先生有什麼區別？

縱是上一世自己之死與此人謀反之事有脫不開的關係，可她也從未因此覺得謝危是個小人、是個庸人。相反的，從另一種角度講，她極其認同此人的本事與才華。

然而，今日這一切的印象都打碎了。

只因為他在聽聞她不願上學後的臆測與獨斷。

此人在她心目中忽然便一落千丈，掉進屠沽市井的庸俗泥堆裡，與那些老不死的酸腐一般無二，再稱不得什麼「半聖」。

啪！

又一枚棋子被她用力地扔了出去打到牆上，又彈落下來，滾在地上。

姜雪寧冷著臉都不看上一眼，兩眼目光釘在牆上，像是釘在誰身上似的，也把誰給射穿似的，透出些許凜冽。

其他人下學回來的時候，那兩盒棋子都被扔完了，點點黑白散落滿地。

外頭有人輕輕叩了她的房門。

她拿了本話本子坐在躺椅上看，聽見聲音便問：「誰呀？」

外頭竟然響起沈芷衣的聲音：「寧寧，我。」

姜雪寧一怔，忙把話本子放下，起身走過去把拴上的門拉開，一抬頭就看見沈芷衣站在她門口，身後也沒跟著人，有些擔心地望著她問：「妳沒事吧？」

姜雪寧道：「不過是找藉口逃了課，沒事。」

沈芷衣鬆了口氣道：「我猜也是。那張夫子，我聽了都忍不了！」

姜雪寧也覺這人實乃毒瘤，便想起自己以前想打小報告的事情，拉著沈芷衣的手，讓她進了自己屋裡坐。「殿下也覺此人不可？」

沈芷衣犯噁心：「從來只聞外頭閨閣女兒要學《女誡》，但也不曾放在心上，今日一聽大倒胃口，哪裡將女兒家當作人看？可憎的是此般上不得檯面的東西，還要拿進宮裡、拿到學堂上來講。」

姜雪寧旁敲側擊：「那殿下打算如何處置？」

沈芷衣原本只是抱怨，並沒想到要處置，姜雪寧這話一說，她還真跟著想了一下，兩眼頓時一亮，拍手道：「對呀，本公主何曾受過這樣的氣？這《女誡》尋常人家胡來也就罷了，難不成本公主堂堂一個公主也要如此？我自告到皇兄與母后那邊去，也好敲打敲打這愚頑夫子，讓他取消了這一門。」

姜雪寧歡喜了幾分：「如此甚好。」

沈芷衣也跟著高興，然而那眉眼才舒展開不久，便又忽然垮下去，聲音低沉：「不過這兩日宮中事多，皇兄與母后都不大高興，換了往日必定對我百依百順，如今卻未必有閒心搭理我了。」

姜雪寧一時無言。

沈芷衣便嘆了一聲：「不過也沒事，頂多等這陣子過去便好，晚些時候請安還是要向母后說一聲。不想這些了，今日的先生糟心也沒關係，明天就是謝先生來上課了，要教我們他新選編的文集呢。」

「……」

若不是她提，姜雪寧險些要忘了還有這件事。

是啊，謝危一人教兩門，往後她雖不去學琴了，可三日裡有謝危兩日的課，糟心的日子怕還多呢。

只是她與謝危之間的齟齬也不必道與沈芷衣，姜雪寧淡淡地笑了笑：「是啊，謝先生同旁人不一樣，明日便高興了。」

不管心裡對謝危此人已存了多深的偏見，次日起來還得洗漱，收拾心情去上課。

姜雪寧昨晚睡時已經想清楚了。

謝危若因這一樁事惱了她，攆她出宮從此不用上學，那自然是天大的好消息，她一回府就求了自己那和稀泥的爹，浪跡天涯去。可若謝危只不私底下讓她學琴，那學還是要繼續上的，見了謝危也得恭恭敬敬，只權當不熟，也當先前那些事都沒發生過。

至於謝危若因此遷怒要害死她……

姜雪寧覺得，他要除她趁早就除了，且上次入宮時有言在先，謝危不至於因這些許小事暗計害人，失了他的氣度。

想謝危獨斷不分青紅皂白斥她，她也抱了貓嚇他，堪堪算扯平。

所以她把昨日的義憤拋下，心平氣和去了奉宸殿。

因為今日第一堂便是謝危的課，所以眾人都去得甚早。

怕課間無聊，方妙帶了副象棋。

趁著還未到卯正，她便把棋擺上，周寶櫻難得眼前一亮，不由分說就拉過了椅子坐在她對面，放下狂言：「好嘛，原來妳還帶了一副棋，也不早拿出來。妳們都道我只會吃，我可告訴妳們，才不是這樣！今天便讓我露一手，給妳們瞧瞧！」

眾人都知道她是個活寶，完全沒把她的話當真，但熱鬧誰不想看呢？於是全都湊了過來看她們下棋。

姜雪寧卻坐在自己的位置上，垂下的目光落在桌角那端端擺著的小冊上。

昨日她從奉宸殿離開時，推了一把書案，案上的東西都掉下來，沒想到今日來都已經被伺候的宮人收拾了個妥當，連之前那本掉下去的《女誡》，都合上了正正放在桌角。

沈芷衣來得晚些，撇著嘴，眉眼也耷拉下來，見了姜雪寧便喪喪地喊一聲：「寧寧。」

姜雪寧一看便知是事情沒成，笑著寬慰她：「殿下先前就說了，太后娘娘與聖上事忙，有這結果也是意料中的事。您過些時候改一天再說此事，他們說不準就允了，何必這樣喪氣？」

沈芷衣道：「也是。」

昨日去告那張重的狀不成，原是意料中的事，改一天再說就是了，也沒什麼大不了，於是重又開顏，拉姜雪寧去看周寶櫻同方妙下棋。

方妙帶棋來不過是想隨便下下，解解乏悶，又想周寶櫻平日懵懂不知事，便道她多半是故意說大話逗大家樂，是以初時也不曾將下棋這事放在心上。

可出人意料，一坐在棋盤前，周寶櫻跟變了個人似的。那平日總松鼠般鼓動個不停的腮幫子緊緊繃著，稚嫩的臉上一片肅然，清秀的眉宇間竟有幾分凝重，下起棋來一板一眼，沒一會兒便殺得方妙傻了眼。

方妙簡直有些不敢相信，一晃神間已被吃了個「士」，於是連連擺手，竟上前把自己方才落下去的那步棋撤回來，說：「不算不算，剛才的不算！我都還沒想好呢，我不下這裡了，改下這裡！」

「落子無悔！」周寶櫻驚呆了：「怎麼可以這樣？」

她說出這句話時眼睛睜得老大，活像是被方妙搶了塊酥餅去一樣憤憤。

這場景本該是嚴肅的，然而她臉上是下不去的嬰兒肥，非但不嚇人，反倒十分可愛，引得眾人止不住地發笑，調侃道：「這是好棋手遇到臭棋簍子扯不清了！」

方妙還兀自為自己辯解，說周寶櫻下棋如此嚇人，擺明是欺負她，悔棋也不算什麼。

眾人都笑得東倒西歪，連站在最邊上觀戰的姜雪寧都沒忍住露出幾分笑容來。不過她一轉眸就瞥見殿門外一道身影走進來，臉上那原本明媚的笑容隱沒了，先垂眸躬身道了聲禮：「謝先生好。」

眾人這才發現謝危來了。

下棋的站了起來，觀棋的也斂笑轉身，跟著姜雪寧一道行禮。

謝危的腳步便在殿門外一停。

他昨夜沒睡，一半是事多，一半是心堵，一番錯綜複雜的局面沒理順，半夜又頭疼，犯了寒症，今早從府裡出來時面色便有些發白。

原本輕便些的道袍也不穿了，劍書怕入了冬，風冷吹得寒症加重，給他披了嵌了層絨的深青氅衣，立住時便有幾分青山連綿似的厚重。

姜雪寧看見他時斂了笑意，一副挑不出錯來的恭敬姿態，謝危自然清楚地收入眼底，也不知為什麼又氣悶了幾分。

他淡淡道：「不必多禮。」也收回方才落在姜雪寧身上的目光，攜了一卷書從殿外走進來。

眾人都知是要上學了，連忙幫著方妙收起棋盤，各自回自己的位置。

姜雪寧也向自己的書案走去。

謝危自來從右邊通道走，正好從她書案旁經過，然而目光不經意垂落，忽然便凝住不動，連著腳步都再次停下來。

姜雪寧順著他目光看去，發現他看的竟是擺在案角的那冊《女誡》，唇邊不由勾出一抹諷笑。

謝危兩道長眉卻是蹙緊。

眾人案頭上都有這本書。

他伸手拿起姜雪寧案角這本，翻了兩頁，搭在那紙頁邊角上的長指便停住，只問：「奉宸殿進學並無此書，誰讓放的？」

姜雪寧心底一嗤，並不回答。

眾人也都面面相覷。

沈芷衣猶豫了一下，道：「回先生，昨日本教《禮記》的張先生說學生等不知尊卑上下，是以壓了《禮記》，先教《女誡》，命人發下此書。」

「……」

張重？這位國史館總纂並不與翰林院其他先生一般，謝危接觸得不多，實沒料著沈芷衣會給自己這樣一個回答，更沒料著張重有膽量陽奉陰違，改了他擬定的書目。

目光重新落到書頁上，條條皆是陳規陋款。

他腦海裡竟不由自主地回溯起昨日與姜雪寧一番帶了火氣的爭執——

『這時辰張先生還在講學，妳不聽課，坐這裡成何體統？』

『張先生的課我不想聽……』

『我訓妳不該？』

『尊師重道，自然是先生教什麼，學生學什麼；先生說什麼，學生是什麼。謝先生壓我斥我誤會我，都是應該。』

……

謝危洞悉人心，聽了沈芷衣的話，一想便知，昨日是自己先入為主，不分青紅皂白地斥責了姜雪寧，才使她怒極反擊，一時便生出幾分不知來由的煩鬱，再見這書，更不慣了幾分。

他雖一向與人為善，可內裡卻不是什麼好相與的人，當下也不置一言，眼簾一搭，劈手便將這《女誡》朝殿外扔了出去。

那書冊「嘩啦」一聲，翻起白花花的紙頁，摔落在外頭臺階上。

所有人都嚇了一跳，姜雪寧也不由抬眸望向謝危。

謝危有些蒼白的臉容不起波瀾，只持著自己編的那卷書走上殿，站定後看了眾人一眼，抬指一點殿門外：「都扔掉。」

沈芷衣驚喜極了，把自己桌上那本《女誡》扔了出去。

其他人卻是面面相覷，一副畏縮不敢的模樣。

陳淑儀已在謝危這邊吃過一回虧，此刻雖心有不滿，卻也不敢開口。

姚蓉蓉的聲音於是顯得十分氣弱：「那、那張先生那邊……」

謝危垂眸根本不搭理。

任誰都看得出來，比起前日教琴的時候，他心情是壞了不少。

見沒幾個人扔，他也懶得再說，只把自己那卷書平放下來，淡淡道：「上課。」

謝危今日原打算講《師說》，非為強調尊師重道，而是為向眾人言明「學」之一字的緊要和「師道不師人」的道理。可進殿時見著那本《女誡》，又瞭然昨日因由，怕寧二聽了此篇後誤解他以師道壓人，遂將此篇翻過，思量一會兒，把《史記》裡〈廉頗藺相如列傳〉挑出來講，從「完璧歸趙」講到「負荊請罪」。

因事有傳奇，眾人都跟聽故事似的，很快便全神貫注。

他講到廉頗誤會藺相如時，便不由向姜雪寧看去，卻見她渾然無覺似地坐在角落，雖也沒開小差，可看著並不如何認真。

眉頭於是再皺。

可此時若再斥責，無異於火上澆油，便將心思壓下，不再看她。

待得一個時辰後下學，謝危朝她走過去。

可還不待開口，姜雪寧已看見了，竟冷冷淡淡躬身向他一禮：「恭送謝先生。」

「……」

謝危還未出口的話全被她噎了回去，終是看出她心懷芥蒂，不願搭理人，又想辰正二刻國子監的孫述便要來教算學，實非說話的良機，立著看她半晌，只好走了。

只是一路出宮回府，心內終究一口鬱結難吐。

呂顯掐算著時辰登門拜訪，一進了壁讀堂便看見謝危面向那一片未懸一物、未書一字的空牆而立，手裡一盞茶也不知端了多久，大冷天裡連點熱氣都不往外頭冒，不由一陣納罕。

這壁讀堂乃是謝居安的書房，他向來是遇到難解之事才面壁而立，空牆上不置一物為的是澄心靜思。今日是為什麼？為宮裡那樁眼見著就要鬧大的如意案嗎？

呂顯一整文人長衫在謝危身後坐下來，只道：「無緣無故跑去宮裡教那些女孩兒幹什麼？平常經筵日講都挪不開空，如今又收一幫學生，更難見著你了，一天倒有五六個時辰都在宮裡。今日來本是想同你說那尤芳吟，你這架勢，又出什麼事了？」

謝危覺得他聒噪，直到這時手才動了動，回過神來去喝端著的那盞茶，發現茶已經涼了，只好置在一旁案角上，道：「些許小事。」

「小事？」呂顯不由上下打量他，目光古怪。「你謝居安從來只為大業煩憂，我倒不知你什麼時候也會為小事澄心。」

謝危一想，可不是這道理？一時也覺好笑。

他不好對呂顯說自己昨日心躁，同個小丫頭置氣，且還理虧於人，只能搖頭，無奈嘆聲：「道高一尺，魔高一丈，我謝危終也有被人治的時候。」

當天回去，呂顯鐵公雞拔毛，高興得自掏腰包買了一罈子金陵春回幽篁館。

伺候的小童驚呆了：「您發燒了？」

呂顯倒了一盞酒，美滋滋地喝一口，只道：「惡人終有惡人磨，不是不報時候未到啊！哈哈哈……」

他悠悠地想著，若是能打起來就更好了。

「……」

本還擔心他是不是病了的小童，現下確定他只是日常發癲，不由得嘴角微抽，默默把門帶上，乾脆留他一人在屋裡傻樂。

（待續）

國家圖書館出版品預行編目資料

坤寧 / 時鏡作 . -- 初版 . -- 臺北市 : 臺灣角川股份有限公司 , 2023.03-

冊 ; 公分

ISBN 978-626-352-348-7（第 2 冊 : 平裝）

857.7 112000282

坤寧 二

2023 年 3 月 23 日 初版第 1 刷發行

作者　　時鏡

發行人　　岩崎剛人
總監　　呂慧君
編輯　　溫佩蓉
設計主編　　許景舜
印務　　李明修（主任）、張加恩（主任）、張凱棋

台灣角川

發行所　　台灣角川股份有限公司
地址　　104 台北市中山區松江路 223 號 3 樓
電話　　（02）2515-3000
傳 真　　（02）2515-0033
網址　　http://www.kadokawa.com.tw
劃撥帳戶　　台灣角川股份有限公司
劃撥帳號　　19487412
法律顧問　　有澤法律事務所
製版　　尚騰印刷事業有限公司
ISBN　　978-626-352-348-7

原著書名：《坤寧》由北京晉江原創網絡科技有限公司授權出版。